国家古籍整理出版专项经费资助项目

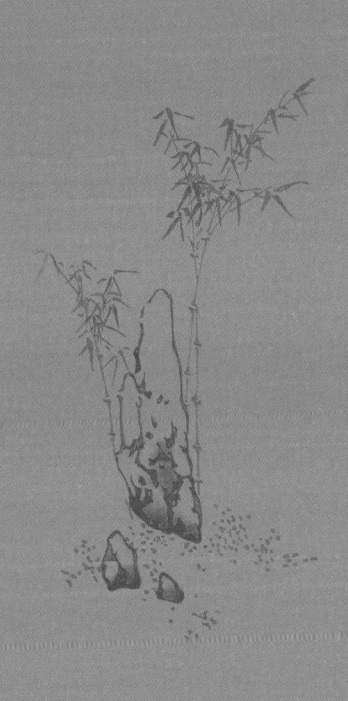

明清小品丛书

A Series
of
Essays
in
Ming and Qing
Dynasties

王思任小品

〔明〕王思任 著

李鸣 沈静 注评

中州古籍出版社
·郑州·

图书在版编目(CIP)数据

王思任小品 /(明)王思任著;李鸣,沈静注评 .—郑州:中州古籍出版社,2023.12

(明清小品丛书)

ISBN 978-7-5738-1074-8

Ⅰ.①王… Ⅱ.①王…②李…③沈… Ⅲ.①小品文-作品集-中国-明代 Ⅳ.①I264.8

中国国家版本馆CIP数据核字(2023)第228451号

WANG SIREN XIAOPIN
王思任小品

出 版 人	许绍山
选题策划	梁珊霞　李晓丽
责任编辑	谢晓敏　李晓丽
责任校对	岳秀霞
美术编辑	曾晶晶
封面设计	黄桂敏

出 版 社	中州古籍出版社(地址:郑州市郑东新区祥盛街27号6层邮编:450016 电话:0371-65788693)
发行单位	河南省新华书店发行集团有限公司
承印单位	河南瑞之光印刷股份有限公司
开　　本	787 mm×1092 mm　1/32
印　　张	11.5
字　　数	229千字
版　　次	2023年12月第1版
印　　次	2023年12月第1次印刷
定　　价	59.00元

本书如有印装质量问题,请联系出版社调换。

前　言

王思任，字季重，号遂东，晚号谑庵，山阴（今浙江绍兴）人。生于明万历三年（1575），卒于清顺治三年（1646），享年七十二岁。

王思任出身于书香门第，二十岁中举，二十一岁即进士及第，可谓少年英发，春风得意。但其仕途却很不顺利。中进士后，他告假完婚，假满后被任命为陕西兴平县令，调任富平。这时其母唐氏去世，丁忧归。服丧期满，补安徽当涂县令，政声卓著，但为人所忌，一任六年。万历三十一年（1603），任应天府乡试考官，所录取者都是知名文士。迁南京刑部主事，降为山西按察知事，复补青浦（今上海市青浦区）县令。在任与漕使相忤，遂拂袖而归，纵游名山大川。补山东照磨（明时掌文书卷宗的低级官职），不赴，改任松江教授，升国子助教。以南京工部主事主管芜湖一带专卖之事。转为江州备兵使者，为人所攻讦，罢职。遂隐居林下，以游历著作自娱。清顺治二年（1645），清兵攻破杭州，鲁王监国绍兴，升王思任为礼部侍郎。

王思任居官正直，颇有作为。初任兴平县令，即以善于处理疑案和冤狱而闻名。任当涂县令时，适逢太监邢隆至当涂一带开矿。开矿是万历年间的一项苛政，所至之处，民不聊生。王思任以谐谑之语稳住邢隆，巧妙地以明朝龙脉所在为由，将邢隆吓走，保住了当涂一带不受骚扰。在青浦县令任上，王思任认真清理田数，平均赋役，极力为百姓争取权益，以致与漕使相忤而落职。在任江州备兵使者时，王思任大力整顿防务，不仅保住江州不受兵祸，还发兵解除了邻邑黄梅县之危。

在明代社稷沦陷、山河破碎之际，王思任表现出了高尚的民族气节。作《让马瑶草》，痛斥权奸马士英，正气凛然。绍兴城降清时，有人曾劝其出降，他"闭其门，大书曰'不降'"。（张岱《琅嬛文集·王谑庵先生传》）顺治三年（1646）六月，绍兴陷落，王思任避入凤林山中，因慕伯夷、叔齐高节，自号采薇子，构孤竹庵以居，自誓不剃发、不入城、不见清官吏。在清当局的一再逼降下，遂于九月绝食而死。

王思任为人谐谑滑稽，放达不羁。张岱《琅嬛文集·王谑庵先生传》中引王思任的门人陆德先的话说："先生之莅官行政、摘伏发奸，以及论文赋诗，无不以谑用事。"王思任亦自谓"舌如风，笑一肚"（《谑庵自赞》）。张岱说他"少年狂放，以谑浪忤人"（《有明越人三不朽图赞》），并在其传中说："人方眈眈虎视，将下石先生，而先生对之调笑狎侮，谑浪如常，不肯少自贬损也。晚乃改号谑庵，刻《悔谑》以志己过，而逢人仍肆口诙谐，谑毒益甚。"

晚明是知识分子自我意识觉醒的时代，要求个性的自由和解放是当时的时代思潮。在这种思潮中，许多文人景慕魏晋名士的自由放达，以颓放自诩，王思任的为人行事中即颇有一些晋人的流风余韵，其谐谑放达的个性既是本性使然，也与时代风气不无关系。

王思任屡仕屡黜，"五十年内，强半林居"（张岱《琅嬛文集·王谑庵先生传》），游历读书之余，致力于诗文创作，成就斐然。其小品文在晚明名家辈出的文坛上独树一帜，成就尤为突出。

王思任的游记作品最负盛名。张岱记载王思任"自庚戌（明万历三十八年，即1610年）游天台、雁荡，另出手眼，乃作《游唤》，见者谓其笔悍而胆怒，眼俊而舌尖，恣意描摹，尽情刻画，文誉鹊起"（张岱《琅嬛文集·王谑庵先生传》）。在作《游唤》前后，王思任足迹不断，平生历游各地名山大川，所至之处大都撰有游记，在描摹景物、抒写性情方面都达到了很高的艺术境界。

描摹刻画工致细丽是王思任游记的一大特色。如《小洋》中对晚霞色彩变幻的描写：

落日含半规，如胭脂初从火出。溪西一带山，俱似鹦绿鸦背青，上有腥红云五千尺，开一大洞，逗出缥天，映水如绣铺赤玛瑙。日益暂，沙滩色如柔蓝懈白，对岸沙则芦花月影，忽忽不可辨识。山俱老瓜皮色，又有七八片碎剪鹅毛霞，俱金黄锦荔，堆出两朵云，居然晶透葡萄紫也。又有夜岚数层斗起，如鱼肚白，穿入出炉银红中，金光煜煜不定。

这样工腻细密的描绘，读来景色宛在目前，仿佛身临其境。

设想奇特、出人意表是王思任游记的另一突出特点。如《游峄山记》以一连串比喻写游山之奇,手法颇为新颖:

> 赂一沙弥作导师,至渡空舟,则无只马两人之路,假盖自荫,而予化为隶。伏热正毒,探梁祝泉,顶无冠,脊无缕,而予化为野人。入盘龙洞,观石钟,丰下锐上,窦钻滑试,数怖数免,无足目正大人之事,而予化为偷。上大通岩,臂引杖接,而予化为猿。

又如《华盖》中写连绵不断时强时弱的海雨:"海雨在四五月间,如妇人之怒,易构而难解;又如少年无行子,盟在耳门,须臾翻覆。"这样尖新妥帖、生动传神的比喻在其游记中多有,充分显现了作者不同凡俗的艺术功力。

游记之外,王思任的序文、尺牍、杂记等也都有比较突出的艺术成就。曾世爵认为:"其记则幽邃渊深,郦道元不足拟也。序文杂记,则登韩柳之室。"(《赖古堂文选·上王季重先生书》)对王思任的序文、杂记给予了极高的评价。

抒情真挚、刻画人物生动形象是王思任序文的特色之一。如《礐园诗稿序》回忆与友人王清之谈论诗文的往事,寄寓作者悼念嗟叹之情,感情极为深挚。又如《知希子诗集序》，全文萦绕着作者对好友巢士洪极深的怀念之情，是王思任的佳作之一。"嗟呼！玉树寻枯，彩云易荡，天乎忌才，犹忌盖代之才，少年贫夭，不特一渊、宪也。山阳笛冷，梦寐故人，犹在屋梁落月"，是全文抒情意味最浓的一段，文中用一连串凄迷意象和伤逝典故，表达作者与好友生死永隔的哀痛，十分感人。晚明小品以求真求趣为审美宗旨，王思任的序文正体现出这样的审美趣味。

笔势汪洋、文气贯注是王思任序文的另一特色。如《梁山人梅花诗序》以冷士喻梅花，叙写梅花清介幽独。文章如行云流水，极为酣畅淋漓：

> 惟梅花不可入富贵之堂，而富贵之人，往往欲窃附其韵，强册之以春魁，媚名之以琼玉，虚崇之以盐鼎。彼以为大辱，奈何哉使我挛跽连拳于粉墙香垺之下，供人耳目玩也！不得已，宁惟是道院僧篱寄一枝耳。

又如《李道生五游草序》叙写李道生行事及个性，十分生动流畅：

> 有好书靡不购，有好友靡不交，有好句靡不勒，有好园靡不径入，有好花石靡不赏，有好名姬妙季靡不得其欢心。卑田可狎，玉

皇可陪，子瞻可笑，安石可嗔，吾尝欲定何等以相道生，道生遁至百变而不受相，吾遂无以穷之。

其他如《名园咏序》《屠田叔笑词序》《李大生诗集序》《王实甫西厢序》《夏叔夏先生文集序》等，皆文气畅达，带给读者极好的阅读美感。汤显祖在《王季重小题文字序》中说："故其为文字也，高广其心神，亮浏其音节。精华甚充，颜色甚悦。……不可迫视，莫或殚形。"这虽是针对时文而发，但用来评价王思任的序文，也是十分恰当的。

王思任的尺牍潇洒倜傥，笔墨寥寥而神情毕见，如《上黄老师》写景清丽，风神飘逸，深得魏晋人短札的三昧。杂记如《醮竹轩记》《二还亭记》《媚樵亭记》《四瑟亭记》等，韵味隽永，抒情深至。这些都体现出作者不俗的笔力。

王思任散文的风格在晚明文坛是独树一帜的。它与三袁兄弟明白畅达的文风大异其趣，着力于奇僻拗折，造成一种"陌生化"的效果，同时王思任的风格又与钟惺、谭元春等竟陵派作家不同。他读书甚博，驱使典故熟极而流，这又是被讥为"浅学"的竟陵派作家难以企及的。正是这种寓学养于奇僻拗折之中的文风，使其迥别于公安、竟陵两派，具有鲜明的个性。

通观王思任的作品，"陌生化"是其主要特色。这一特色主要表现为王思任竭力追求险绝的文风，文章构思与遣词造句都与传统古文有所不同，呈现出与传统古文"平"与"熟"截然不同的"生"与"涩"的审美特点，令人耳目一新。如在《游北固山记》中，王思任一改游记描摹山水的惯常写法，模仿屈原《天问》的写作手法，串联起许多与北固山相关的典故，提出一连串呵问，显得尤为奇崛。又如在《李贺诗解序》中，僻典拗句，层出不穷，其文章奇丽险僻的风格被表现得淋漓尽致。这两篇文章包含诸多僻典拗句，营造出"陌生化"的审美效果，给读者留下深刻印象。这种奇僻拗折的文风与公安、竟陵两派完全不同，是王思任文学创作中的一种主动追求。它令文章顿时别开生面，也为晚明小品开拓了新的境界。

不可否认，追求"陌生化"也会带来一些弊端。王思任的文章有时因过于追求峭刻而流于险怪。奇字拗句过多以及僻典的大量堆砌，反而使文章失去了活泼之趣。

除此之外，谐谑狂放也是王思任作品的突出风格。如《天姥》："饭斑竹岭，酒家胡当垆艳甚，桃花流水，胡麻正香，不意老山之中有此嫩妇。"再如《游慧锡两山记》："予丐洌者清者，渠言燥点择奉，吃甜酒尚可做人乎？冤家，直得一死。"在谑浪疏狂中不乏真性情的流露。这种谐谑的风格使文章显得轻松幽默，恣意通脱。周作人对此极为赞赏，他在《文饭小品》中说："以诙谐手法写文章，到谑庵的境界，的确是大成就，值得我辈的赞叹。"可以说，谐谑风格正是王思任追求"陌生化"效果的一个侧面体现。

王思任的文集在其生前就已有好几个版本，万历年间曾刊行《王季重集八种》，后又陆续收入新作，至崇祯年间，已有九种、十三种、十五种、十六种本流传世间。王思任晚年曾拟将生平著作编一总集，定为六十卷，名曰《文饭》，取以文为饭之意，"雕几未半，而玉楼召去，刻遂不成"（余增远《文饭小品序》）。其子王鼎起编选了《谑庵文饭小品》，仅五卷，于顺治十八年（1661）刊行。20世纪30年代上海良友图书公司搜罗王思任所存作品，出版了《王季重十种》，收入中国文学珍本丛书中，是现今所见到的收录文章较多的版本。

本书所选文章大部分取自《王季重十种》及《谑庵文饭小品》，同时参考了陆云龙等《皇明十六家小品》、刘士鏻《明文霱》等晚明小品文总集。全书注释偏重于人名、地名、年代、典故考释等，兼及难解的冷僻词语，不作文义串讲。赏读文字重在交代文章的写作环境、时代背景和相关的文史掌故等，兼及时人评论，一般不作字句解析。全书由李鸣、沈静合作完成，李鸣负责标点和注释部分，沈静负责赏读部分。王思任作品艰涩难解之处颇多，囿于学识和精力，书中不免存在错误和阙失，在此敬请方家不吝赐教。

目　录

卷一　游记

游敬亭山记　/ 3

游慧锡两山记　/ 7

游齐山记　/ 11

游焦山记　/ 15

游九华山记　/ 23

游丰乐醉翁亭记　/ 31

登龙山记　/ 37

三登燕子矶记　/ 40

剡溪　/ 44

东山　/ 48

天姥　/ 52

华盖　/ 56

仙岩　/ 59

石门　/65

小洋　/69

钓台　/73

游峄山记　/77

游摄山记　/81

再游灵谷寺看松记　/86

游子房山记　/91

游历下诸胜记　/97

游满井记　/103

卷二　序引

淇园序　/109

世说新语序　/115

名园咏序　/120

屠田叔笑词序　/125

落花诗序　/128

唐诗纪事序　/133

梁山人梅花诗序　/137

礚园诗稿序　/142

钟山献序　/146

李大生诗集序　/151

郑逸少诗文序　/156

小题怡赠自序　　/159

青溪儒童小试序　　/166

自怡篇序　　/170

贾太傅新书序　　/173

王实甫西厢序　　/181

十错认春灯谜记序　　/187

知希子诗集序　　/194

集唐诗序　　/201

蓬蒿园诗集序　　/205

李道生五游草序　　/210

李贺诗解序　　/215

徐文长逸稿序　　/223

游唤序　　/232

律陶序　　/236

墨苑序　　/240

黄评事闇斋吟稿序　　/245

江深父五一草序　　/251

颜茂齐集序　　/254

冒伯麐诗序　　/258

心月轩稿序　　/263

偶居集序　　/268

阆斋诗稿序　　/272

夏叔夏先生文集序　/277
呆道人笛吹引　/284
陈学士尺牍引　/290
弈律自引　/294

卷三　杂俎

四瑟亭记　/301
江州兵署秃影庵记　/304
媚樵亭记　/308
醮竹轩记　/312
二还亭记　/316
古月临松赋　/320
坑厕赋　/323
题徐文长花竹手卷　/327
焦山瘞鹤铭跋　/330
谑庵自赞　/333
简周玉绳　/335
复黄老师　/340
上黄老师　/343
简赵履吾　/346
与翁文澜　/349

卷一 游记

俱金黄锦荔,
堆出两朵云,
居然晶透葡萄紫也。

游敬亭山记①

"天际识归舟，云中辨江树"②，不道宣城③，不知言者之赏心也。姑孰据江之上游④，山魁而水怒，从青山讨宛⑤，则曲曲镜湾，吐云蒸媚，山水秀而清矣。曾过响潭，鸟语入流，两壁互答。望敬亭，绛氛浮嶪⑥，令我杳然生翼，而吏卒守之不得动。既束带竣谒事⑦，乃以青鞋走眺之⑧。

一径千绕，绿霞翳染，不知几千万竹树，党结寒阴⑨，使人骨面之血皆为薔碧⑩。而向之所谓鸟啼莺啭者，但有茫然，竟不知声在何处。厨人尾我，以一觞劳之留云阁上。至此，而又知"众鸟高飞尽，孤云独往还"造句之精也⑪。眺乎⑫？白乎⑬？归来乎？吾与尔凌丹梯以接天语也⑭。日暮景收，峰涛沸乱，饥猿出啼，予慄然不能止。

归卧舟中，梦登一大亭，有古柏一本，可五六人围，高百余丈，世眼未睹，世想不及，峭崿斗突⑮，逼嵌其中，榜曰"敬亭"，又与予所游者异。嗟呼！昼夜相半,牛山短而蕉鹿长⑯,回视霭空间⑰,梦何在乎?游亦何在乎?又焉知予向者游之非梦,而梦之非游也?止可以壬寅四月记之尔⑱。

【注释】

①敬亭山:在今安徽宣城市宣城区。有"江南诗山"之称。

②"天际"二句:出自谢朓《之宣城出新林浦向板桥》。

③道:取道,经过。

④姑孰:当涂县的别称,以当地姑孰溪而得名。

⑤青山:在当涂县东南三十里,谢朓曾筑室于此。讨:寻觅。宛:即宛溪。

⑥绛氛:红霞。氛,雾气。巘(yǐn):山扃峻貌。

⑦谒事:指谒见上官之事。

⑧青鞋:草鞋。

⑨党结:谓林木密集。

⑩酳(yòng):酳酒,此指映照。

⑪众鸟高飞尽,孤云独往还:化用李白《独坐敬亭山》诗句。

⑫朓:谢朓,字玄晖,南齐著名山水诗人,与谢灵运同族,世称"小谢",曾出任宣城太守,又称"谢宣城"。

⑬白:李白,字太白。

⑭凌:登。丹梯:天梯。谢朓《游敬亭山》:"要欲追奇

趣,即此凌丹梯。"

⑮斗突:即"陡突",高耸突出的样子。

⑯牛山短而蕉鹿长:意谓寿短梦长。牛山,在今山东淄博。《晏子春秋·谏上》:"景公游于牛山,北临其国城而流涕曰:'若何滂滂去此而死乎!'"蕉鹿,《列子·周穆王》:"郑人有薪于野者,遇骇鹿,御而击之,毙之,恐人见之也,遽而藏诸隍(无水池)中,覆之以蕉,不胜其喜。俄而遗其所藏之处,遂以为梦焉。"

⑰霭空:指云霄,天空。霭,云雾。

⑱壬寅:万历三十年(1602)。

【赏读】

敬亭山在安徽宣城,原名昭亭山,因避晋文帝司马昭名讳而改名。虽然敬亭山高只三百余米,然而"山不在高,有仙则名",千百年来,敬亭山历经谢朓、李白等诸多诗人吟咏品题,积淀了厚重的文化底蕴,吸引无数游人前来游览登眺。

万历三十年(1602),王思任任安徽当涂县令,因公事从舟中望见敬亭山,不觉心向往之。待公事完毕,他立刻登山游览。

初到宣城,王思任舟中赏景,联想到谢朓诗句"天际识归舟,云中辨江树",不由感慨"不道宣城,不知言者之赏心也"。入得山中,但见"一径千绕,绿霞翳染,不知几千万竹树,党结寒阴,使人骨面之血皆为嶻碧",此处又真有谢朓《游敬亭山》诗里"上干蔽白日,下属带回溪。交藤荒且蔓,樛枝耸复低"的气象。

敬亭山上有凌云阁,又名凭虚阁,明嘉靖时邑人陈希美所建。文中有"厨人尾我,以一觞劳之留云阁上"之语,"留云阁"当为"凌云阁"之讹。王思任另有《敬亭山凌云阁》诗,诗中"啼空只茫然,望远知何处"一联,隐然有文中"向之所谓鸟啼莺啭者,但有茫然,竟不知声在何处"的意境。此时,王思任逸兴遄飞,想到李白《独坐敬亭山》诗"众鸟高飞尽,孤云独去闲。相看两不厌,唯有敬亭山",对前贤精妙的诗句叹服不已,感叹道:"朓乎?白乎?归来乎?吾与尔凌丹梯以接天语也。"游兴浓烈,直欲与古人共语,是作者痴绝处。

敬亭山的胜景深深萦绕在王思任心头,下山后在舟中休息,他又在梦中重游敬亭。但王思任梦中所见唯有大亭古柏,上题"敬亭"二字,与现实完全不同,怪异至极。这场异梦仿佛苏轼赤壁归来,梦见道士羽衣蹁跹,为这段游历平添几许奇幻色彩。

何者为真,何者为幻,似乎一望可知。然而浮生一世,佛家以为如梦幻泡影,庄子又以蝶梦喻之,真幻之间,委实难以明辨。结尾处作者感叹"焉知予向者游之非梦,而梦之非游也",蕴含人生哲思,使文章余味悠长。

游慧锡两山记①

越人自北归，望见锡山，如见眷属，其飞青天半，久渴而得浆也②。然地下之浆，又慧泉首妙③。居人皆蒋姓，市泉酒独佳。有妇折阅④，意闲态远，予乐过之。买泥人，买纸鸡，买木虎，买兰陵面具⑤，买小刀戟，以贻儿辈。至其酒，出净磁，许先尝论值。予丐洌者清者，渠言燥点择奉，吃甜酒尚可做人乎？冤家，直得一死⑥。沈丘壑曰："若使文君当垆，置相如何地也⑦？"入寺礼佛后，挹泉而酌之。

同上慧颠，望太湖茫茫然，铜墨之影，亦在云凫霞雁之际。下则客肆具整，鱼鲜肉旨，此维扬、白下所不敢望者⑧。湎沃后⑨，探愚谷园⑩，已废。但其泉犹屟响⑪，终不若秦园之石盘骨洁、老树丰棱也⑫。西上锡山，看城内万室鳞次，绣膏锦水，真吴会一福壤也⑬。浮图初建而孙鼎元出⑭，再修而华会榜兴⑮，则信乎有地脉哉。

归舟则人士联翩，笙歌弦索，如五色云中特闻琉璃霓羽，恍然叶法善挈三郎与玉环走月桥，看广陵灯事者⑯。不亦乐乎，不亦悦乎。

【注释】

①慧：慧山，又名惠山，在今江苏无锡西。锡：锡山，惠山东峰突起的小丘。

②暍（yē）：暑热。

③慧泉：又名惠泉，在惠山第一峰白石坞下，唐陆羽评之为天下第二泉。

④折阅：折价销售。

⑤兰陵面具：北齐高长恭封兰陵王，勇武而貌美，临阵常戴面具对敌。此处指各种面具。

⑥直：通"值"。

⑦"若使"二句：《史记·司马相如列传》载，卓文君和司马相如私奔后，生活穷困，二人在临邛开一酒店，卓文君当垆卖酒，司马相如着仆佣衣服洗涤器皿。

⑧维扬：扬州。白下：南京。

⑨湎沃：指饮酒。

⑩愚谷园：明代邹迪光（1550~1626，号愚谷）所建之园，在锡山和惠山之间，也称"邹园"。

⑪屧（xiè）响：木屐响声，喻指泉声。屧，木底鞋。

⑫秦园：即寄畅园，在惠山东麓，嘉靖初南京兵部尚书秦金所建，亦称秦园。

⑬吴会：秦汉时会稽郡郡治在吴县，郡县连称为吴会，在今苏州一带。

⑭浮图：佛塔，此指佛寺。孙鼎元：孙继皋，字以德，号柏潭，无锡人。万历二年（1574）状元，除修撰，累迁礼部侍郎，改吏部，卒赠礼部尚书。鼎元即状元、榜眼、探花之总称。

⑮华会榜：华琪芳，无锡人，天启五年（1625）会试第一。会榜指会试第一名。

⑯"恍然"二句：《集异记》："明皇八月望夜，与叶法善同游月宫，还过潞州城上，俯视城郭悄然，而月色如昼，法善因请上以玉笛奏曲……奏既，复以金钱投城中而还。旬余，潞州奏是夜有天乐临城，兼获金钱以进。"《杨太真外传》："罗公远天宝初侍玄宗，八月十五日夜宫中玩月，取一桂枝掷空中化为桥，至月宫，聆得《霓裳羽衣曲》，归而谱记之。"三郎，唐玄宗的小名。

【赏读】

慧山又名惠山，位于今江苏无锡西郊，山峰九曲，蜿蜒如龙，被誉为"江南第一山"。锡山是惠山东峰突起的一个小丘。相传周秦时此地盛产锡矿，故名锡山。

在这篇游记中，王思任记叙游山所行所见及在两山山顶眺望的景象，其中买小儿玩具和向妇人买酒是全文最有趣、最吸引人的地方。王思任为小儿辈"买泥人，买纸鸡,买木虎,买兰陵面具,买小刀戟",这些都是当地的小工艺品。特别是惠山泥人,造型质朴,栩栩如生,极富乡土气息,是无锡有名的特产。买小儿玩具一节,富有浓郁的生活气息,读来格外亲切。

如果说买小儿玩具,可以看出王思任的生活情趣,那么向妇人买酒则体现出他疏放不羁的性格。惠山以名泉佳水著称天下,其东麓的惠泉,据说曾被茶圣陆羽评为天下第二泉。名泉酿酒,风味尤佳,蒋氏酒就是其中最为出名者。文中记买酒一节,极为生动有趣。酒可"先尝论值",王思任欲尝"洌者清者",酒家妇给他选了一种度数稍高的烈酒,还说"吃甜酒尚可做人乎"。寥寥数语,酒家妇风趣爽朗、善与顾客周旋的形象顿时跃然纸上,难怪王思任直呼"冤家,直得一死"。

本文写买小儿玩具、向妇人买酒,极能体现王思任略带疏狂的性格和善于谐谑的文风,为周作人所激赏,他将王思任这些饶有情味的举动写入《儿童杂事诗》,诗曰:"买得泥人买纸鸡,兰陵面具手亲持。谑庵毕竟多情味,多买刀枪哄小儿。"张岱评王思任个性诙谐,称:"先生聪明绝世,出言灵巧,与人谐谑,矢口放言,略无忌惮。"洵非虚言。

游齐山记^①

齐山在秋浦之东^②,侗而不愿^③。外视之,朴然木釜也,而腹中雕伶湾宛^④,有令人叵测者。予数走秋浦,每忽易之。钱仲美守池^⑤,王伯允李焉^⑥,辄夸我而强之游。从大观楼发足,历千柳堤,不二三里而乐其下。曷为乎"齐"也?唐刺史齐映好此山也^⑦。山曷以胜也?因杜牧之高咏而胜也^⑧。山故多洞,而最奇者为潜虬。天根已绝^⑨,忽有日来,不炉不扇,辟谷此间,与猿蝠共老,亦有静者之趣矣。至半岩洞,则泉带云香,幽生衣骨,一丘一壑,不须买隐^⑩,而高明往来者,第以叹偿之而已矣。南亭已废,至翠薇亭,则千岚万顷,障列棋分。伯允命鼓吹闷了招洞中,从风引出,恍如隔世钧天^⑪。数与仲美角谐^⑫,然彼众我寡。记得醉中苦山行之顿,欲假仲美余皇^⑬,而又虞大江之险,仲美曰:"子恐错毙乎,事止一次,不得改,正茹其毒矣。"轰笑而别,然此亦解语^⑭,不欲泯之,并记于此。时万历辛丑之春也^⑮。

【注释】

①齐山：在今安徽池州，有三十二洞窟、十三名岩、十一名泉，有"江南名山之胜"的称誉。

②秋浦：贵池县（今安徽池州市贵池区）的古称。

③侗而不愿：幼稚而不朴实。侗，幼稚无知的样子。愿，朴实。语出《论语·泰伯》："子曰：'狂而不直，侗而不愿，悾悾而不信，吾不知之矣。'"

④雕伶湾宛：形容精雕细琢，玲珑巧妙。

⑤钱仲美：钱橒，字仲美，号岳阳，会稽（今浙江绍兴）人，万历年间任池州知府。守池：任池州知府。

⑥王伯允：未详。李：即司李，明代对推官的称呼。

⑦齐映：唐德宗时大臣，相传曾任池州刺史。

⑧杜牧之高咏：杜牧，字牧之，其《九日齐山登高》诗云："江涵秋影雁初飞，与客携壶上翠微。尘世难逢开口笑，菊花须插满头归。但将酩酊酬佳节，不用登临恨落晖。古往今来只如此，牛山何必独沾衣。"

⑨天根：堪舆术语，这里指山势。

⑩买隐：即归隐。《世说新语·排调》："支道林因人就深公买印山，深公答曰：'未闻巢、由买山而隐。'"

⑪钧天："钧天广乐"的略语，指天上的音乐。《史记·赵世家》："（赵）简子寤，语诸大夫曰：'我之帝所甚乐，与百神游于钧天，广乐九奏万舞，不类三代之乐，其声动

人心。'"

⑫角谐：比赛开玩笑。谐，谐谑。

⑬余皇：船名。《左传·昭公十七年》："子鱼先死，楚师继之，大败吴师，获其乘舟余皇。"杜预注："余皇，舟名。"

⑭解语：妙语。

⑮万历辛丑：万历二十九年（1601）。

【赏读】

万历二十七年（1599）至三十三年（1605），王思任为当涂县令。按照惯例，他每年要去秋浦谒见监司。秋浦在今安徽池州境内。当时，王思任的好友钱仲美和王伯允正在池州做官，数次向他夸赞齐山之美。万历二十九年（1601）春天，王思任在谒见之暇，与二位友人一同游览齐山，写下了这篇游记。

齐山在池州境内，相传因唐代刺史齐映而得名。宋人吴中复《齐山图》诗云："当时齐映为州日，从此山因姓得名。"明人王守仁《游齐山赋并序》亦云："齐山，在池郡之南五里许，唐齐映尝刺池，亟游其间，后人因以映姓名山。"王思任也认同此说，他在文中写道："曷为乎'齐'也？唐刺史齐映好此山也。"

齐山风景优美，地貌奇特，历代名家多有吟咏，其中最著名的是唐代诗人杜牧的《九日齐山登高》。这是杜牧在重阳节登临齐山时写下的一首七律。全诗气象苍茫,情感沉郁,在旷达中透出无限低回凄恻之情,堪称佳作。它也成为吟咏齐山的代表诗作。王思任文中提及此诗,并称"山曷以胜也?因杜牧之高咏而胜也"。

本文叙写简净,饶多韵致,如"天根已绝,忽有日来,不炉不扇,辟谷此间,与猿蝠共老"写静趣,"泉带云香,幽生衣骨,一丘一壑,不须买隐"写隐趣,都只寥寥数语,而形容毕现。文末记谐谑语,亦生动有趣。本文写于万历二十九年,是王思任早期的游记作品。文中已带谐谑笔调,可见谐谑是王思任散文的一贯特色,并不是后来才形成的。

游焦山记①

海山多仙人,润之山水②,紫阆之门楔也③,故令则登之,不觉有凌云之意④。子瞻孰厚金山,而兴言及焦,则以为不到怀惭,赋命穷薄⑤。由是观之,心不远者,地亦自偏耳⑥。

丙申⑦,予谒选北上⑧,老亲在舫,曾撮游之。仅一识面,偃蹇不亲。己酉⑨,以迁客翔京口⑩,五月既望,会司马莆田方伯文晤我⑪,买鲜蓄旨,约地友刘伯纯、陈从训俱⑫,从训暑不出,而痒痒鞅鞅⑬,徒以苏秦纵横⑭,不能愿待之。即乘长风往,一叶欹播⑮,与拜浪之鱼同出没也。至岸,入普济寺⑯,伯文色始定,而伯纯以为吾东家焦,殊不介介。暑气既深,幽碧如浸,选绿雪轻风之下小饮之,各沾醉,眠僧几。澡罢,谒焦先生祠⑰,庶几所谓水清石白者。少微之星,两光独曜,而各以姓易山川⑱。然严先生犹或出或语⑲,先生三诏罔闻,一言不授⑳,蔡中郎玄默之赞㉑,"所谓伊人,宛在水中央"耶㉒?左行而得水晶庵,梧竹翠流,潭空若永昌之镜㉒。僧携中泠水㉔,燃竹石铛,沸顾渚饮我㉕。水或不禁刀画,然云乳蒙蒙,芝童清侍,听好鸟一回,何境界也!山如鳖伏,而裙带间妙有茸畴,各秃宫于藤萝之隙㉖,且渔且耕,而又且畋。

巡麓右,迤入碧桃湾,则疏杨摇曳里许,青莎与朱华映染,半规山隐。扪攀而至吸江亭㉗,望海门瓜步㉘,都作龙腥㉙,点帆归鸟,千嶂彩飞,江淹咏"日暮崦嵫谷"者是矣㉚。乃从山背一探天吴㉛,历数亭而憩之。石笋斗潮,驯鹜不等,而湍险震荡,吾独羡其威纡百叠,愈取愈多。杖策归僧堂,梵鼓动矣。伯纯曰:"大月已到,不宜闭饮。"问童子得樱笋银鲚,又得文雉,被跣而出,歌于诸山第一峰前。月精电激,江波碎为练玦㉜。我欲呼老鼍共语,而伯文谓山鬼愁予,伯纯愿两脯之,以作水陆供,便思驾长虹而通沃洲也㉝。相与轰饮呼卢㉞,集杜句得月者赎㉟。坐至子夜,而天风渐劲,澎湃汹然,江声入僧室矣。

质明,予先鸟起,领清芬之味,人各舁舁也。伯文搔首相詈:"王郎即有山水馋,不须奔竞尔尔!"予不能辩也。寻会食㊱。探浮玉岩,一石横出,摩薜读昔人题石屏字。跻级登观音阁,修篁琪树,蔽翳雪光。更有竹阁两槛,买天半角,而金山斐叠其胸,此足当人主矣。又延踏而至一僧舍,竹益酣染,衣袂俱作云香。有巨石数十，堆堕涧中，讨《瘗鹤铭》㊲，已投江丈许，褰衣濡足，惘不可得。王辰玉昔曾判之㊳，以为断非逸少之笔㊴，大都高人韵士，惟恐人知，焉见《瘗鹤》之字，不出蜗牛之庐㊵，而必借美于换鹅之手耶㊶？伯文颔之，以韵语相挑。再遣舟从沙户市鱼，而弈于断岩悬蔓之半，徘徊瞻顾，有不知玉壶清宇，冷在何处者。

试以金焦评之：金以巧胜，焦以拙胜。金为贵公子，焦似淡道人。金宜游，焦宜隐。金宜月，焦宜雨。金宜小李将军㊷，焦则大米㊸。金宜神，焦宜佛。金乃夏日之日，而焦则冬日之日也㊹。伯纯立驳："子腹中丘壑，舌上阳秋㊺，谁为我金焦赂子左右足乎？"乃唤觥觚，大笑飞敌。至渔火初出，缓棹至余皇㊻，以不尽之沥，中江而罄之。是夕，月明如昼，微风不兴，水天一片，人语杳然，而城头漏三严矣。此"大江流日夜，客心悲未央"时也㊼。

【注释】

①焦山：在今江苏镇江东北，屹立江中，与金山对峙。

②润：润州，即今江苏镇江。

③紫闻：紫台闻苑，指仙人所居之处。

④"故令则"二句：晋荀羡字令则，曾登北固山望海，

云:"虽未睹三山,便自使人有凌云意。若秦汉之君,必当褰裳濡足。"见《世说新语·言语》。

⑤"子瞻"四句:苏轼《自金山放船至焦山》:"我来金山更留宿,而此不到心怀惭。同游尽返决独往,赋命穷薄轻江潭。"

⑥"心不"二句:陶渊明《饮酒》:"结庐在人境,而无车马喧。问君何能尔,心远地自偏。"

⑦丙申:万历二十四年(1596)。

⑧谒选:去吏部等候选派。

⑨己酉:万历三十七年(1609)。

⑩京口:今江苏镇江。

⑪司马:明代兵部尚书的别称。莆田:地名,在今福建省。方伯文:方承郁,字伯文,万历间曾任歙县县令。

⑫地友:当地之友。刘伯纯、陈从训:二人不详。

⑬痒痒鞅鞅:此指犹豫不爽快的样子。

⑭苏秦纵横:苏秦是战国时纵横家,善于游说。此用以指推托之辞甚多。

⑮一叶:指小船。欹播·颠籁。

⑯普济寺:佛教胜地,即今江苏镇江定慧寺。始建于东汉兴平年间,南宋重建,易名焦山寺,清康熙南巡时赐名定慧寺。

⑰焦先生:指东汉末隐士焦光,一名焦先,字孝然。焦山即以其隐居该地而得名。

⑱"少微"三句：少微星，一名处士星，后常用以喻指处士。两光独曜，指严光（字子陵）和焦光。焦山以焦光而得名，严子陵在富春江垂钓处亦被后人称为严陵濑。

⑲"然严先生"句：《后汉书·逸民传》载严光曾受召至京师与光武帝刘秀等故人相见，并有所谈论。

⑳"先生"二句：据说东汉灵帝时，焦光三被征召，皆不应命。《三国志·魏书·管宁传》注引《魏略》载太守贾穆过焦光之庐，与之语，焦光不应。《高士传》云焦光"见汉室衰，乃自绝不言"。

㉑"蔡中郎"句：东汉末蔡邕曾官中郎将，其《蔡中郎集》卷六《焦君赞》有"猗欤焦君，常此玄默"之句。

㉒所谓伊人，宛在水中央：《诗经·秦风·蒹葭》："所谓伊人，在水一方。溯回从之，道阻且长；溯游从之，宛在水中央。"

㉓永昌：地名，在今云南保山，产镜。

㉔中泠：中泠泉，在今江苏镇江金山，号称天下第一泉。

㉕顾渚：顾渚山。在今浙江长兴县西北，产名茶。此用以代指好茶。

㉖秃宫：指寺院。

㉗吸江亭：又名汲江亭，在焦山顶端。

㉘海门：县名，属江苏扬州府，今属南通市。瓜步：镇名，在六合县（今南京市六合区）东南。

㉙龙腥：墨的气味，此指墨痕。

㉚"江淹"句：江淹，南朝梁诗人，其《陆东海谯山集》诗云："日暮崦嵫谷，参差彩云重。"崦嵫，传说中日落之处。

㉛天吴：水神。《山海经·海外东经》："朝阳之谷，神曰天吴，是为水伯。"唐李贺《浩歌》："南风吹山作平地，帝遣天吴移海水。"

㉜练玦：白练似的半圆环。玦，开缺口的玉环。

㉝沃洲：山名，在今浙江新昌县东。

㉞呼卢：指划拳行令。

㉟"集杜句"句：集杜甫诗句中有"月"字者赎酒。

㊱会食：相聚而食。

㊲《瘗鹤铭》：古碑刻，署华阳真逸撰、上皇山樵书，在今江苏镇江焦山崖石上，笔法浑穆。关于其书者说法不一，有王羲之、陶弘景、颜真卿诸说。

㊳王辰玉：王衡，字辰玉，万历进士，官编修，负才早卒。著有《缑山集》及《郁轮袍》等杂剧。

㊴逸少：王羲之，字逸少。

㊵蜗牛之庐：指焦光，焦光曾造蜗牛庐而居。

㊶换鹅之手：指王羲之。《晋书·王羲之传》："山阴有一道士，养好鹅，羲之往观焉，意甚悦，固求市之。道士云：'为写《道德经》，当举群相赠耳。'羲之欣然写毕，笼鹅而归，甚以为乐。"

㊷小李将军：指唐左武卫大将军李思训之子李昭道，著名画家，善画青山绿水。

㊸大米：指宋著名书画家米芾，其子米友仁亦善画，故世称其父子为大米、小米。米芾以善画泼墨山水著称。

㊹"金乃"二句：《左传·文公七年》："酆舒问于贾季曰：'赵衰、赵盾孰贤？'对曰：'赵衰，冬日之日也。赵盾，夏日之日也。'"杜预注："冬日可爱，夏日可畏。"

㊺阳秋：春秋。孔子作《春秋》以寓褒贬，此用以指评论。

㊻余皇：见《游齐山记》注⑬。

㊼大江流日夜，客心悲未央：南朝齐谢朓《暂使下都夜发新林至京邑赠西府同僚》诗句。

【赏读】

焦山是镇江名胜之一，以山水天成、古朴幽雅而闻名于世，与金山、北固山合称"镇江三山"。焦山位于长江之中，四面环水，满山苍翠，有"江中浮玉"的美称。

万历二十四年（1596），王思任上京谒选时路过镇江，曾在舟中远望焦山。十三年后，他又来到镇江，与友人方承郁、刘伯纯等从容入山游览，写下了这篇《游焦山记》。

焦山上胜迹众多，有普济寺、吸江亭、水晶庵等。王思任等人游山时在普济寺中休憩，又"选绿雪轻风之下",小饮沾醉,各据僧几而眠,颇有晋人洒脱不羁的风致。吸江亭在焦山绝顶,又名吸江楼。登楼远眺,两岸风光尽收眼底。王思任等人游览至此,"望海门瓜步,都作龙腥,点帆归鸟,千嶂彩飞",确属壮观。焦山诸名胜中最为出名的是《瘗鹤铭石》。此铭号称"大字之祖",在书法史上非常出名。王思任等人游山时春水已涨,铭石没入水中,因此"褰衣濡足,惘不可得"。他另有《焦山瘗鹤铭跋》,已选入本书,可参看。

本文记游踪甚详,描摹人物极为鲜活,是山水游记的典范之作。文中人物或饮酒品茶,或对弈赏景,语言行动间透露出当时文人士大夫高雅的审美情趣。

游九华山记①

予令姑孰②,岁谒监司于秋浦③,每吟老杜"高山拥县青"④,则愿调青阳一尉。至玩华亭,每恨不夕得长此亭足矣⑤。壬寅六月⑥,以课绩往⑦,而兄大然、师漏仲容实来⑧,乃订门人张仲濠、王中履共访九子山。

臂篆手镵⑨,约从侈醴⑩,出青邑九华庙十五里,至西洪岭。云物作噩,各有败意⑪。而大然力呼,以为即擿铁勿阻⑫。俄而霁矣,见枕月一峰,秀矫天左,云观弼之。自此但有莲花层矗,烟鬟乱堆,聚首而孪者,命为九子,余不胜问也。五里,至石龙口,峭蒨渐迫⑬,怪休幻来。十里,至山西中,则垂天之云倒立,阴阳失昏晓矣⑭,乃饭于桥庵。过野梁下,有朱瑚石骨,席平三十丈,流泉一派,如雪霞舒走。急置酒上流,腹卧而哜接之⑮。吾家伯安先生赋九华"濑流觞而萦纡,遗石盘于涧道"者⑯,岂乐此耶?去梁百步,望见悬瀑一通,马上人眉岸尽带栖贤三峡⑰。数里至涌泉亭，此云石中仙醴也⑱。数里至半霄亭，曩螺髻蟠纠，今弁兜汹武如此⑲。行小仙桥，两涧孤绝。至碧霄亭，而九十九峰次第招我葛袂。过大仙桥，僧童以箫管互迎，空山细响，鸟梵鸣泉，殊不恶。至望江亭，雾中拖曳一练，畴昔舟中所极目碧霭者，我今嘘其间乎！入玄览亭，而江皛山翠⑳，色媚含规，客有吝思矣㉑。左折而下，抵化城寺，肃佛后㉒，简一竹楼凭之，似翕碧菡苕中一须者㉓。仲容方与中履丁丁然哄局道㉔，仲濠以为如此好山不看，而担粪溷乃公为㉕？大然曰："此二人者，亦九子坯也。"乃飞挈轰剧而宿㉖。

质明，谒太白祠，虎蹄新过如爪坏㉗。有胡僧以藤杖夜巡，虎来辄伏。礼地藏殿㉘，随喜其塔㉙。老僧具云：至德初㉚，王从新罗国卓锡于此㉛。以堪舆理察之㉜，此山独小，圆直中立，似万萼护苞者。佛所藏，亦八风不袭，人子更须知矣。白墙之事，似若荒唐，然青泥可食，于传有之㉝。予幼游盱江从姑㉞，有米脂二穴，气每臭人㉟。仙佛作戏㊱，不可以腐断也㊲。第舍利妙光，缘薄未觏㊳，差为阙事。乃东上神光岭，望金刚尖山若戴杵。东岩是金藏苦行处㊴，数转而得龙头石，一岩险挂，伯安手书《周经偈》在焉。岩下则为舍身岩，栗人肤股者也。南折而入一禅室，枯僧一人跌其中，唉五钗松而已。而所谓古仙、钵盂、云门、天台、绣壁、聚讲、内峰、外峰，皆以万蘙卷扬⑩，共卫金藏之枢也。自此而往，猿居熊府，啼嗥幽暗，无樵迹矣。予胆如瓠㊶，足如萝㊷，欲即穷之，会直指有檄㊸，山灵又将修妒，因各赋数诗趋还。

大都九华之胜，李供奉发明之矣㊹。山多作怪，学人物兽鸟之形，团结移换，朝锐夕方，遂令三百里之间，神目骇笑。然而身即其颠，俱疣附焰腾，诡谲易厌。昔人所谓可望而不可登者也。寒碧秋凝，集众美而得大意者，庶几五溪桥上乎？是役也，所怅未游者，九子寺、七布泉；所未见者，钵囊花、玉缨络；所见者，石斑鱼、南天竹；所闻者，虎啸、克丁当㊺；所食者，竹簟、石芝；得携归示人者，仙掌羽、金地茶。

【注释】

①九华山：在安徽青阳县西南。有九十九峰，而以天台、莲华、天柱、十王等九峰最为雄伟，故名九子山。唐李白游江汉，有"昔在九江上，遥望九华峰。天河挂绿水，秀出九芙蓉"诗句，从此更名九华山。

②姑孰：即安徽当涂县，以临姑孰溪而得名。

③监司：指按察司。

④"每吟"句：杜甫《行次盐亭县聊题四韵奉简严遂州蓬州两使君咨议诸昆季》："马首见盐亭，高山拥县青。云溪

花淡淡,春郭水泠泠。"

⑤不夕:《左传·成公十二年》:"百官承事,朝而不夕。"杜预注:"不夕,言无事。"孔颖达正义:"旦见君谓之朝,莫见君谓之夕……人息事少,故百官承奉职事皆朝朝而莫不夕。不夕,言无事也。"长(zhǎng):用作动词,指做亭长。文中以"亭长"代指青阳县地方官。

⑥壬寅:万历三十年(1602)。

⑦课绩:考核治绩。

⑧漏仲容:名坦之,字仲容,当时帖括名家,是王思任的老师。

⑨臂篆手镳:臂携官印,手执马辔。篆,印章多用篆文,故为官印的代称。镳,本意为马嚼子,此处代指缰绳。

⑩约从侈醴:少带随从,多带美酒。约,少。侈,多。醴,酒。

⑪败意:扫兴。

⑫擿:同"掷"。

⑬茜:草茂盛的样子,鲜明。

⑭阴阳失昏晓:杜甫《望岳》:"造化钟神秀,阴阳割昏晓。"

⑮咮:鸟嘴。此指像鸟一样喝水。

⑯伯安先生:王守仁,字伯安,浙江余姚人,明代大儒,世称阳明先生。尝作《九华赋》,"濑流觞而萦纡,遗石盘于洞道"是其中二句。

⑰栖贤三峡：指庐山栖贤谷三峡涧。

⑱醥（piǎo）：清酒。

⑲弁：士兵。兜：即兜鍪，古代武将的头盔。

⑳皛（xiǎo）：皎洁，明亮。

㉑吝思：顾惜难舍之情。

㉒肃：揖拜。

㉓翕：合，聚。菡萏：荷花的别称。

㉔丁丁然：围棋落子声。哄：争闹。局道：棋盘线，此指下棋。

㉕涸：污秽，此作动词用。

㉖斝（jiǎ）：一种铜制的酒器，圆口，三足。轰剧：轰饮嬉戏。

㉗坼：裂开。

㉘地藏殿：即肉身宝殿，佛经载佛灭度后一千五百年，地藏王菩萨降生于新罗（朝鲜半岛古国名，在朝鲜半岛南部）国主家，姓金，号乔觉。唐永徽四年（653）至中国，后至九华山苦修，辟地藏王道场。九十九岁时坐化，肉身不坏。佛徒遂于南台（今安徽池州神光岭，地藏成道处）建肉身宝殿，殿中建七级宝塔供奉之。

㉙随喜：佛教谓游览佛寺为随喜。

㉚至德：唐肃宗年号，756~758。

㉛卓锡：僧人的居留。卓，植立。锡，锡杖。僧人出行多持锡杖，故称其居止为卓锡。

㉜堪舆：风水。

㉝"白墡"四句：《宋高僧传》卷二十《唐池州九华山化城寺地藏传》载：新罗国之人仰地藏高风，"率以渡海相寻，其徒且多，无以资岁。（地）藏乃发石得土，其色青白，不碜如面，而供众食……龙潭之侧有白墡硎，取之无尽"。

㉞盱（xū）江：江名，流经江西广昌、南丰、南城三县。从姑：山名，在江西南城县。

㉟臭（xiù）：即嗅。

㊱作戏：开玩笑。

㊲腐：迂腐。

㊳觏（gòu）：遇见。

㊴金藏：即金乔觉，参见注㉘。

㊵纛（dào）：用毛羽装饰的旗幢。

㊶瓠：葫芦。

㊷萝：女萝，蔓生植物。

㊸直指：直指使者，朝廷直接派往地方处理事务的官员，犹钦差大臣。檄：此指征召的公文。

㊹李供奉：指李白。李白曾供奉翰林院。

㊺克丁当：指鸟啼声。王十朋《九华山》（其四）："江南一岳占青阳，多少神仙此地藏。闻说仙翁捣药处，鸟声依旧克丁当。"自注："山中有鸟啼声，曰克丁当。时人呼为葛仙翁捣药处。"

【赏读】

九华山位于安徽青阳县西南，原名九子山。因李白诗句"天河挂绿水，秀出九芙蓉"而更名为九华山。

明万历三十年（1602），王思任为安徽当涂县令。公事之余，他与前来探访的兄长大然、老师漏仲容和门人张仲濩、王中履同游九华山，写下了这篇《游九华山记》。

在游记中，王思任采用移步换景的写法，详尽记录游山踪迹，描绘各处胜景，如枕月峰"秀矫天左，云观弼之"，石龙口"峭茜渐迫，怪体幻来"，西山屯"则垂天之云倒立，阴阳失昏晓矣"……每一处只寥寥数语，却极为生动妥帖，准确呈现出各处景物的不同特点，显示出作者敏锐的观察力和高超的艺术表现力。

九华山不但风景秀美，山上还有许多人文胜迹，其中最具诗意的当属大诗人李白的故居。王思任等人游山时曾入祠拜谒。

除此之外，化城寺也是山上一大人文景观。九华山是中国佛教四大名山之一，化城寺历史悠久，是九华山开山祖寺。唐朝时，新罗僧人金乔觉在此长期苦修，僧众视其为地藏菩萨化身，因此在他圆寂之后，化城寺被辟为地藏菩萨道场。

书传中的金乔觉颇有几分神奇色彩。据《宋高僧传》等书记载,当时追随他修行的僧徒众多,以至食物匮乏,金乔觉取山上白土与众人充饥,众人因此得以饱腹。白土在文中称作"白墡"。此事似涉荒诞,王思任却以从姑山上"有米脂二穴,气每臭人"为例,认为"仙佛作戏,不可以腐断"。姑且不论这种推论合理与否,这正鲜明表现出王思任见解独立,不肯随人俯仰的个性。这种个性在他的文章中时时有所体现,如文末"可望而不可登"之论,即是一个生动的例子。陈继儒在《王季重游唤序》中说王思任个性独立,不愿"漫无可否,每言辄佳"。这虽是针对《游唤》集而发,但用来评价这篇游记也是非常合适的。

游丰乐醉翁亭记①

一入清流关②,人家有竹,树有青,食有鱼,鸣有鸲鹆③,江南之意可掬也。是时辛丑觐还④,以为两亭馆我而宇之矣。有檄⑤,趣令视事⑥,风流一阻。癸卯入觐⑦,必游之。突骑而上丰乐亭,门生孙孝廉养冲氏亟觞之。看东坡书记⑧,遒峻耸洁可爱。登保丰堂,谒五贤祠,然不如门额之豁。南下而探紫微泉,坐柏子潭上,高皇帝戎衣时⑨,以三矢祈雨而得之者也。王言赫赫,神物在渊,其泉星如,其石标如,此玄泽也。上醒心亭,读曾子固记⑩,望去古木层槎,有邃可讨,而予之意不欲傍及,乃步过薛老桥,上酿泉之槛,酌酿泉。寻入欧门,上醉翁亭。又游意在亭,经见梅亭,阅玻璃亭,而止于老梅亭,梅是东坡手植。予意两亭既胜,此外断不可亭。一官一亭,一亭一扁,然则何时而已?欲与欧公斗力耶?而或又作一解酲亭,以效翻驳之局,腐鄙可厌。还访智仙庵,欲进开化寺,放于琅琊,从者暮之,遂去。

予语养冲曰：山川之须眉，人朗之也，其姓字人贵之，运命人通之也。滁阳诸山，视吾家岩壑，不啻数坡垞耳⑪，有欧、苏二老足目其间，遂与海内争千古，岂非人哉？读永叔亭记⑫，白发太守与老稚辈欢游，几有灵台华胥之意⑬，是必有所以乐之而后能乐之也。先生谪夷陵时⑭，索《史记》，不得读，深恨谳辞之非⑮，则其所以守滁者，必不在陶然兀然之内也⑯。一进士左官⑰，定以为蘧舍⑱，其贤者诗酒于烟云水石之前，然叫骂怨咨耳热之后，终当介介。先生以馆阁暂麾⑲，淡然忘所处，若制其家圃然者，此其得失物我之际，襟度何似耶？且夫誉其民以丰乐，是见任官自立碑也⑳。州太守往来一秃㉑，是左道也。醉翁可亭乎？扁墨初干，而浮躁至矣㉒。先生岂不能正名方号，而顾乐之不嫌、醉之不忌也。其所为亭者，非盖非敛，故其所命亭者不嫌不忌耳。而崔文敏犹议及之㉓，以为不教民蒔种，而导之饮。嗟呼！先生有知，岂不笑脱颐也哉！子瞻得其解，特书大书，明己为先生门下士，不可辞书。座主门生㉔，古心远矣。予与君其憬然存斯游也。

【注释】

①丰乐醉翁亭：指丰乐亭、醉翁亭。丰乐亭，在安徽滁州西丰山北麓，宋欧阳修建，自为记，苏轼书刻石。醉翁

亭,在安徽滁州西南,宋僧智仙建,欧阳修为滁州太守,尝饮宴于此。因欧阳修自号醉翁,故名亭为醉翁亭。欧阳修撰有《醉翁亭记》。

②清流关:在今安徽滁州西北清流山上,是江淮要冲。

③鸲鹆(qú yù):鸟名,俗称"八哥"。

④辛丑:万历二十九年(1601)。

⑤檄:公文。

⑥趣:催促。

⑦癸卯:万历三十一年(1603)。

⑧东坡书记:指丰乐亭中石碑,上镌苏轼手书《丰乐亭记》。

⑨高皇帝:指明太祖朱元璋。

⑩曾子固:宋曾巩,字子固。其《元丰类稿》卷十七有《醒心亭记》。

⑪垞(chá):土丘。

⑫永叔:欧阳修,字永叔。

⑬灵台:周文王所建之台。华胥:《列子·黄帝》:"(黄帝)昼寝而梦,游于华胥氏之国。"后借以喻上古的理想之国。

⑭夷陵:在今湖北宜昌。

⑮谳辞:议罪之辞。《宋史》卷三一九《欧阳修传》:"方贬夷陵时,无以自遣,因取旧案反覆观之,见其枉直乖错,不可胜数,于是仰天叹曰:'以荒远小邑且如此,天下固可知。'自尔遇事不敢忽也。"

⑯陶然兀然：酒醉狂傲的样子。

⑰左官：降职。

⑱蘧（qú）舍：旅舍。

⑲馆阁：指在史馆、昭文馆、集贤院三馆和秘阁、龙图阁等阁任职的大臣。欧阳修被贬滁州前任知制诰，是馆阁大臣。麾：斥逐。

⑳见任官：即现任官。

㉑秃：指智仙和尚。

㉒浮躁：指轻浮急躁的议论。

㉓崔文敏：即明代崔铣，字子钟，河南安阳人。弘治十八年（1505）进士，历南京礼部右侍郎，致仕卒，谥文敏。其学主程朱，斥王守仁为霸儒。

㉔座主：进士称主考官为座主，及第后皆为座主之门生。欧阳修是苏轼进士试的主考官。

【赏读】

万历二十九年（1601），王思任从京师南还，途经滁州，欲游览当地名胜，因公务促迫，未能成行。两年后，王思任又经滁州，方得从容游览其地，写下了这篇《游丰乐醉翁亭记》。

滁州位于长江下游南岸，在今安徽境内。其地之所以为人熟知，大抵是因为北宋著名文学家欧阳修任滁州太守时所作的《醉翁亭记》和《丰乐亭记》。

北宋庆历五年（1045），欧阳修因上书论救范仲淹等人，被贬官滁州太守。滁州地处群山之中，风景秀丽，泉水清澈，其中酿泉、紫微泉二泉因欧阳修《醉翁亭记》《丰乐亭记》的传诵而尤为出名。

欧阳修任滁州太守时为政简易，与民休息，治绩极好。这在他的文章中时有表露，两亭记中有许多表现人民安居乐业、太守与民同乐的文字，如《醉翁亭记》："至于负者歌于途，行者休于树，前者呼，后者应，伛偻提携，往来而不绝者，滁人游也。"《丰乐亭记》："修之来此，乐其地僻而事简，又爱其俗之安闲。既得斯泉于山谷之间，乃日与滁人仰而望山，俯而听泉……又幸其民乐其岁物之丰成，而喜与予游也。"

然而明人对欧阳修在滁州的治行却颇有微词。崔铣《醉翁亭记跋》称："欧阳子其慕晋人之风邪？汉吏种田莳蔬，效功阡陌。夫宋之士习若是，故其国之不竞欤！"王思任文中"崔文敏犹议及之，以为不教民莳种，而导之饮"数语，即由此而发。其实，欧阳修以文章闻名当世，为官也十分尽责，绝无半点敷衍之心。据《能改斋漫录》记载，欧阳修曾对张舜民谈吏事，说："大抵文学止于润身，政事可以及物。吾昔贬官夷陵……因取架阁陈年公案反覆观之，见其枉直乖错，不可胜数……当时仰天誓心，自尔遇事，不敢忽也。"正因如此，王思任才会有"其所以守滁者,必不在陶然兀然之内"的推断,对崔铣的议论更是嗤之以鼻。

欧阳修尽心政事,又恬淡超然,不以个人沉浮而悲喜的心境,自有其内在价值判断的支撑。他在《与尹师鲁书》中说:"每见前世有名人,当论事时,感激不避诛死,真若知义者。及到贬所,则戚戚怨嗟,有不堪之穷愁,形于文字。其心欢戚,无异庸人……慎勿作戚戚之文。师鲁察修此语,则处之之心又可知矣。近世人因言事亦有被贬者,然或傲逸狂醉,自言我为大,不为小。故师鲁相别,自言益慎职,无饮酒。"

欧阳修的这种人生态度,深为可敬,也在不知不觉间感染着他人。欧阳修和张舜民谈论吏事时,苏东坡也在场,"其后子瞻亦以吏能自任,或问之,则答曰:'我于欧阳公及陈公弼处学来。'"因此"子瞻得其解,特书大书",而数百年后王思任领会其意,由衷发出"座主门生,古心远矣"的赞叹。

本文先叙后议,以议为主,且议论精警,不落俗格,记叙游踪则较为简略。这既是文章的特色,也是作者高明之处。因为记叙滁州风物,已有欧阳修《丰乐亭记》《醉翁亭记》专美于前,若文中再着力描摹刻画景物,易流于陈腐,令读者生厌。因此,本文如此布局,既是其特色之一,也可看出王思任行文的巧妙之处。

登龙山记①

　　万历癸卯九月九日②，当涂令王思任棘闱题解事竣③，还官，拉同广文新昌刘干正、泰州李廷芳、无锡浦蒙泰至龙山登高④，寻孟嘉落帽处，记孙盛之雅嘲，喜参军之即答⑤，述苏轼之补文⑥，食茱萸长寿之饼⑦，饮菊花去疾之酒。霞天有雁，返照澄江，新月空飞，千山呈媚。数千年后续桓、孟作披襟之乐，勒名崖下。

【注释】

①龙山：在今安徽当涂县东南。

②万历癸卯：万历三十一年（1603）。

③棘闱：科举考试的试院。

④广文：指儒学教官。

⑤"寻孟"三句：《汉魏六朝杂传集·孟嘉别传》："（孟嘉）后为征西桓温参军。九月九日温游龙山，参察毕集。时佐史并着戎服，风吹嘉帽堕落。温戒左右勿言，以观其举止。嘉初不觉，良久如厕，命取还之。令孙盛作文嘲

之,成,着嘉座。嘉即还答,四座嗟叹。"

⑥苏轼之补文:《世说新语》中未载孙盛、孟嘉的文章,后世亦不传。苏轼因此戏作《补龙山文》,见《东坡全集》卷一〇〇。

⑦茱萸:一种植物,其味香烈。古代风俗,九月九日重阳节佩戴茱萸,以祛邪避灾。

【赏读】

万历三十一年(1603),王思任二十九岁,任安徽当涂县令已有四五个年头。这年秋天,他担任应天乡试房考官。考试结束后,王思任回到当涂,正逢重阳佳节,便与刘干正、李廷芳、浦蒙泰等三位友人同上龙山登高,写下了这篇《登龙山记》。

龙山位于当涂城南,因山势蜿蜒如龙而得名,是当地名胜之一。自汉魏以来,每到九月九日重阳节,民间都有登高远眺、佩茱萸囊、饮菊花酒、吃重阳糕的习俗。龙山是当地士人九日登高的胜地,而东晋时的一次重阳盛会尤为著名。

东晋时期,征西大将军桓温出任江州刺史。一年重阳,他带领僚佐登眺龙山,并设宴欢饮。众人乐极,参军孟嘉连帽子被风吹落也毫不知觉。桓温看到后,为观察孟嘉风度,不许他人提醒,直到孟嘉离座如厕,方才命人取回帽子,还命当时著名的文士孙盛作文嘲弄。孟嘉素有大名，回座后看到帽子和嘲文，神色不变，当即挥笔作答，须臾之间，写成一篇文采不凡的解嘲文，博得四座赞叹。此后"龙山落帽""参军吹帽""孟嘉帽"成为名士气度恢宏、脱略行迹的象征，龙山也因此具有特殊的文化内涵。王思任等人九日登龙山"寻孟嘉落帽处"，正是因为景仰前贤，一抒思古之幽情。

《登龙山记》属于崖下勒名，因此只寥寥数句，略记游踪。其中"霞天有雁，返照澄江，新月空飞，千山呈媚"数句，颇有六朝山水游记简净传神的风格，可谓善学古人。

三登燕子矶记①

万历乙巳冬②,同咨年友唐存忆招予③,共谢在杭游燕矶④。出观音门入清江道院,少憩,由关帝祠右上水云亭,榜曰"天空海阔",湛甘泉先生笔也⑤。数级而上肃帝⑥,则气吞江表矣。又上之为矶顶,其亭曰"俯江"。予与在杭饮弈,存忆以大咒觥劝负者⑦。

今崇祯癸酉⑧,在杭久化去,存忆为宪长⑨,而予仍复为小司仝⑩。偶摄城垣,董修至此,例有官餐。予命之设于矶上,邂逅道院之塾师,拉其对饮,此人殊愦愦。每江帆一过,予引一巨祝其平安⑪,亦一乐也。

予解江州之节⑫,己卯游邗返⑬,经过其下,矶石齿齿⑭,一老渔向予言:"二十年前,矶穴中有十丈者,百千丈至万丈者,水漫迷舟,一触即苦。今皆沙淤平善,不复虑也。"何以名燕子?曰:"群石飞动,紫颔黑体如燕子然。"老渔岂欺我哉!复市鱼觅醴,至亭顶,同友生吴竟宇、田远度、阮周生或弈或投琼⑮,毫无官守之顾,得遂逍遥之情,较昔年之乐更倍。临别辞帝，似甚不能忘情者。帝曰：将子无死，尚复能来。

【注释】

①燕子矶：在江苏南京北郊观音门外，是岩山东北的一支。山石直立江上，三面临空，形似燕子展翅欲飞，因称燕子矶。

②万历乙巳：万历三十三年（1605）。

③同咨：明代指同时被荐举而授官者，因名列同一咨文，故称。年友：指同年科举中第者。唐存忆：唐世济，字美承，号存忆，浙江乌程人，万历二十六年（1598）进士，授宁化知县，以廉卓，征为监察御史，历兵部右侍郎，崇祯中官至左都御史。

④谢在杭：谢肇淛，字在杭，福建长乐人，万历二十年（1592）进士，任湖州推官，累迁工部郎中、广西左布政使，是当时著名文士。卒于天启四年（1624），年五十八。

⑤湛甘泉：湛若水，字元明，号甘泉，增城（今广东广州市增城区）人。明弘治末年进士，历官南京兵部尚书。与王阳明相应和，学者称甘泉先生。卒谥文简。

⑥肃：揖拜。帝：指关帝。

⑦兕觥（sì gōng）：一种兽形酒器。

⑧崇祯癸酉：崇祯六年（1633）。

⑨宪长：中央监察机关的首长，明代指都察院的都

御史。

⑩小司空：官名，是管理工程事项的司空的副贰。隋以后用以称工部侍郎或工部司官。

⑪巨：巨觥，大杯。

⑫"予解"句：王思任曾任江州备兵使者，为人所攻讦，罢职。

⑬己卯：崇祯十二年（1639）。邗（hán）：江苏扬州。

⑭齿齿：排列如齿之状。

⑮投琼：掷骰子。

【赏读】

燕子矶在南京北郊观音门外，因石峰突兀江上，三面临空，势如燕子展翅欲飞之状而得名。燕子矶地势险要，是江上重要的渡口，素有"万里长江第一矶"之称。

王思任曾三登燕子矶。第一次在万历三十三年（1605）冬天，同游者为唐世济和谢肇淛。赏景之余，一起饮酒对弈，"予与在杭饮弈，存忆以大觥劝负者"，文字间流淌出无限自得与快意。

王思任第二次登燕子矶在崇祯六年（1633），距第一次登游已过去二十八个春秋。"岁月不居，时节如流"，当时刚过而立之年的王思任如今已五十九岁，谢肇淛去世也已十年。"在杭久化去"一语，隐隐透出些许怅然。然而王思任最是达观，陪饮的塾师虽"殊愤愤"，总聊胜于无。"每江帆一过,予引一巨祝其平安,亦一乐也",怅然之余又能自得其乐,足见王思任放旷不羁的性格。

崇祯十二年(1639),王思任离任江州,第三次来到燕子矶。此次游览,"同友生吴竟宇、田远度、阮周生或弈或投琼,毫无官守之顾,得遂逍遥之情,较昔年之乐更倍"。这时王思任六十五岁,回想三十余年间自己已三登燕子矶,如今年老,不知后会几何,不禁陡生依依惜别之情。"临别辞帝(关帝),似甚不能忘情者",非关帝不能忘情,直是辞别者不能忘情。而帝曰云云,正可看作王思任内心所愿。"将子无死,尚复能来"出自《穆天子传》,是周穆王赴瑶池饮宴,西王母临别赠歌中的最末两句,全诗曰:"白云在天,丘陵自出。道里悠远,山川间之。将子无死,尚复能来。"已过耳顺之年的王思任,在三游燕子矶后尚作豪语留下后约,正体现了作者达观的人生态度,也间接说明游览燕子矶给王思任带来无穷乐趣。

本文将三次登游燕子矶的经历浓缩在一篇游记当中,时间跨度极大,流露出作者对世事变迁的感慨。王思任用简短的篇幅,将这种白云苍狗之变以极平淡的语言一一道来,浑然苍茫,气象万千,不愧为文章高手。

剡溪①

浮曹娥江上②,铁面横波③,终不快意。将至三界址④,江色狎人:渔火村灯,与白月相上下,沙明山静,犬吠声若豹,不自知身在板桐也⑤。昧爽⑥,过清风岭⑦,是溪江交代处⑧,不及一唁贞魂⑨。山高岸束,斐绿叠丹,摇舟听鸟,杳小清绝,每奏一音,则千峦嘈答⑩。秋冬之际,想更难为怀⑪。不识吾家子猷,何故兴尽雪溪⑫?无妨子猷,然大不堪戴。文人薄行,往往借他人爽厉心脾,岂其可?过画图山⑬,是一兰苕盆景。自此万壑相招赴海,如群诸侯敲玉鸣琚⑭。逼折久之,始得豁眼一放地步。山城崖立,晚市人稀,水口有壮台作砥柱⑮。力脱帻往登,凉风大饱。城南百丈桥,翼然虹饮,溪逗其下,电流雷语。移舟桥尾,向月碛枕漱取酣⑯,而舟子以为何不傍彼岸,方喃喃怪事我也。

【注释】

①剡（shàn）溪：在今浙江嵊州，源出天台诸山，下游为曹娥江。

②曹娥江：在今浙江绍兴市上虞区。东汉时上虞人曹盱堕江而死，其女年十四，昼夜沿江号哭，寻父尸不得，遂投江而死。后人于江畔立曹娥庙，江由此得名。

③铁面横波：形容波涛险恶。《上虞县志》称曹娥江"潮汐之险，亚于钱塘，坍沙陷溺，常为民患，谚云'铁面曹娥'"

④三界：三界镇，在今绍兴市上虞区北，是古上虞、会稽、嵊县三地交界处。

⑤板桐：此处指船。

⑥昧爽：拂晓，黎明。

⑦清风岭：在今浙江嵊州。

⑧溪江交代处：指剡溪与曹娥江接流交汇之处。

⑨贞魂：指宋末王烈妇。王烈妇是临海人，宋末为元将所掠，至清风岭，破指蘸血题诗崖壁，书毕投崖自尽。后人在清风岭立清风庙以纪念王氏。

⑩啾（qiú）答：啾答。啾，小声，亦作啾。

⑪"秋冬"二句：《世说新语·言语》："王子敬云：'从山阴道上行，山川自相映发，使人应接不暇。若秋冬之际，尤难为怀。'"

⑫"不识"二句:《世说新语·任诞》:"王子猷居山阴,夜大雪,眠觉,开室命酌酒,四望皎然。因起彷徨,咏左思《招隐》诗,忽忆戴安道。时戴在剡,即便夜乘小船就之。经宿方至,造门不前而返。人问其故,王曰:'吾本乘兴而行,兴尽而返,何必见戴?'"子猷,王徽之,字子猷,善书法,王羲之第五子。

⑬画图山:在嵊州市仙岩镇东部的剡溪畔。

⑭敲玉鸣琚:古代贵族在衣裾上佩戴玉器,相触成声,以为行步之节,此处形容水声。琚,古人佩戴的一种玉。

⑮壮台:即文星台,在嵊州市拱明门外。

⑯碛:水中沙石。枕漱:枕石漱流,语出《世说新语·排调》。

【赏读】

万历三十八年(1610),王思任与友人同游天台、雁荡诸胜,每到一处,详记游程,写下游记若干篇,结成《游唤》一集。本书所选《剡溪》至《小洋》诸篇,皆出《游唤》集中。

剡溪在今浙江嵊州市,源出天台诸山,下游即曹娥江。溪水清澈逶迤,夹岸青山倒影,极为清丽有致。

王思任在描写剡溪景色时用笔简净,如"渔火村灯,与白月相上下,沙明山静,犬吠声若豹""山高岸束,斐绿叠丹,摇舟听鸟,杳小清绝,每奏一音,则千峦啁答"

等句，语言自然流畅，余韵悠长，颇得郦道元《水经注》三昧，完全没有作者在其他文章中偶尔出现的饾饤之病。

剡溪不但有自然之美，也颇具人文之胜。东晋名士戴逵曾居剡中。王子猷雪夜访戴，兴尽而返，返而不见的就是这位戴逵。这则逸事被记入《世说新语》中，早已为人津津乐道，成为名士自由不羁的象征。王思任却偏说这是文人薄行，不足效仿，正是作者自出己见，不拾人牙慧处。

本文记山水泠泠然有清音，评人物则言简旨深，大得晋人之趣，与《游满井记》描绘市井行乐绝不相同。可见王思任游记风格并不仅仅以一种面貌示人。

东山^①

出东关,得箬舟^②,雾初醒,旭上,望虞山一带,坦迤缞直,絮绵中埋数角黑幕,是米颠浓墨压山头时也^③。然不可使颠见,恐遂废其画。

亭午过蒿坝,江鱼入馔,两岸山各以浅深色媚行。伸脚一眠,小醉而梦,舟子突叫:"看东山。"山麓巉石兽蹲,守江如拒,从谢公椑楔上蹬路,每数十武^④,长松绣天,涛声百沸。又壑中时有哀玉淙淙^⑤,草多远志^⑥,看洗屐池,一泓不竭,可当万里流也。池上数级,得蔷薇洞,文靖携妓常憩此^⑦。李供奉《忆东山》词"花开月落,几度谁家"^⑧,何物少年轻薄。然致语大是晓语,可以唤起文靖,不必多憾。窈蔼曲折入国庆寺^⑨,寺僧指点调马路,英风爽然。上西眺,西眺名韵甚,白天布曳,直入大海,浩然不疑。独琵琶一洲,宛作当年掩袂态。古今人岂甚相殊,那得不为情感?

东山辨见宋王铚记甚详^⑩,吾以为山之所住,偶然四隅耳,何以喜东不喜南也?夫东山之借鼎久矣,足忌之而口祥之,人遂视东山为南山。絜令家有从未面识,而辄谓其知情者乎?吾安能倒决曹江之水⑪,一为洗清两字冤也。山可矣,去其东而可矣。

【注释】

①东山:在浙江绍兴市上虞区西南。东晋谢安早年隐居于此。山旁有洗屐池、蔷薇洞,相传是谢安携妓游宴之所。另有国庆寺、调马路、东西二眺亭等名胜,山西面的东山指石、山下江中的琵琶洲,皆见于古人吟咏之作。

②箬舟:竹船。箬,竹之一种。

③米颠:宋书画家米芾,因行为违世异俗,人称"米颠"。善于用墨点绘江南烟雨中之山色,自成一格。

④武:步。

⑤哀玉:形容水色凄清。

⑥远志:草名。

⑦文靖:谢安的谥号。

⑧"李供奉"句:李供奉,指李白,李白曾供奉翰林院。其《忆东山》诗云:"不向东山久,蔷薇几度花。白云还自散,明月落谁家。"

⑨窈蔼:深远貌。

⑩王铚:字性之,南宋初人。

⑪曹江:即曹娥江。

【赏读】

东山位于浙江绍兴市上虞区，因东晋名士谢安而闻名后世。谢安出身于陈郡谢氏，谢氏是当时的名门望族。他早年在东山隐居，"与王羲之及高阳许询、桑门支遁游处，出则渔弋山水，入则言咏属文，无处世意"（《晋书·谢安传》），直到四十多岁，方才应征出山。谢安忠于职守，竭力辅佐当时年幼的孝武帝，在淝水之战中一举击败强大的前秦，保障了东晋此后数十年的和平。立下赫赫功劳后的谢安一心求退，主动出镇广陵，并希望再回东山隐居。可惜不久之后谢安病逝，未能实现功成身退、再次隐居世外的心愿。

谢安身兼风流名士和庙堂重臣的双重身份，令后人无限景仰。南齐名臣王俭一生服膺谢安，常对人说"江左风流宰相，唯有谢安"。李白也在诗中屡屡表达对谢安的仰慕之情，除了文中提到的《忆东山》诗，他还在《永王东巡歌十一首》（其二）中这样写道："三川北虏乱如麻，四海南奔似永嘉。但用东山谢安石，为君谈笑静胡沙。"李白在诗中以谢安自比，也十分向往这种建功立业后飘然隐居式的人生。

东山因谢安而成为后世文人的游赏胜地。或许因为攀援名流的缘故，到了南宋初年，浙江附近有好几处东山。南宋绍兴七年（1137），王铚游览东山，作《东山记》一文，详细考证谢安隐居的东山当在会稽，即今浙江绍兴。王铚是当时著名的博学之士，其学问之广令陆游深为叹服，他在《老学庵笔记》中赞道："王性之（王铚字性之）记问该洽，尤长于国朝故事，莫不能记。对客指画诵说，动数百千言，退而质之，无一语谬。予自少至老，惟见一人。"王思任文中"东山辨见"数语即因王铚《东山记》而发。然而王思任并不拘泥于学究之见，他认为"山之所住，偶然四隅耳"，但称"山"即可，不必定有东山、南山之别，其通脱简易的个性，宛然可见。

本文写景状物较有特色，写虞山"絮绵中埋数角黑幕，是米颠浓墨压山头时也""两岸山各以浅深色媚行"，上西眺远望则"白天布曳，直入大海，浩然不疑"，笔墨间饱含画意，仿佛米芾父子的"米家云山"。文末以议论结尾，别有新意，陆云龙评曰："议论横生，乱山万叠。"颇为中肯。

天姥①

从南明入台②，山如剥笋根，又如旋螺顶，渐深遂渐上。过桃墅，溪鸣树舞，白云绿坳，略有人间。饭斑竹岭，酒家胡当垆艳甚③，桃花流水，胡麻正香④，不意老山之中有此嫩妇。过会墅，入太平庵看竹，俱汲桶大，碧骨雨寒，而毛叶离褷⑤，不啻云凤之尾。使吾家林得百十本，逃帻去裈其下⑥，自不来俗物败人意也。

行十里，望见天姥峰，大丹郁起，至则野佛无家，化为废地，荒烟迷草，断碣难扪。农僧见人辄缩，不识李太白为何物，安可在痴人前说梦乎？山是桐柏门户⑦，所谓"半壁见海""空中闻鸡"⑧，疑意其颠。上至石扇洞天，青崖白鹿，葛洪丹丘⑨，俱在明昧之际，不知供奉何以神往⑩？天台如天姥者，仅当儿孙内一魁父⑪，焉能"势拔五岳掩赤城"耶？山灵有力，夤缘入供奉之梦⑫，一梦而吟，一吟而天姥与天台遂争伯仲席。嗟呼，山哉！天哉！

【注释】

①天姥：山名，在今浙江新昌县。

②南明：南明山，在今浙江新昌县西南。台：天台山。

③酒家胡：卖酒女子。汉代辛延年《羽林郎》诗："昔有霍家奴，姓冯名子都。依倚将军势，调笑酒家胡。胡姬年十五，春日独当垆。"

④"桃花"二句：此暗用刘阮入天台典故。刘义庆《幽明录》载：东汉永平年间，剡县人刘晨、阮肇入天台山采药迷路，于桃花流水之中见一杯，中有胡麻粒，遂沿溪寻去，遇二仙女，食以胡麻饭，并结为夫妇。半年后，刘、阮思乡而归，世间已历七代。

⑤离褷：毛羽纷披之状。

⑥裈：古代称裤子。

⑦桐柏：指桐柏山，在天台县西北，道家称为金庭洞天。

⑧"所谓"句：李白《梦游天姥吟留别》有"半壁见海日，空中闻天鸡"之句。下文"青崖白鹿""势拔五岳掩赤城"，俱其中诗句。

⑨葛洪：晋代道教学者、炼丹家。相传新昌县有葛洪炼丹处。

⑩供奉：李白曾为翰林院供奉，故称。

⑪魁父：小土丘。

⑫夤缘:攀附。

【赏读】

天姥山在浙江新昌县,层峦叠嶂,盘亘二十余里。因山形如女,古人附会为传说中的西王母,取名"天母",即"天姥"。

王思任从南明行至天姥,一路景致甚佳。至斑竹岭,见酒家主人明艳动人,乃发谑语"桃花流水,胡麻正香,不意老山之中有此嫩妇"。又见太平庵竹枝叶森然,不禁感慨"使吾家林得百十本,逃幘去裈其下,自不来俗物败人意也"。"老山""嫩妇""逃幘去裈"之语,最能体现王思任倜傥疏放的性格和善于谐谑的文风。然而此类谑语市井色彩过重,易使文章流于庸俗。即使如王思任这样的文章高手,行文至此也不免太过随意,使文章稍染恶趣味。

王思任一路上游兴勃勃,行至天姥峰,但见"野佛无家,化为废地,荒烟迷草,断碣难扪",已兴致大减。而"农僧见人辄缩,不识李太白为何物"更败人雅意。天姥只是浙东诸山之一,本来无甚大名,由于李白的一首《梦游天姥吟留别》而扬名千古,俨然与天台分庭抗礼。诗中"天姥连天向天横,势拔五岳掩赤城。天台四万八千丈,对此欲倒东南倾""脚著谢公屐,身登青云梯。半壁见海日，空中闻天鸡"数句，极写山势巍峨、山景奇幻，使人神往不已。然而王思任游山所见，与李白诗句大相径庭，"上至石扇洞天，青崖白鹿，葛洪丹丘，俱在明昧之际"，所谓"半壁见海日""空中闻天鸡"则皆不可见。他不禁愤然道："山灵有力，夤缘入供奉之梦，一梦而吟，一吟而天姥与天台遂争伯仲席。嗟呼，山哉！天哉！"

文士遐思妙想，绮丽难穷，化为诗文往往无半点尘俗气，令人神往不已。然而一旦自己身临其境，只觉不过尔尔。想象与现实差距之大，往往如此。王思任携李白梦游之篇，欲壮游天姥，结果但觉平平无奇，失望不已，或许正印证了这种大众心理。

华盖[①]

海雨在四五月间,如妇人之怒,易构而难解;又如少年无行子,盟在耳门,须臾翻覆。予旅居鹿城外[②],去华盖,鸟声相答,而遂无如此涔涔者何矣[③]。出门败格[④],凡十余举,不谓容成大玉之天,反忌勾漏令窥识[⑤]。予友庄使君实长此洞,言乘漏景,必觞予是间,杯入掌而滂沱建瓴下[⑥]。山不析眉目,久之得乍霁,遂牵舆取道蒙泉,上巅亭,看山海云物忙甚,似六国征调百万军骑,分路战祖龙者[⑦]。大江乃抽匣之剑,光采陆离,然时时闪暗推磨,万顷不定。正欲呼吸天风,而触肤薄射,元气团人,都无所见。仅有积谷山,恍惚中聊相慰藉耳。而所谓容成洞、春草池、谢岩、郭祠,俱从屐齿下失过。然华盖能妒予,不能禁予不看风雨之华盖也。乳柑若火齐时[⑧],稻蟹膏流琥珀,吾当来住梦草堂,拄九节短筇[⑨],日日踏华盖顶门,歌呼笑骂,醉则遗溲而去。吾之愦愦于兹山者,庶有象乎[⑩]。

【注释】

①华盖：山名，在今浙江永嘉县东。山下有泉，泉下有容成洞，即道书所谓第十八洞天"容成大玉之天"，相传黄帝时容成子修炼于此。

②鹿城：在永嘉县南。

③渗渗：雨不止貌。

④败格：谓受阻。

⑤勾漏令：晋葛洪因勾漏县产丹砂，遂请为勾漏令。后人视葛洪为仙人，作者以之自喻。

⑥建瓴：雨水从屋檐泻下。建，倾倒。瓴，盛水的陶瓶。

⑦祖龙：指秦始皇。《史记·秦始皇本纪》载秦始皇三十六年（前211），有山鬼对秦使者说："今年祖龙死。"祖龙是始皇的隐语。

⑧火齐：玫瑰珠，此指成熟。

⑨筇（qióng）：竹名，可制手杖，此指竹杖。

⑩彖（tuàn）：断定。

【赏读】

华盖山在今浙江永嘉县东，因山形遥望如华盖而得名。山中有涌泉，清澈见底，虽旱不涸。泉下有容成洞，即道书所谓第十八洞天"容成大玉之天"，相传黄帝时容成子曾在此地修炼。

王思任此番游历，正值阴雨连绵之时，看见的是雨中华盖。风雨之间，不见容成洞、春草池、谢岩、郭祠等胜迹，仅有积谷山仿佛可见。文中所谓"不谓容成大玉之天，反忌勾漏令窥识"，正因此而发。出语诙谐，是作者本色。

本文最为新奇有趣的地方，是文章开头的两处比喻："海雨在四五月间，如妇人之怒，易构而难解；又如少年无行子，盟在耳门，须臾翻覆。"以妇人之怒比喻四五月间的海雨忽然而至，连绵不断。又以轻薄少年的盟誓比喻须臾之间雨势变化反复。这两个比喻极为鲜活生动，又谑而不虐，绝非寻常文士所能想见，难怪陆云龙评曰："想若幽岩，接之殊惊灵快。"的确新奇有趣，令人过目难忘。

仙岩①

泉石之奇，皆泉石之聪明强有力所自致者。泉不安于泉，跃而为瀑布。石梁曰②："吾以之为惊河，吾以之为狎雷，而我其雄哉！"大龙湫曰③："夫匡氏之子④，九华之生⑤，将起而角之，焉用此壁立为？夫不有空行而天吊者耶？"仙岩曰："是诬其祖矣，戴鼎盛以席垂成，胡不起家自奋发也。"

于是乎有仙岩之瀑，瀑不他借，赖从己腹中出，如千百火树，笑吐银花，突如其来，烟呼雪喊，鼓铁乱鎗⑥。人相对，止见口张口翕，必欲相闻，则更语之，或帖面附耳。对瀑为泽润亭，予友王季中辄浮大白叫何如⑦，捉予臂轰饮以敌之。而山人王硕卿，年家子吴聚伯、吴闳仲⑧，俱佁其喉作笑语⑨。而瀑以为侮予，遂盛气相加，腥风恶雨，扑人旋舞，且呼且逼，似不欲寓人一瞬者。予曰："子毋然，我劝尔杯酒，三伏月，还当着故绢衣，向君从容食白粥也。"季中语之曰："山阴道上人⑩，其言呐呐，吾辈一日东道主。"

于是雨渐撤而瀑怒稍戢⑪。

入仙岩洞,观所谓梅雨潭者,飞沫溅流,此地必无晴日。一洞射风,口紧腹胀,予吻袖而下,偶为苔滑,一决其袖,而气吸不得呼,几为禁绝。老人病人,断不可作此观矣。傍洞壁出喷玉矶⑫,忍睨之,则泂涡杳眩,万斛明珠拔山捣下也。急走上,而葛衫眼眼粟寒,须发根根,俱为雾云泚尽。

于是仍登亭愕想之:岩名仙,谓曾此有仙飞去。雪寒月冷,力量在八素之上⑬。方广以罗汉⑭,此以仙,仙佛了不异人意矣。亭前一树茜甚⑮,而不免为当户之兰⑯,季中力敕僧即克之,青眼不妨顿白⑰。季中言振玉亭上有三皇井、黄帝池、雷潭、龙潭,更奇邃清远,而足不能诣日,雨又甚,愿以异日。相携择石齿,窥通玄洞。洞可达梅雨潭,望之窈窕,而为水所壮据。转翠微径,酌流觞亭。奔泉驿酒如浪,不可少待,不能胜,遂走憩莲亭,托远公以避难。亭下池可方亩,玉蕊胎含,万衣簇碧。放馥时,绣作瀑花之布,满山荷韵,不知是泉香花香也。卧象与狮子二峰,斗积翠之胜,仿佛琼岛。石磴曲屈,泉从屋上经过,屋下俱是云碓⑱。乱绿浓寒,竹松都无语处,反有怪榕十丈,寄岩而产,遂拜嘉树之封。此下为虎溪寺,有慧光塔、陈止斋祠⑲,有虎溪桥。虎溪不在此⑳,而宋安禅师曾骑虎此出入[21]，故得名。有"溪山第一"坊，是晦翁字[22]。寺境废而复起，永嘉王旸谷先生之力居多[23]，先生即季中之父也。

外史氏曰：大罗山之南有二十六福地，其仙岩耶？王、谢能发明山水，先后永嘉，不少概见，何哉？吾闻之刘泾[24]，仙鬼恶闻涕唾声[25]，则力能秘吝之。不则沧桑未换，海若之所宫耳[26]。夫山水灵物也，其生长否泰各有时，褒姒之外有夷施[27]，夷施之外复有飞燕[28]，吾又恶知千载之下，仙岩之外，不以怅王、谢者而怅予也？

【注释】

①仙岩：山名，在浙江瑞安东北，大罗山南麓，道书以之为第二十六福地。

②石梁：指石梁飞瀑，在天台山中方广寺。瀑布自长二丈、广一尺的石梁底向下喷坠，高数十丈，直泻深谷，声如雷鸣，为天台八景之一。

③大龙湫：在雁荡山马鞍岭西，是著名的大瀑布，水自连云嶂飞泻而下，十分壮观，是雁荡风景三绝之一。

④匡氏之子：指庐山香炉峰瀑布。李白《望庐山瀑布》："飞流直下三千尺，疑是银河落九天。"匡氏，即匡庐，庐山别称。

⑤九华之生:指九华山瀑布。李白有"天河挂绿水,秀出九芙蓉"的诗句。

⑥鍧(hōng):钟鼓相杂之声。

⑦浮大白:满饮大杯酒。白,酒杯。

⑧年家子:科举时代称同年登科者的后辈为年家子。

⑨侈其喉:放开喉咙。

⑩山阴道上人:《世说新语·言语》:"王子敬曰:'从山阴道上行,山川自相映发,使人应接不暇。若秋冬之际,尤难为怀。'"王子敬即王献之。

⑪戢(jí):止息,停止。

⑫喷玉矶:梅雨潭口两巨崖相倚,中开下空,砌石为矶,正面飞瀑名喷玉矶。

⑬八素:道家称其至高的境界。南朝梁陶弘景《周氏冥通记》卷二:"八素不为迥,九垓何足巍?"

⑭方广:方广寺,在浙江天台山中。

⑮茜:草木茂盛的样子。

⑯当户之兰:《典略》:"曹操杀杨修,曰:'芳兰当门,不得不除。'"《蜀志》:"先主斩张裕,诸葛亮救之,先主曰:'芳兰当门,不得不锄。'"

⑰"青眼"句:此言僧人态度由热情转冷淡。阮籍见凡俗人以白眼对之,见嵇康来访,对以青眼。见《晋书·阮籍传》。

⑱云碓(duì):指云堆。

⑲陈止斋:宋陈傅良,字君举,号止斋,浙江瑞安人。

宋宁宗时累官至宝谟阁待制,曾读书于仙岩山中。

⑳虎溪不在此:虎溪在庐山,因慧远法师送陶渊明、陆修静过溪,闻虎啸而得名,故云。

㉑安禅师:《瑞安县志》:"宋僧遇安,初居永嘉瑞鹿上方,因阅《楞严经》,了其义。后住仙岩山,常乘虎出入。"

㉒晦翁:朱熹号晦翁,尝游仙岩,于寺前石坊书"溪山第一"四字。

㉓王旸谷:王叔杲(1517~1600),字阳德,号旸谷,福建布政使司左参议王澈次子。嘉靖四十一年(1562)进士。隆庆四年(1570),以部郎出守大名府。万历元年(1573),升湖广按察使司副使,整饬苏、松、常、镇兵备。有《玉介园稿》二十卷。

㉔刘泾:北宋人,与王安石同时,作文务为奇诡语。

㉕"仙鬼"句:刘泾《石门洞记》:"洞去人远,溪山太阴,松竹草昧,瀑泉自雨,不见秋色,中有爽气,仙鬼客以为家,恶闻涕唾声,以人迹不至称庆。"

㉖海若:海神。若,海神名,见《庄子·秋水》。

㉗褒姒:周幽王宠妃。夷施:即西施。

㉘飞燕:赵飞燕,汉成帝皇后。

【赏读】

温州一带,山势连绵不绝,大多为雁荡山余脉,唯有大罗山从平原上巍然耸起,别具灵秀之气。仙岩在大罗山南麓，四周峰峦起伏，崖峰陡立，尤以飞瀑深潭闻名于世，道书称其为天下第二十六福地。唐人姚揆为之撰铭曰："维仙之居，既清且虚。一泉一石，可诗可图。"赞其清幽绝俗。

仙岩瀑布潭中较为著名的有梅雨潭、雷响潭和龙须潭。梅雨潭地势较低，是王思任等人此次游览的主要地点。雷响潭和龙须潭在文中分别被称为雷潭和龙潭，因雨势较大，众人又脚力不济，因此没有登临。

王思任撰写此文别具匠心，不从其清虚绝俗处落笔，而是着力描摹仙岩瀑布的雄奇伟丽，极为灵活生动。文章开头，王思任以拟人手法代瀑布作语，引出仙岩瀑布"瀑不他借，赖从己腹中出"的特点，设想奇特，构思巧妙，非常别致。

文中写景诸语也多具生气，如"千百火树，笑吐银花，突如其来，烟呼雪喊，鼓铁乱锸""瀑以为侮予，遂盛气相加，腥风恶雨，扑人旋舞，且呼且逼，似不欲寓人一瞬者""洄涡杳眩，万斛明珠拔山捣下"等，富有刚健之美，与朱自清笔下温润明媚的梅雨潭大相径庭。

文中所记诸人情态颇为生动，如王思任与众友人在泽润亭上饮酒笑语，对话间尽显众人襟抱洒脱，潇洒磊落。陆云龙评曰："记如写生，直似山情水态，人之举动，毕具于吾前。"正说中了这篇游记的特点。

石门①

去青田三十里,恶溪齿齿锯张②,舟斗缝中,辘轳上,浪大于马,稍得洄涡,看石门。碛明罗縠③,箐棘密蒙④,玄熊啼号。猿鸟见人,反怪立不去。两壁铲峙,云气往来,讥呵甚惮。折数十步,二员山钟伏,而无悬蠡之顶⑤,童涸无衣⑥,村朴自守,有田家老瓦盆意⑦。从草畦中又折入数十武,望见天壁,百丈瀑布,悬空飞下,虽未敢与台、荡执圭争霸⑧,然亦是崛强赵佗⑨。壁脚潭玄暗不可狎,前一石柱起,而岩下厂旷,可盘桓二十人斜劣而上⑩。舟子缧夫⑪,各置一石小洞上,各明其游,以危及潭根者为勇。此地虚清杳漠,道书称"玄鹳洞天"云。

予自观瀑以来,惊于天台,畏于荡,歌舞于仙源,而苦于石门。盖境物所遇,皆吾性情。此穷坞困源,无线通之地,有箭括之天,凶湍险洑⑫,烟绝人稀,赤筋白汗,邪许万端⑬,以至于此,亦何为者?谢康乐席父祖之资⑭,呼其童仆门生,探峻造幽,伐木开径,既登石门之顶，遂力营所住。其所云"乘日车、慰营魂"者⑮，以为是皆三万六千日中之日也。尔时吟中未及飞瀑，岂天故秘之邪？向使得有垂虹滚雪之观，则功役更当无已，其为累东瓯者不浅矣⑯。夫游之情在高旷，而游之理在自然，山川与性情一见而洽，斯彼我之趣通。可告来者，石门大苦境耳，蹴一丸泥封之，使隐君子长不知名，亦未为不可。吾不欲附和谢先生矣。

【注释】

①石门：石门山，在今浙江青田县西，两峰壁立，对峙如门，石洞幽深，飞瀑喷泻。道书以之为第三十洞天。

②恶溪：又名好溪。《新唐书·地理志》："有恶溪，多水怪，宣宗时刺史段成式有善政，水怪潜去，民谓之好溪。"

③碛（qì）：水中沙堆。縠（hú）：有皱纹的纱。

④箐（qìng）：山间竹林。

⑤蠡（lí）：用葫芦做的瓢。

⑥童：光秃。

⑦田家老瓦盆：杜甫《少年行》："莫笑田家老瓦盆，自从盛酒长儿孙。"

⑧台、荡：天台山和雁荡山。

⑨赵佗：秦真定（今河北正定）人，秦二世时为南海郡龙川县令。秦亡，自立为南越武王，汉高祖封之为南越

王。吕后时自立为南越武帝。文帝立,去帝号称臣。

⑩斜劣:侧身。

⑪缑(lǜ)夫:纤夫。缑,粗绳子。

⑫洑:水流回旋的样子。

⑬邪许:劳动时众人一齐发出的呼声。《淮南子·道应训》:"今夫举大木者,前呼邪许,后亦应之,此举重劝力之歌也。"

⑭谢康乐:谢灵运,南朝宋人,袭封康乐公。《浙江通志》:"宋永嘉太守谢灵运蹑屐来游,始开此洞(指石门洞)。"

⑮乘日车、慰营魂:谢灵运《石门新营所住四面高山回溪石濑茂林修竹》诗:"庶待乘日车,得以慰营魂。"

⑯东瓯:指浙江温州一带。

【赏读】

石门山在浙江青田县西,因两峰壁立,对峙如门,故名石门。相传山上有轩辕丘,道书以之为第三十洞天。据《方舆纪要》记载,石门山上石洞幽深,飞瀑喷泻,即王思任所见"百丈瀑布,悬空飞下"者,极为壮观。然而,石门之所以闻名天下却是因为大名鼎鼎的山水诗人谢灵运。

在谢灵运流传至今的诗作中,有三首与石门相关:《夜宿石门》《石门新营所住四面高山回溪石濑茂林修竹》《登石门最高顶》,这三首诗生动细腻,清新自然,对后来的山水诗创作影响很大。

谢灵运出身于江左第一大族,他认为自己才能卓越,很想在政治上大展手脚。然而,无论是在东晋还是南朝宋,谢灵运一直担任虚职,仅以文学侍从的身份出现在当政者身边,这让他十分不满。他索性肆意遨游,足迹遍及浙东诸名胜。谢灵运出身名门,生活豪奢,出游的排场也非同寻常。《宋书·谢灵运传》记载:"(谢灵运)奴僮既众,义故门生数百,凿山浚湖,功役无已。寻山陟岭,必造幽峻,岩嶂千重,莫不备尽。"文中"谢康乐席父祖之资,呼其童仆门生,探峻造幽,伐木开径"的感叹,即因此而发。

谢灵运游赏浙东山水的雅事,很为后人钦羡,然而王思任却不肯妄加附和。在他看来,"游之情在高旷,而游之理在自然,山川与性情一见而洽,斯彼我之趣通",游览的乐趣在于自然与性情的冥合,凿山开路不但无助游兴,反而有害当地民生。此论颇有见地。王思任个性独立,不愿随人俯仰,他曾作《脚板赞》,说自己"曾入帝王之门,曾踏万峰之顶,曾到齐晋云间欺官之署,曾走狭邪非礼亡赖之处,而不曾投刺于朱林、魏党,乞食墦间,沽名井上",表现出作者的铮铮傲骨。他在文中直呼"石门大苦境耳""不欲附和谢先生",正是这种独立个性的生动表现。

小洋①

由恶溪登括苍②,舟行一尺,水皆污也③。天为山欺,水求石放,至小洋而眼门一辟。吴闳仲送我,挈睿孺出船口④,席坐引白⑤,黄头郎以棹歌赠之⑥,低头呼卢⑦,俄而惊视,各大叫,始知颜色不在人间也。又不知天上某某名何色,姑以人间所有者仿佛图之。

落日含半规⑧,如胭脂初从火出。溪西一带山,俱似鹦绿鸦背青,上有猩红云五千尺,开一大洞,逗出缥天⑨,映水如绣铺赤玛瑙。日益曶⑩,沙滩色如柔蓝懈白⑪,对岸沙则芦花月影,忽忽不可辨识。山俱老瓜皮色,又有七八片碎剪鹅毛霞,俱金黄锦荔,堆出两朵云,居然晶透葡萄紫也。又有夜岚数层斗起⑫,如鱼肚白,穿入出炉银红中,金光煜煜不定⑬。盖是际天地山川,云霞日采,烘蒸郁衬,不知开此大染局作何制?意者妒海蜃⑭,凌阿闪⑮,一漏卿丽之华耶⑯?将亦谓舟中之子,既有荡胸决眦之解⑰,尝试假尔以文章,使观其时变乎?何所遘之奇也⑱!

卷一 游记

夫人间之色，仅得其五，五色互相用，衍至数十而止，焉有不可思议如此其错综幻变者？曩吾称名取类，亦自人间之物而色之耳。心未曾通，目未曾睹，不得不以所睹所通者，达之于口而告之于人。然所谓仿佛图之，又安能仿佛以图其万一也？嗟呼！不观天地之富，岂知人间之贫哉！

【注释】

①小洋：滩名，在今浙江青田县。

②括苍：即小括苍山，在今浙江丽水。

③洿：不流动的水。此谓水流不畅，船行艰难。

④睿孺：钮睿孺，与王思任同游者。

⑤引白：举杯饮酒。白，酒杯。

⑥黄头郎：船夫。棹歌：船歌。

⑦呼卢：古时一种赌博游戏，此指划拳。

⑧半规：半圆。

⑨缥（piǎo）：青白色。

⑩曶（hū）：昏暗。

⑪懈白：淡白色。

⑫岚：山上的云气。

⑬煜煜：闪耀。

⑭海蜃：海市蜃楼。

⑮阿闪：闪电。

⑯卿丽：卿云，五彩祥云。

⑰荡胸决眦：杜甫《望岳》："荡胸生层云，决眦入归鸟。"

⑱逅（gòu）：相遇。

【赏读】

小洋在浙江青田县。王思任从石门出发，途经小洋，驻舟小憩，写下了这则游记。

王思任在文中并未按照游记的惯常写法描摹小洋周围的山水，而是把笔墨集中在偶然驻足间看到的瑰奇壮丽的晚霞上。全文极力描摹自然界纷繁变化的色彩，具有极强的艺术感染力。这是王思任文集中仅有的一篇描摹晚霞的绝妙文字，也是王思任游记散文的代表作之一。

晚霞颜色万千，变幻不定，是极难描摹的。王思任惊叹其为天上之色，只能"以人间所有者仿佛图之"。如日半沉时"如胭脂初从火出"，远山"俱似鹦绿鸦背青"，水面则"如绣铺赤玛瑙"。日益沉后，又变幻出"柔蓝懒白"的沙滩、"老瓜皮色"的远山、"金黄锦荔"的晚霞、"晶透葡萄紫"的云朵等。晚霞的色彩丰富绚烂，令人目驰神摇，不知该如何表达心中的惊叹和赞美。王思任在文中充分显示出他状景摹物的匠心和功力，对此时人陆云龙评道："一片好云霞，非灵笔写出奇幻，何能尔尔?"又云:"开染局与鬓斗丽,天工也;逞枯管与天写色,人巧也。人巧足配天工。"

在这段大自然的杰作面前,王思任突发妙想,将晚霞比作自然界的大染坊,又问天地开此染坊是何用意:是要与海市蜃楼、极光闪电一争高下,还是要向有"荡胸决眦之解"的舟中诸人稍稍展露自然的瑰丽,使他们领会到天地的博大与奇妙?以颜色而言,世间只有五色,五色互染,最多可以生成数十种色彩。然而天地在片刻之间变幻呈现出的奇观,竟使人不能以世间色彩描摹仿佛。与天地相比,人间的一切显得那么浅薄和苍白,作者不由发出"不观天地之富,岂知人间之贫"的喟叹。

庄子说:"判天地之美,析万物之理。"王思任在观赏绮丽晚霞的同时,陡然生发出一种超脱人世的苍茫感,从欣赏自然美景领悟到宇宙人生的哲理,使文章升华到了一个新的境界。

钓台①

七八岁时，过钓台，听大人言子陵事②，心私仪之。以幼，不许习险。前年到睦州③，又值足中有鬼④，且雨甚，不得上。今从台、荡归⑤，以六月五日上钓台也。肃入先生祠⑥，古柏阴风，夹江滴翠，气象整峻，有俯视云台之意⑦。由客星亭右，径二十余折，上西台，亭曰"留鼎一丝"，复从龙脊上骑过东台，亭曰"垂竿百尺"。附东台一平屿，陡削畏眺；一石笋横起幽涧，蹇仰恣傲，颇似先生手足。磴道中俱老松古木，风冷骨脾。此两台者，或当日振衣之所，空钩意钓，何必鲂鲤，吾不以沧桑泥高下也⑧。亭中祠中，俱为时官匾尽。夫子陵之高，岂在一加帝腹⑨，及买菜求益数语乎⑩？人止一生，士各有志⑪，说者谓帝不足与理⑫，此未曾梦见文叔⑬，何知子陵？子陵诚高矣，而必求其所以高在不仕，则磻溪之竿⑭，将投灶下爨耶？尧让天下于许由⑮，许由不受。子陵薄官，许由薄皇帝，人不咏许由而但咏子陵者，则皇帝少而官多也。身每在官中，而言每在官外也。夫兰桂之味，以清口出之，则芳；以艾气出之⑯，则秽。咄咄子陵，生得七里明月之眠，死被万人同堂之哄，子陵苦矣。然则尽去其文乎？曰："山高水长，存范仲淹一额可也⑰。"

【注释】

①钓台：在今浙江桐庐县富春山，下为七里滩，有东西二台，各高数百丈，以东汉初严子陵在此垂钓而得名。

②子陵：严光，字子陵，会稽余姚（今浙江余姚）人。少时与刘秀同游学。刘秀当上皇帝后，严子陵变名姓隐居。刘秀访得之，征召赴京，欲加以官，不受，归富春山耕钓。见《后汉书·逸民列传》。

③睦州：州名，辖境相当于今浙江桐庐、建德、淳安等地。

④足中有鬼：指有足疾。

⑤台、荡：指天台山和雁荡山。

⑥先生：指严子陵。

⑦云台：汉宫中高台。汉明帝曾画中兴功臣之像于南宫云台。

⑧泥：拘泥。

⑨一加帝腹：《后汉书·逸民列传》记载：严子陵与汉光武帝刘秀共卧，光以足加帝腹上。明日，太史奏客星犯帝

座甚急。帝笑曰:"朕故人严子陵共卧耳。"

⑩买菜求益:皇甫谧《高士传》记载:司徒侯霸是严子陵旧交,严子陵被召至京,侯霸遣使奉书,严子陵口授二句答之。使者嫌少,要求增益数语,严子陵曰:"买菜乎?求益也。"

⑪人止一生,士各有志:《后汉书·逸民列传》:"(严)光卧不起,帝即其卧所,抚光腹曰:'咄咄子陵,不可相助为理邪?'光又眠不应,良久,乃张目熟视,曰:'昔唐尧著德,巢父洗耳。士故有志,何至相迫乎!'帝曰:'子陵,我竟不能下汝邪?'于是升舆叹息而去。"

⑫理:治理。

⑬文叔:刘秀字文叔。

⑭磻溪:商朝末年姜子牙垂钓处。

⑮许由:尧时隐士。

⑯艾气:艾熏之气,指污秽之气。宋代龙衮《江南野史》:"(韩熙载)性好谑浪,有投赀荒恶者,使妓炷艾熏之。俟来,嗅曰:'子之卷轴,何多艾气也?'"

⑰"山高"二句:范仲淹《桐庐县严先生祠堂记》云:"云山苍苍,江水泱泱,先生之风,山高水长。"

【赏读】

钓台在浙江桐庐西南的富春山麓,前临富春江,因东汉初年著名隐士严子陵在此垂钓而得名。严子陵少年时与汉光武帝刘秀一同游学，刘秀光复汉室后，多次征召严子陵入朝为官，但他不愿出仕，隐居富春江畔，以耕钓终身。

王思任幼时听闻严子陵的为人处事，已存钦佩之心。他曾作《严滩》诗赞美严子陵风骨高峻，诗曰："谁何一男子，举州冒其姓。一丝钓少微，列宿俱不竞。要领发觉言，足腹浑卧兴。汉月至今明，江风于此劲。"万历三十八年（1610），王思任游览天台、雁荡归来，乘兴登上钓台，写下了这篇游记。

本文先记景、后议论，尤以议论取胜。王思任认为严子陵之高不在于隐居不仕，而在于恣意安然的人生态度，这是一种出于自然的"士各有志"的表现。如果定以隐居不仕为高，那么姜太公先在磻溪垂钓，后来出仕辅佐周王，后人又将如何评论？"子陵薄官，许由薄皇帝，人不咏许由而但咏子陵者，则皇帝少而官多也"，一语道破世人心理，颇为辛辣。

王思任的游记作品最为出名，被时人评为"笔悍而胆怒，眼俊而舌尖"（张岱《琅嬛文集·王谑庵先生传》）。本文篇幅虽短，却正体现了这一鲜明特点。

游峄山记①

予游峄山,而知天下事不可以道傍忽也。盖予游峄山,而幻躯凡数化。泰山之石方,而峄山之石圆,山如累卵,大小亿万,以堆磊为奇巧,以穴洞为玲珑,以穿援为游览。赂一沙弥作导师②,至渡空舟,则无只马两人之路,假盖自荫③,而予化为隶④。伏热正毒,探梁祝泉,顶无冠,脊无缕,而予化为野人。入盘龙洞,观石钟,丰下锐上,窦钻滑试,数怖数免,无足目正大人之事,而予化为偷⑤。上大通岩,臂引杖接,而予化为猿。扑仙人洞,外伏内昂,中俱白屎,而予化为蝠。引至拘龙洞,则以胸席石,覆卧而申之,上下受半尺,四方二尺,三折约十丈余,其发者肩也,纵者腹也,头忧怖而手足废,趾略效焉,若不宁气,一视便堪闷绝,而予于此为守宫⑥。将至玉华顶,与仙人对博矣⑦,而壁峭二丈,下临万仞,望岱秀天齐⑧,四基葱郁,贤圣之窟宅,神洸洸也⑨,粘滞壁间,终不敢上,而予化为蜗。私念幽奇至绝,愈化愈下,何不骑大鹏，俯瞰齐州九点烟⑩？即吾家子晋鹤背上⑪，尽足鞚引翱视⑫，而托言蝶无所不栩⑬，蚁无所不慕，肝臂无所不托，英雄自欺矣，遂不克顶。遥知古来文士必无问顶者，至拘龙洞而投策叹返也，不亲历，人且欺我也。

是山也，其古迹之最著者，曰峄阳桐，尚槛其半；曰李斯碑，相传有之；曰纪子墓；曰圣贤遗像；曰颜子石。其古刹曰兴国寺、万寿宫、玉帝殿。其泉曰源头活水，曰莲花池，曰甘泉洞。其名石曰象牙，曰石鼓，曰龟石，不可枚举，人人得以意呼之。其大观曰南天门，此皆望而可得者也。

【注释】

①峄山：一名邹峄山，在今山东邹城东南。

②沙弥：和尚。导师：向导。

③假盖：借伞。

④隶：仆役。

⑤偷：小偷。

⑥守宫：俗称壁虎。

⑦对博：对弈。

⑧岱：指泰山。

⑨洸（guāng）洸：威武、果毅的样子。

⑩"俯瞰"句：唐李贺《梦天》："遥望齐州九点烟，一泓海水杯中泻。"齐州，即中国。禹分中国为九州，故云"九点烟"。

⑪子晋：即王子乔，字子晋，相传为春秋时周灵王太子，喜吹笙作凤凰鸣，被浮丘公引往嵩山修炼，后升仙，尝乘白鹤回乡。

⑫鞚（kòng）引：指驾鹤。鞚，马笼头，此指驾驭。

⑬栩：翻飞貌。《庄子·齐物论》："昔者庄周梦为蝴蝶，栩栩然蝴蝶也。"

【赏读】

峄山位于今山东邹城东南，又名邹山、邹峄山、东山。孟子曾说："孔子登东山而小鲁，登泰山而小天下。"这里的"东山"就是指峄山。峄山自然景观优美奇特，集泰山之雄、黄山之奇、华山之险于一身，素有"邹鲁秀灵""天下第一奇山"的美称。

在王思任看来，"泰山之石方，而峄山之石圆"，因此峄山有了"以堆磊为奇巧，以穴洞为玲珑，以穿援为游览"的特点。在王思任笔下，峄山之奇外化为游览之奇，而游览之奇尤以"幻躯凡数化"为最奇。

初入山时，山道狭窄，仅容一人通过，王思任不得不亲职隶事，仿佛化身仆役。至梁祝泉时天气炎热，脱衣露顶之状，又与野人无异。盘龙洞里的石钟千奇万状，令人惊怖不已，不敢正步直行，仿佛小偷一般。山道奇险，攀大通岩时人如猿猴，穿仙人洞时又如蝙蝠。拘龙洞愈发险隘，俯身如壁虎般方可通过。玉华顶最为险绝，"壁峭二丈，下临万仞"，此时王思任仿佛化作蜗牛，"粘滞壁间，终不敢上"。一路游来，随着山势变化，王思任不得不时时化身他物，又"私念幽奇至绝，愈化愈下"，出语诙谐，含有自嘲之意。

本文以写游览之奇来反衬山势之奇，手法新颖，其设喻之妙，既妥帖又生动，是作者诙谐文风的具体表现。陆云龙曰："眸之不接，笔之亦不真。有此历化之胆力，山灵自不能逃其笔底。"颇中此文妙处。

天下景观大抵是"夷以近，则游者众；险以远，则至者少"（王安石《游褒禅山记》）。王思任从游览峄山的亲身经历出发，得出"古来文士必无问顶者，至拘龙洞而投策叹返也，不亲历，人且欺我""天下事不可以道傍忽"的结论，对读者也有所启发。

游摄山记①

天都太学郑于荥②,文且侠。予以南比部待考③,于荥数过握槊饮④。招同山人柳陈父、门生曹元甫、姻友俞际虞游栖霞,即摄山也。山有药草可摄生,得名。出玄武堤,四十五里,竭蹶枵且倦⑤,郑供未至,旧子民采石秦、符二姓偶遭之⑥,亟以壶榼饷⑦,得其济矣。

谒佛后,访江总持碑⑧,不可得。看银杏二株,气势摩汉⑨,千余年物也。殿亦伟丽,摩自鸣钟,香僧侈其事。陟千佛岭,而郑使至,得纵饮其上,醉甚,宿于方丈,际虞侣之。同起看月,正在殿题间⑩。明日取峰顶,由涧道入,杨少宰有岣嵝碑⑪,予年友范长白特为纪其事⑫。所谓天开岩者胜绝。饮珍珠泉,一步一喘,一喘一坐,而得中峰,高四百丈,关帝庵其上,一童锐耳⑬。四天云末,黑如豆粒者,吴、娄、松三江中之山耶⑭?有扇一方,对瓜步之石帆耶⑮?龙马奔腾,如阵排甲卸,而一凝然受拜者,其钟山耶⑯?庵僧固求楣帖，予已酣极，为之大书"千顷泓然常供佛，万山疲极为勤王"，投笔而起。

至寺，则郑使移尊襥于苍麓上人房矣[17]。其楼倚青玉之壁，松涛鸟弄[18]，流泉在其户下，胜不可言。陈父言秋闱租此者[19]，一日三金。予曰："三金而买一日，有此贱日哉？"元甫曰："吾将鬄身削发，住此间矣。"于荥曰："何至乃尔？"约异日再游，归。

【注释】

①摄山：即栖霞山，在江苏南京市栖霞区。

②天都：都城。太学：太学生。

③南比部：指南京刑部。明代在南京亦设有六部，比部为清时刑部及其司官的通称。考：考绩。

④握槊：古代的一种博戏，双陆之类。

⑤竭蹶（jué）：力竭跌倒。枵（xiāo）：空腹，饿。

⑥采石：即采石矶，在今安徽当涂县西北，此指当涂。王思任曾任当涂县令。

⑦壶榼（kē）：盛酒或茶水的器具。

⑧江总持：江总，字总持，历仕梁、陈、隋三朝，陈时为陈后主所宠信，官至尚书令。在官不理政事，日与陈后主宴饮赋诗，时称"狎客"。江总碑，栖霞寺名胜，唐韦应物诗云："若到栖霞寺，先看江总碑。"江总撰，李霈书，行书，现存残石二片。

⑨汉：霄汉。

⑩题：头，顶端。

⑪杨少宰：即杨时乔，字宜迁，号止庵，上饶人，嘉靖进士，万历中累官吏部左侍郎，为官清正。谥端洁。有《杨端洁集》。少宰，即《周礼·天官》中的小宰，明清时用以指称吏部侍郎。岣嵝碑：古篆体书，传为夏禹撰书，当是后人伪托。石原刻在湖南衡山云密峰，云密峰，又名岣嵝峰。宋嘉定中何致手摹碑文刊之。明杨慎刻于安宁州。万历中杨时乔刻于江苏栖霞山天开岩。

⑫范长白：范允临，字长倩，一字长白，号石公。万历二十三年（1595）进士，官至福建布政司参议。善书法，有《输寥馆集》。

⑬童锐：光秃而尖锐。

⑭吴、娄、松三江：太湖的三条支流，又名吴淞江。

⑮瓜步：瓜埠镇，在今江苏南京市六合区东南。石帆：石帆山，在瓜埠镇。

⑯钟山：即紫金山，在今江苏南京。

⑰尊：酒樽。襆：包袱。

⑱弄：奏乐。

⑲秋闱：乡试。乡试例于八月举行，故称。闱，指科举考试的试院。

【赏读】

摄山位于南京市栖霞区,因山中盛产各类药草,可以摄生延年,故名摄山。山上景色优美,枫叶尤为出名,自明代以来就有"春牛首、秋栖霞"之说,被誉为"金陵第一明秀山"。

摄山又名栖霞山,因中峰西麓的栖霞寺而得名。栖霞寺始建于南齐,由笃信佛教的隐士明僧绍舍宅而建,是佛教三论宗的发源地。

自南朝以来,南京佛寺林立,是著名的佛教圣地。在南朝时,栖霞寺已与著名佛寺鸡鸣寺、定山寺齐名。到了明代,栖霞寺则隐然为众寺之首。万历三十四年(1606),学者焦竑撰《栖霞寺修造记》,评道:"金陵名蓝三,牛首以山名,弘济以水名,兼山水之胜者,莫如栖霞。"此碑记至今仍立在栖霞寺三圣殿前。

栖霞寺名胜极多,王思任文中所记有江总碑、千佛岭、天开岩等。江总碑即江总所撰《摄山栖霞寺碑》。原碑毁于唐代会昌年间,北宋康定元年(1040)重立,现仅存拓本和残石二片。明嘉靖时人皇甫汸《寄云谷上人》诗中有"松覆梁王宇,苔荒江总碑"之句,可见在明代江总碑久已荒废,因此王思任等人并未寻得。千佛岭即千佛岩,从南朝至明代,千佛岭开凿佛像共计七百余尊,有"江南云冈"之誉。王思任与友人纵饮处即在此地。天开岩则峭壁陡立,势若天开,王思任称其"胜绝"。由此上至峰顶,四方景物,饱览无遗。王思任极目远望,但见"四天云末,黑如豆粒者,吴、娄、松三江中之山耶?有扇一方,对瓜步之石帆耶?龙马奔腾,如阵排甲卸,而一凝然受拜者,其钟山耶?"此番游览,诸人皆极酣畅,曹元甫欲"鬻身削发,住此间矣"。

本文游踪清晰,记叙简洁,有移步换景之妙。文末以对话作结,侧面表达出诸人对摄山胜景的流连不舍,是其行文独特处。

再游灵谷寺看松记^①

予见松多矣，即无如灵谷。灵谷松如待试者，有老秃，有伛偻，有髯壮，有童子，有瘦长子，以千万计。高皇帝弓剑邻于钵杖②，百里内林薮，诏毋斧，故多老其天年。

予比部时③，与寅知数过④，月旦在天界之上⑤。予中废将四十年，复起缮部⑥，携友同儿往访之，则秃者尽，伛者枯，壮者老，童者壮，瘦者肥悍，已擎斗绣天矣。仍从第一禅门入，自愿以趾代舆，顾寒风袭袂，每怅不带奇温⑦。命儿择胜，得松呼涧笑、芳草萋萋处，布席具餐，弈者弈，握槊者握槊⑧，投琼者投琼⑨，把卷者把卷⑩，藏钩者藏钩⑪，胜事也。即此胜地，小小诳人，待解者认续。若八功阿耨水、迁志墓、无梁殿⑫，皆六朝烟草中旧迹，前人纪之已悉。至琵琶街，一响谷加砖耳，何所传灵！吾乡南明山⑬，踏之镗鎝然⑭，堂堂然⑮，金之则金也⑯，革之则革也⑰，丝之则丝也⑱，人舌讵有定乎？右方丈望钟阜⑲，翠倩可怜，柏松桧竹，苔毛藓发[20]，俱可荫人，誓绝尘世。第孝陵鹿每窥僧饭[21]，不止日攘[22]，予默想欲合全鹿丸，只须此中胖和尚数体，命诸儿得借一间，受用不尽也。

【注释】

①灵谷寺：在今江苏南京市中山陵东，松木参天，一径通幽，古称"灵谷深松"，为金陵四十八景之一。

②高皇帝：指明太祖朱元璋。弓剑：传说黄帝骑龙升仙，群臣攀附欲上，致堕帝弓；又黄帝葬桥山，山崩，棺空，仅存剑、鞋。后以弓剑指皇帝的遗物或对皇帝的哀思。钵杖：僧人所持钵盂和锡杖。这里意谓明孝陵（朱元璋陵墓）与灵谷寺相近。朱元璋未起事时曾为僧，此句亦暗指其事。

③比部：指刑部司官。王思任曾任南京刑部主事。

④寅知：同僚和相知者。

⑤月旦：品评。

⑥缮部：指工部营缮司。王思任曾任南京工部主事。

⑦奇温：指棉絮。南朝刘宋时隐士朱百年"家素贫，母以冬月亡，衣并无絮，自此不衣绵帛。尝寒时就（孔）觊宿，衣悉夹布，饮酒醉眠。觊以卧具覆之，百年不觉也。既觉，引卧具去体，谓觊曰：'绵定奇温。'因流涕悲恸。觊亦为之伤感"。见《宋书》卷九十三。

⑧握槊：古代的一种博戏，双陆之类。

⑨投琼：掷骰子。

⑩把卷：持卷，看书。

⑪藏钩：古代的一种游戏。相传汉昭帝母钩弋夫人少时手拳，入宫，汉武帝展其手，得一钩，后人乃作藏钩之戏。

⑫八功阿耨水、迁志墓、无梁殿：皆灵谷寺名胜。

⑬南明山：在浙江新昌县南。

⑭鞫（hōng）鞫：象声词，钟鼓之声。

⑮堂堂：即"镗镗"，鼓声。

⑯金：八音之一，指钟声。

⑰革：八音之一，指鼓声。

⑱丝：八音之一，指琴瑟等弦乐器之声。

⑲钟阜：指钟山，在灵谷寺西。

⑳苔：一种草名。藓：苔藓。

㉑孝陵：明太祖朱元璋陵墓，在今江苏南京东郊紫金山南麓。

㉒日攘：每日偷窃。攘，窃。

【赏读】

灵谷寺始建于南朝梁天监十三年（514），是梁武帝为纪念高僧宝志禅师而兴建的，初名开善精舍，位于南京钟山独龙阜。唐宋间屡易其名，称"宝公院""太平兴国禅寺"等。元朝及明初称"蒋公寺"。明洪武十四年（1381），朱元璋为修建孝陵将寺院迁至现址，改名"灵谷禅寺"，并封其为"天下第一禅林"。当时的灵谷寺规模很大。寺中松树尤为著名，"灵谷深松"是明代金陵四十八景之一。

王思任曾两次在南京任职，第一次在万历时，任南京刑部主事，第二次在崇祯初年，任南京工部主事。本文就是王思任第二次在南京任职时写成的。此时，他已五十有余。

王思任初游灵谷寺时，寺中松树"有老秃，有伛偻，有髯壮，有童子，有瘦长子，以千万计"，而再游时只见"秃者尽，伛者枯，壮者老，童者壮，瘦者肥悍，已擎斗绣天矣"。对比之间，承接"予中废将四十年"一语，隐约透露出作者的似水流年之慨。《世说新语》中记载了桓温的一则逸事，与这段文字参看，颇觉有味。文曰："桓公北征，经金城，见前为琅邪时种柳，皆已十围，慨然曰：'木犹如此，人何以堪！'攀枝执条，泫然流泪。""木犹如此，人何以堪"，正是王思任重游灵谷寺时潜藏在心中的一抹淡淡的哀伤。

然而，作者感慨虽深，却只偶一表露，本文的基调还是温暖明亮的。文中写与诸人"布席具餐"之乐，且曰"即此胜地，亦不语人，待解者认续"，流露出作者以山水知音自诩的快意。见孝陵鹿欲合全鹿丸数语，饶有戏谑意味，是作者本色。张岱《王谑庵先生传》中引王思任门人陆德先之语曰："先生之莅官行政、擿伏发奸，以及论文赋诗，无不以谑用事。"文末的戏谑语充分表现了王思任善于谑笑的这一性格特点。

游子房山记①

乘传过彭城②,赇牧裁其绋力③,舟胶焉不得行。童仆恚甚,而予辄醉之酒,笑谓我子长也,厄当在此④。明日登子房山也,会同年汪廷尉至⑤,共之山,祠子房。或曰:子房曾隐此。不甚崔⑥,然可以悉彭。彭,天下之中也,《禹贡》"惟土五色"⑦,威斗赋之⑧,其有中思乎?毋谓痴人心不大也。廷尉曰:"汹汹而降者,悬水村也,被发丈夫,与齐俱入,与汩俱出,蹈有道乎⑨?"曰:"道无所不有也。天下之大敢者,必起于大不敢。被发丈夫,师陆终氏之子也⑩。陆终氏之子,观井而覆之以轮,背树而犹绳萦之也⑪。子房之事,不成于仓海之沙中⑫,而成于黄石之圯下也⑬。试徘徊四顾,桓山之愚也⑭,泗水之诞也⑮,戏马台之纵也⑯,亚父之痴也⑰,皆不善于敢者也。雍门之弹也⑱,陵母之到也⑲,迷刘村之走也⑳,舞阳之排阃㉑,而九里之歌也㉒,皆善于不敢者也。"廷尉曰:"何知有敢不敢?得者为敢矣。"予舌桥而不能下。嗟呼！悲彭城，悲彭城，兴亡陈迹，可以叹尽乎？有有心人焉，东望而得剑台㉓，则心许在前者也；西望而得燕子楼㉔，则心许在后者也。请共到黄楼㉕，告之大苏㉖，亦足以为彭城概矣。

【注释】

①子房山：在今江苏徐州市铜山区，相传是汉张良吹箫破敌处。张良字子房，故名。

②乘传：乘坐驿车。传，驿站的马车。彭城：徐州的古称。

③赇牧：受贿的知府。缧：粗绳子。

④"笑谓"二句：《史记·太史公自序》言司马迁漫游时，"厄困鄱、薛、彭城"。子长，司马迁的字。

⑤同年：指在科举考试中同榜登科者。

⑥犖（lǜ）：高峻。

⑦"《禹贡》"句：《禹贡》，《尚书》篇名，载各地向天子进贡之物。徐州"厥田惟上中，厥赋中中，厥贡惟土五色"。

⑧威斗：汉王莽为显示威严所作，以五色药石及铜铸成，仿北斗形，长二尺五寸。出入令司命负之，欲以厌胜众兵，故名。此指王莽。

⑨"洶洶"六句：悬水村在吕梁洪（今江苏徐州市铜山区东南）。《庄子·达生》："孔子观于吕梁，悬水三十仞，流

沫四十里，鼋鼍鱼鳖之所不能游也，见一丈夫游之，以为有苦而欲死者也，使弟子并流而拯之。数百步而出，被发行歌，而游于塘下。孔子从而问焉，曰：'吾以子为鬼，察子则人也。请问蹈水有道乎？'曰：'亡，吾无道。吾始乎故，长乎性，成乎命，与齐俱入，与汩偕出，从水之道而不为私焉，此吾所以蹈之也。'"齐，漩涡。汩，涌流。

⑩陆终氏之子：指彭祖，彭城有彭祖井、彭祖墓。《世本》："陆终之子，其三曰籛，是为彭祖，彭祖者，彭城是也。下曰彭祖冢者……盖亦玄化之极。"

⑪"观井"二句：苏轼《东坡全集》卷六六《代滕甫论西夏书》："俗言彭祖观井，自系大木之上，以车轮覆井，而后敢观。"

⑫"不成于"句：《史记·留侯世家》："（张）良尝学礼淮阳，东见仓海君，得力士，为铁椎重百二十斤。秦始皇东游，良与客狙击秦皇帝博浪沙中，误中副车。秦皇帝大怒，大索天下，求贼甚急，为张良故也。良乃更名姓，亡匿下邳。"

⑬"而成于"句：《史记·留侯世家》："良尝闲从容步游下邳圯上，有一老父，衣褐，至良所，直堕其履圯下，顾谓良曰：'孺子，下取履。'良愕然，欲殴之，为其老，强忍，下取履。父曰：'履我。'良业为取履，因长跪履之。"后老父授张良《太公兵法》，称："读此则为王者师矣。后十年兴。十三年孺子见我济北，谷城山下黄石即我矣。"

⑭桓山:在今江苏徐州市铜山区东北,以山下有春秋时宋司马桓魋之墓而得名。《史记·孔子世家》:"孔子去曹适宋,与弟子习礼大树下。宋司马桓魋欲杀孔子,拔其树。"苏轼《游桓山记》:"仲尼,日月也,而魋以为可得而害也……古之愚人也。"

⑮泗水:水名,发源于山东泗水县,流经徐州沛县,经曲阜入淮。《史记·高祖本纪》载刘邦曾为泗水亭长,斩白蛇,有老妪哭云其子为白帝子,为赤帝子所杀。

⑯戏马台:在今徐州市铜山区南。项羽因山为台,以观戏马,故名。

⑰亚父:范增,秦末居鄛(今安徽桐城)人,年七十,辅项羽称霸诸侯,项羽尊之为亚父。屡劝项羽杀刘邦,项羽不听。后项羽中刘邦等人反间计,疑范增有二心。范增愤而离去,中途病卒。徐州市铜山区戏马台前有范增墓。

⑱雍门:雍门周,战国齐人。曾以琴见孟尝君。孟尝君曰:"先生鼓琴,亦能令文悲乎?"周引琴而鼓,于是孟尝君涕泣,下而就之曰:"先生之鼓琴,令文立若破国亡邑之人也。"见刘向《说苑·善说》。

⑲陵母:汉王陵之母。《汉书·王陵传》载王陵随刘邦击项羽,项羽取王陵之母置军中,欲招降王陵。王陵之母恐王陵有二心,遂自刭而死。王陵母墓在徐州市铜山区西南。

⑳迷刘村:未详。

㉑舞阳:汉樊哙,沛人,以功封舞阳侯。排闼:用力推

开门。《史记》："高祖尝病甚，恶见人，卧禁中，诏户者无得入群臣。群臣绛、灌等莫敢入。十余日，哙乃排闼直入，大臣随之。"徐州市铜山区有樊哙墓。

㉒九里：九里山，在今徐州市铜山区北，相传为刘邦、项羽交兵的战场。

㉓剑台：即"挂剑台"，旧址在今徐州睢宁县西北。《史记·吴太伯世家》："季札之初使，北过徐君。徐君好季札剑，口弗敢言。季札心知之，为使上国，未献。还至徐，徐君已死，于是乃解其宝剑，系之徐君冢树而去。从者曰：'徐君已死，尚谁予乎？'季子曰：'不然。始吾心已许之，岂以死倍吾心哉！'"

㉔燕子楼：在徐州。唐贞元中，张建封镇徐州，筑燕子楼给爱妾关盼盼居住。张死后，盼盼不嫁，居此楼十余年。

㉕黄楼：苏轼任徐州知州时所建，在今徐州市铜山区东门之上。

㉖大苏：指苏轼。

【赏读】

万历二十九年（1601），王思任在赴京途中路过徐州，因舟行受阻而稍作停留，与汪廷尉同游子房山，写下了这篇游记。

子房山与云龙山、九里山、户部山并称徐州四大名山。相传楚汉相争时张良曾命士兵在此地吹箫破敌，故名子房山。明宣德初年,平江伯陈瑄于山顶建子房祠。王思任"祠子房"处,当在子房山顶。

子房山上景色甚美。明人陈穆诗云:"四野晴岚合,孤峰锦石明。麦畦饶浪叠,桃径灿霞横。"归有光登山怀古,也留下了"俯视徐州城,黄河映带流。青山如环抱,一发悬孤州"的诗句。

然而,王思任此记并未描摹山景,而是把主要笔墨放在抒写登山四望而生的感慨上。文章绾合与徐州相关的诸多典故,以议论为主,从"不善于敢者"和"善于不敢者"两方面落笔,抒发了作者无限兴亡之叹。

王思任读书极博,行文善用典故,尤其好用僻典,这是他文章的特色和风格之一。本文从二人对话开始,几乎句句用典,以典故来议论抒情,正体现了王思任文章的这一特点。

游历下诸胜记①

华不注、大明湖、趵突泉②,济南之三誉也。东北山渡海谒岱③,如雁阵点点,距翼戢止④。而华不注虎齿刺天,肥而锐,似帝青宝碧十分涂塑者⑤。予时侨居历山书院,幕僚程张二君以斗酒洽之漱玉亭上,观所谓趵突者。昔时剑标数尺,而今仅为抽节之蒲,诸童子浴,裸裼之,王屋之气⑥,日短一日矣,泉也。且泉之左为于鳞先生白雪楼⑦,已别有所属,何处吊中原吾党也,楼也。

且明日引镜,眉间黄起⑧,则既抹马矣,尽辞上官之后,披襟独往历下亭子一看⑨,菡萏千亩⑩,流光溯空,芦中人谁与?若肯为我谱渔笛数弄,我不难赓桓伊也⑪。盈盈脉脉⑫,无以持赠,人亦谁可笑语?乃乞北门锁钥于某万户,倩睥睨为光明焉⑬。南山危矗如佛首者,历山耶⑭?舜所耕在濮,此何以历焉⑮?戴玄趾诗送我:"平生少知己,恸哭鲍山边⑯。"东望有青蔚起者是矣。元张养浩《龙洞记》画凶刻险⑰,涕中带笑也。且寄语东南一片云，愿以他日。北望华不注，而逢丑父卒智在此间与⑱？安得从泺源赊一苇⑲，直酌华泉下也。

夫山水之理，必不可卤莽而得。济南名胜，尚称幽夥，一眺望间，而欲了上下千百年之事，此不过望屠门而食气者⑳，不可以饱骄人。虽然，疏笼之羽，义无反顾，而吾犹得翱翔成礼以去，虽不满腹，亦不虚归矣。一脔全鼎㉑，蜜无中边㉒，其韵一也。且食肉者，何必马肝而尽哉㉓？

【注释】

①历下：山东历城县（今山东济南市历城区），明清时为济南府治。

②华不注：山名，在今济南市东北。大明湖：在今济南市北。明《一统志》："（大明湖）占府城三之一……弥漫无际，遥望华不注峰，若在水中。盖历下城绝胜处也。"趵突泉：在今济南市中心区。三泉并列，相距约各三尺，水自地中涌出，状如车轮。

③岱：指泰山。

④距翼戢止：指鸟飞行时脚爪和翅膀收敛起来的样子。距，爪。戢止，收敛的样子。

⑤帝青宝碧：即青碧色。帝青宝碧是佛经中对青碧色宝

珠的称呼，此借指青碧色。

⑥王屋：山名，在今山西垣曲和河南济源之间，道书以之为天下第一洞天，世传为轩辕访道处。

⑦于鳞先生：李攀龙，字于鳞，山东历城人，嘉靖后期文坛领袖，"后七子"之一。白雪楼：李攀龙所筑读书楼。

⑧眉间黄起：古相书上说，如果额上眉间有黄气，主人有喜事，黄气如带，是公卿之相。苏轼《送李公恕赴阙》："忽然眉上有黄气，吾君渐欲收英髦。"韩愈《郾城晚饮奉赠副使马侍郎及冯李二员外》："城上赤云呈胜气，眉间黄色见归期。"眉间有黄气指归期已定，归期已定则有喜色。

⑨历下亭子：在大明湖中小岛上。

⑩菡萏：荷花的别称。

⑪賡：用乐曲相酬答。桓伊：字叔夏，小字野王，东晋人。善音乐，为江左第一。得蔡邕柯亭笛，常自吹之。《晋书》有传。

⑫盈盈脉脉：《古诗十九首》："盈盈一水间，脉脉不得语。"

⑬睥睨（pì nì）：城墙上锯齿形的短墙。

⑭历山：又名舜耕山，传说帝舜曾耕稼于此。

⑮"舜所耕"二句：《史记·五帝本纪》："舜耕历山。"注云："濮州雷泽县有历山舜井。"

⑯鲍山：在山东济南，下有鲍城，为春秋时齐鲍叔牙采邑，山上有叔牙台。

卷一　游记　　99

⑰张养浩：字希孟，历城（今山东济南）人，元代中期名臣，官至礼部尚书，卒谥文忠。有诗文集《归田类稿》传世。龙洞：山名，在今济南市历城区，以山有龙洞得名。《归田类稿》中有《游龙洞记》一文，写持火炬探龙洞的惊险情状。

⑱逢丑父：春秋齐顷公大夫。齐晋鞌之战，齐军败，逢丑父驾战车与齐顷公绕华不注山而走，在将到华泉（华不注山下之泉）时车撞到树上，被晋军追及。逢丑父与顷公换位，冒充顷公，令顷公到华泉取水，顷公得以逃脱。见《左传·成公二年》。

⑲泺源：指趵突泉。趵突泉是古泺水的发源地。一苇：指一叶扁舟。

⑳望屠门而食气：犹"过屠门而大嚼"，指心中企慕而不能得到，姑且用想象聊以自慰。桓谭《新论》："人闻长安乐，则出门而向西笑；知肉味美，则对屠门而大嚼。"曹植《与吴季重书》："过屠门而大嚼，虽不得肉，贵且快意。"

㉑一脔全鼎：《吕氏春秋·察今》："尝一脔肉而知一镬之味，一鼎之调。"脔，切成块状的肉。

㉒蜜无中边：《四十二章经》："佛所言说，皆应信顺，譬如食蜜，中边皆甜，吾经亦尔。"此处指每种风景皆能体现山水之理。

㉓马肝：古人以为马肝有毒，食之能致命。《史记·儒林列传》："于是景帝曰：'食肉不食马肝，不为不知味；言

学者无言汤武受命,不为愚。'"

【赏读】

王思任少年早达,二十一岁考中进士,中年却屡遭贬黜,宦途很不顺利。张岱《王谑庵先生传》记载:"先生于癸丑(万历四十一年,1613)、己未(万历四十七年,1619)两计两黜,一受创于李三才,再受创于彭瑞吾。"王思任虽为人旷达,对仕途沉浮并不挂怀,但无端受黜,内心必多愤懑不平,这在他的诗文中也有所表露。

王思任集中有《至历下怡雨》诗二首,正是这种情绪的抒写与宣泄。《游历下诸胜记》是王思任侨居历下书院时所作。一诗一文,虽体裁不同,情感基调却大体相似。

济南风景秀美,素有"四面荷花三面柳,一城山色半城湖"的美誉,城内外有趵突泉、大明湖、千佛山、华不注等胜迹。王思任在游记中却不用大段文字刻画山水,而是着力抒写登亭四眺所引发的诸多感慨,欲借山光水色而一吐胸中块垒。如观趵突泉"昔时剑标数尺,而今仅为抽节之蒲",顿生"王屋之气,日短一日"的感慨;见李攀龙白雪楼"已别有所属",又有"何处吊中原吾党"的遗憾。大明湖垂柳袅袅,"菡萏千亩,流光溯空",王思任想到的却是"芦中人谁与?若肯为我谱渔笛数弄,我不难赓桓伊也。盈盈脉脉,无以持赠,人亦谁可笑语"。而戴玄趾诗"平生少知己,恸哭鲍山边",更是将王思任这种知己寥落、无人解赏的心绪表露无余。

本文所记历下诸胜皆是王思任登临漱玉亭、历下亭眺望所见,作者其实并未亲临,因此文末有"虽不满腹,亦不虚归""一脔全鼎,蜜无中边,其韵一也""食肉者,何必马肝而尽"这样自我宽慰式的话语。本文采用借景抒情的写作手法,借登眺所见之景抒发作者胸中磊落不平之气,在王思任游记中别具一格。

游满井记①

　　京师渴处，得水便欢。安定门外五里有满井②，初春，士女云集，予与吴友张度往观之。一亭函井，其规五尺③，四洼而中满，故名。满之貌，泉突突起，如珠贯贯然，如蟹眼睁睁然，又如鱼沫吐吐然，藤蓊草翳资其湿。

　　游人自中贵外贵以下④，巾者，帽者，担者，负者，席草而坐者，引颈勾肩履相错者，语言嘈杂。卖饮食者，邀诃好火烧⑤，好酒，好大饭，好果子。贵有贵供，贱有贱鬻。势者近，弱者远。霍家奴驱逐态甚焰⑥。有父子对酌，夫妇劝酬者；有高髻云鬟，觅鞋寻珥者；又有醉訾泼怒，生事祸人，而厥天陪乞者⑦。传闻昔年有妇即此坐蓐，各老妪解襦以帷者，万目睽睽，一握为笑。而予所目击，则有软不压驴，厥天扶掖而去者；又有脚子抽登复堕⑧，仰天丑露者；更有喇唬恣横，强取人衣物，或狎人妻女，又有从傍不平，斗殴血流，折伤至死者。一国狂惑，予与张友买酌苇盖之下，看尽把戏乃还。

【注释】

①满井：北京东北郊名胜。

②安定门：北京城门之一，在东北方向。

③规：圆周。

④中贵：指宦官。外贵：相对于"中贵"而言，指一般显贵官僚。

⑤邀诃：即"吆喝"。火烧：一种面饼。

⑥霍家奴：辛延年《羽林郎》诗："昔有霍家奴，姓冯名子都。依倚将军势，调笑酒家胡。"汉代大将军霍光，声势煊赫，其家奴亦仗势欺人。后世遂以"霍家奴"指豪门权贵的家奴。

⑦厥天：疑意同"厥角"，以额触地。

⑧脚子：脚夫。凳：凳。

【赏读】

满井是北京东郊的一处名胜，因泉水常铺满井沿而得名。刘侗、于奕正《帝京景物略》称："（满井）井高于地，泉高于井，四时不落。"满井周围花木茂盛，景色宜人，吸引着熙来攘往的游人。蒋一葵《长安客话》记载："（井）径五尺余，清泉突出，冬夏不竭，好事者凿石栏以束之。水常浮起，散漫四溢。井傍苍藤丰草，掩映小亭,都人诧为奇胜。"《长安客话》编于明万历年间,可见万历时期,大约也就是王思任游满井之时,满井周围的热闹和喧嚣。

王思任是与友人张庋一同游览满井的,只见"泉突突起,如珠贯贯然,如蟹眼睁睁然,又如鱼沫吐吐然",十分有趣可爱,然而王思任的兴趣却不在此。他在游记中只用寥寥数语描摹泉水,却把大多数笔墨用来描写观泉的各色游人。这些游人当中有贵家士族,也有平民百姓;有前呼后拥者,也有夫妇、父子偕游者;有席草而坐者,也有贩酒食果子者;有醉酒生事者,也有打抱不平者……不一而足,宛若一幅市井图。王思任则与友人在苇盖下小酌,"看尽把戏乃还"。置身其中又出离事外,笔墨之间,隐隐透出作者"看尽把戏"之乐。

有趣的是,万历二十七年(1599),袁宏道也写过一篇同名游记,两相对比,不同之处显而易见。袁文写于春寒犹厉之时。数日阻风,蛰居一室,一旦大风稍歇,诗人约好友出游,其心绪之快,可想而知。所谓"十日春寒不出门,不知江柳已摇村",诗人在满井所见是柳条细细、春波盈盈、碧天高阔、晴峦如洗、鱼鸟悠然,皆有喜气,陆云龙赞其"形容雅倩"。可以说,袁宏道的《游满井记》承接游记散文的传统,侧重描摹风景,"写景亦如平芜,淡色轻阴,令人意远",呈现出雅致的格调。而王思任的《游满井记》则自出新意，侧重描绘市井百态，这对后来张岱的名篇《西湖七月半》有很大影响。

《游满井记》中饱含的市井烟火气极受周作人赞赏，他在《夜读抄·一岁货声》中说："自来纪风物者大都止于描写形状，差不多是谱录一类，不大有注意社会生活，讲到店头担上的情形者。《谑庵文饭小品》卷三《游满井记》中有这几句话：'卖饮食者，邀诃好火烧，好酒，好大饭，好果子。'很有破天荒的神气。"周作人所欣赏和看重的，大概是这种在游记中罕见的世俗情状，这种"破天荒的神气"吧。

卷二 序引

西厢谱元微之事,凡数本,俱可观,而王实甫独登峰造极。

淇园序

天下山水有如人相，眉巉目凹，蜀得其险；骨大肉张，秦得其壮；首昂须戟，楚得其雄；意清态远，吴得其媚；貌古格幻，闽得其奇；骨采衣妍，滇粤得其丽。然而韶秀冲停，和静娟好，则越得其佳。故吾越谓之佳山水。居郡中者有八，而蕺最宠绝①，众妙绕环，似百千万名姝，抱云笙月鼓，一簇太真者②。佳至蕺，观止矣！蕺腹有招提③，是吾家逸少宅④，而肩顶间为相国吕文安祠⑤，诵《古柏行》祠下⑥，低徊不忍去矣。文安孙美箭氏⑦，羹墙之暇⑧，剃芜扩隙，构园读书，颜之曰"淇园"，成而逊余序。有序曰：

凡功名富贵，有不难满圆人意者，而惟山水之缘，定多缺陷。生长平原，一望天尽，鸠石寻丘⑨，穴沟借潴⑩，回思本来面目，则不快。远者百里，近者数十里，一时命驾，三日聚粮，至则轮饥蹄渴，酒涩肴枯，不须兴尽，先懊初心，则不快。诸人游饮之趣，吝于日而侈于夜，侨于外而便于家，夕阳将下，众志渐苦，点检招摇,城阓杂沓⑪,有如市罢归来,则不快。家在山中,四围裈束⑫,听鬼愁风,因虎逃月,则不快。而峨峨兮登天,而沉沉兮入渊,天青日白,洞疑虚惕⑬,时有性命之念,则不快。山水宜人,市居荒落,修琴买药,引胜呼豪,则不快。隅守角全,捉襟露肘,地利人和,或尔限之,用是巨灵不神⑭,桑田易老,则不快。土木水石,投胎夺命,财力可通,而惟老树寿藤,天功难鬻,一暴十寒,三移九绝,则不快。凡此数者,皆势之所不能争,智之所不能斡,而道德之所不能感化,文章之所不能增美者也,有福存焉。淇园胎而得越,生而得戩,长而得旺于相国祠边。枕负大海,襟带三江。湖山溪壑之所飞回,云霞日月之所跳荡。以榻为马,而穷峦惊峭,竟日赏心;以几代舟,而渔笛菱歌,随风入耳。长松老桧,鬣怒鳞森,而匪阴宫古墓之忌;午夜明河,单往长卧,而无非类若人之呵。夕梵晨钟,听下方则诸品静矣;青烟红火,俯万户则独觉生矣。当斯时也,书中对宛委而成篆⑮,盘盂热丹脂而胜鼎,邛竹乘云气而拟龙⑯,妻子偕鹿门而当友⑰,鸡犬吞玗实而成仙⑱,此讵非美箭氏之福耶!吾越中居者仰屋,行者辩途,有身处山而目不见山者,有目见山而心不见山者。美箭跃然作百尺楼想,而日供其身于丹峰翠霭之上,则既得福而又能用福,美箭氏之福也滋大矣，则虽易淇园为福地可也。

或曰，命名"淇园"，盖托于"有斐"之义[19]。予谓竹之义从个，淇园有万个，而后谓之"漪漪"，美箭广四筵而无阑入[20]，以其所谓福者，切磋友生，斐孰章焉？如是则子猷能径诣而啸者，淇园中又何可一日少此君也[21]！

【注释】

①蕺（jí）：蕺山，在今浙江绍兴东北。

②太真：仙女名，杨贵妃亦号太真。

③招提：寺院的别名。

④逸少：王羲之字逸少。其宅在蕺山，后舍为戒珠寺。

⑤吕文安：即吕本，字汝立，浙江余姚人，明嘉靖间累官太子太保、文渊阁大学士，卒谥文安。

⑥《古柏行》：杜甫诗，咏诸葛亮庙前古柏。

⑦美箭氏：吕胤筠，号美箭，吕本之孙。

⑧羹墙：指对死者的思慕。《后汉书·李固传》："昔尧殂之后，舜仰慕三年，坐则见尧于墙，食则睹尧于羹。"

⑨鸠：聚集。

⑩潴：水停积处，池塘之类。

⑪闉（yīn）：古代瓮城的门。

⑫裈：满裆裤。

⑬恫疑虚愒：即"恫疑虚喝"，虚张声势，恐吓威胁。

⑭巨灵：古代传说中劈开华山的河神。

⑮宛委：传说中的山名。《吴越春秋》卷六注云："在会稽县东南十五里，一名玉笥山。"传说禹登宛委山得金简玉字之书，因以借喻书文之珍贵难得。

⑯邛竹：又名石竹，产自四川邛崃。此指用邛竹制成的邛竹杖。《史记·大宛列传》载，张骞出使西域，"在大夏时，见邛竹杖、蜀布"。拟龙：东汉费长房拜仙人壶公为师学习道术，辞归时壶公赠一竹杖曰："骑此任所之，则自至矣。既至，可以杖投葛陂中也。"费长房骑上竹杖，很快到家，自以为只十余日，实际上已有十余年。他把竹杖投入葛陂中，竹杖马上变成一条龙。见《后汉书·方术列传》。

⑰鹿门：鹿门山，在今湖北襄阳。汉末庞德公携妻子登鹿门山，采药未返。

⑱玗实：竹实，竹子所结的子实，形似小麦。玗，琅玗，竹的美称。

⑲有斐：《诗经·卫风·淇奥》："瞻彼淇奥，绿竹猗猗。有匪君子，如切如磋，如琢如磨。"匪，通"斐"，有文采貌。

⑳阑入：擅自进入不应进去的地方。

㉑此君：指竹。《世说新语·任诞》："王子猷尝暂寄人空宅住，便令种竹。或问：'暂住何烦尔？'王啸咏良久，直指竹曰：'何可一日无此君？'"

【赏读】

淇园位于绍兴城内的蕺山上，是明嘉靖时大臣吕本之孙吕胤筠所筑。相传战国时越王嗜蕺，常采于此山，故名蕺山。山中有东晋名士王羲之故居，后舍为戒珠寺，因此蕺山又被称作王家山。

淇园深幽而朗畅，是当时的名园之一。祁彪佳《越中园亭记》记其佳胜处云："从戒珠寺东，径入蕺山之脊，有堂三楹。曲廊出其后，贯以小轩，其南高阁三层，北望海，东南望诸山，尽有其胜。阁下有奇石，小池绕之，一泓清浅，为园之最幽处。"园林主人将淇园景物绘于图上，又请同乡王思任作序，写成这篇《淇园序》。

王思任在序文中采用对比的写作手法，层层递进，构思十分巧妙。文章开头先介绍各地山水的不同特点，引出越地"韶秀冲停，和静娟好"的佳山水。越中山水以蕺山最为绝妙，而吕氏淇园正在蕺山之中。行文至此，作者虽尚无一字涉及淇园之妙，但其妙处已隐隐浮现笔端。

接下来，作者依然没有正面描摹淇园风貌，而是将山水之缘与功名富贵作对比，认为"功名富贵，有不难满圆人意者，而惟山水之缘，定多缺陷"。所谓"缺陷"，则有"势之所不能争，智之所不能斡，而道德之所不能感化，文章之所不能增美"的"八不快"。"八不快"之说极易让人联想到嵇康《与山巨源绝交书》中的"七不堪""二不可"。事实上，自《绝交书》之后，历代模仿者络绎不绝，本文的"八不快"就是其中一例。作者以稍带诙谐的笔调将山水缺憾归纳为"八不快"，既新颖又有趣。王思任探访各地名胜，游踪遍天下，"八不快"之说恐怕就是他游历四方后的经验之谈。

作者耗费大量笔墨描摹"八不快"，正是为了反衬淇园的完美。在层层铺垫后，作者终于以恣意汪洋的笔调细致描绘淇园的种种妙处，并称之为"福地"，赞美之情，溢于言表。在文章结尾处，王思任解释了淇园命名的含义，勾勒出淇园主人斐然君子的形象，是文章的点睛之笔。

本文层次分明，结构井然，行文汪洋恣肆，显示出作者极为出众的文才，也带给读者很好的阅读美感。

世说新语序①

读《史记》之后，或难为《汉书》；读《汉书》之后，且不可看他史。今古风流，惟有晋代。至读其正史，板质冗木，如工作《瀛州学士图》②，面面肥晳，虽略具老少，而神情意态，十八人不甚分别。

前宋刘义庆撰《世说新语》，专罗晋事，而映带汉魏间十数人。门户自开，科条另定③，其中顿置不安，征传未的④，吾不能为之讳。然而小摘短拈，冷提忙点，每奏一语，几欲起王、谢、桓、刘诸人之骨⑤，一一呵活眼前，而毫无追憾者。又说中本一俗语，经之即文；本一浅语，经之即蓄；本一嫩语，经之即辣。盖其牙室利灵，笔颠老秀，得晋人之意于言前，而因得晋人之言于舌外，此小史中之徐夫人也⑥。嗣后孝标勘注⑦，时或以《经》配《左》⑧，而博赡有功；须溪贡评⑨，亦或以郭解《庄》⑩，而雅韵独妙。义庆之事，于此乎毕矣。

自弇州伯仲补批以来⑪，欲极玄畅，而续尾渐长，效颦渐失，《新语》遂不能自主。海阳张远文氏得善本于江陵陈元植家⑫，悉发辰翁之隐，黜陟诸公，拣披各语，注但取其疏惑，评则赏其传神，义庆几绝而复寿者，远文之力也。远文又精删何氏之补⑬，别具一帙，使其堂庑具在，而《新语》之事，又于此乎毕矣。

嗟乎！兰苕翡翠，虽不似碧海之鲲鲸⑭，然而明脂大肉，食三日定当厌去，若见珍错小品，则啖之惟恐其不继也。此书泥沙既尽，清味自悠，日以之佐《史》《汉》炙可也。

【注释】

①世说新语：南朝宋刘义庆撰，内容按类分为德行、言语、政事、文学等三十八门，主要记述东汉末年至东晋年间名士文人的言行风貌，文字简洁而有文采，对后代小说和笔记文学有较大影响。

②工：工匠。《瀛州学士图》：相传是唐代大画家阎立本所绘。唐太宗开文学馆，以房玄龄、杜如晦等十八人为文学馆学士，讨论典籍，咨访政事，又命阎立本为其画像，褚亮作赞，题名字爵里，号"十八学士"。当时称中选者为"登瀛州"。

③科条另定：另外设定写作的体例、方法。

④的（dì）：箭靶的中心，此意谓确实、准确。

⑤王、谢、桓、刘:晋代最著名的四个世家大族,此处用以指代晋时名士。

⑥徐夫人:战国赵人,姓徐,名夫人,有锋利匕首,被燕太子丹求得,与荆轲,遣其赴秦刺秦王。见《战国策·燕策三》《史记·刺客列传》。

⑦孝标:刘峻,字孝标,南朝梁人,曾为《世说新语》作注。

⑧《经》:指《春秋》。《左》:《左传》。

⑨须溪:宋末刘辰翁,号须溪,曾评《世说新语》。

⑩郭:郭象,晋人,曾注《庄子》。《庄》:《庄子》。

⑪弇(yǎn)州伯仲:指明代王世贞、王世懋兄弟。王世贞号弇州山人。

⑫张远文:海阳(今安徽休宁)人。陈元植:未详。曹臣《舌华录》记载其曾批阅《东坡集》。

⑬何氏:何良俊,字元朗,号柘湖居士,华亭(今上海松江区)人。嘉靖贡生,荐授南京翰林院孔目,仕途失意,遂隐居著述。撰有《何氏语林》三十卷,其义例门目,全以刘义庆《世说新语》为蓝本,而杂采宋、齐以后事迹续之。

⑭"兰苕"二句:杜甫《戏为六绝句》:"或看翡翠兰苕上,未掣鲸鱼碧海中。"谓兰苕翡翠之清丽明秀,不如碧海鲸鱼之气势雄浑。

【赏读】

《世说新语》由南朝宋刘义庆编撰,主要记载东汉末年至东晋年间名士文人的逸闻逸事。全书分为德行、言语、政事、文学等三十六门,通过描写各色人等不同的言谈举止,来表现其不同的性格特征。全书文字简练含蓄,极为生动传神。

《世说新语》是后人了解魏晋风流最好最直接的著作。它的研究与传播在明代蔚然成风。据不完全统计,明代刊印的各类不同版本的《世说新语》,得以保存至今的尚有二十六种之多。其中不但包括刘辰翁批点本、李卓吾批点本和无批点本,也包括王世贞、王世懋兄弟将何良俊《何氏语林》和刘义庆《世说新语》删并合刊之后的补充本。张远文取陈元植家所藏善本,删繁就简,"注但取其疏爽,评则赏其传神",仅保留刘辰翁批语和必要的评注文字,重新刊印《世说新语》。本文就是王思任为张远刊本所作的序文。王思任在文中对此书的编排赞赏有加,称"义庆几绝而复寿者,远文之力也",认为其他补本、批本是"续尾渐长,效颦渐失"。取舍之间,可见作者的态度和观点。

《世说新语》用简练的语言塑造出生动的人物形象,这也是它独特的魅力所在。明人胡应麟评曰:"读其语言，晋人面目气韵，恍忽生动，而简约玄淡，真致不穷，古今绝唱也。""面目气韵，恍忽生动"的评价，正与王思任序文中"每奏一语，几欲起王、谢、桓、刘诸人之骨，一一呵活眼前，而毫无追憾者"的赞语相合，而王思任所言"本一俗语，经之即文；本一浅语，经之即蓄；本一嫩语，经之即辣"，也正是对"简约玄淡，真致不穷"最好的诠释。唯其如此，《世说新语》方能达到"得晋人之意于言前，而因得晋人之言于舌外"的艺术成就。化俗为文，转浅为蓄，文嫩为辣，不但是王思任对《世说新语》语言特征极为恰当的评价，也是他在散文创作中所追求的文字风格。

王思任在文末称"明脂大肉，食三日定当厌去，若见珍错小品，则啖之惟恐其不继也"，这不但是对《世说新语》的肯定，也可看作对晚明小品文的肯定。魏晋时期崇尚自由放旷的生活态度，这与晚明知识分子追求个性的自由与独立正相契合。《世说新语》以简短的篇幅、隽永的语言，刻画出生动立体的人物形象，又与小品文"短小而有趣味"的内涵相映照。明了这层关系，就不难理解为何晚明文士对《世说新语》如此赏爱，以至一再刊印传刻，而通达玄远的《世说新语》也对晚明小品文的蓬勃发展助益良多。

名园咏序

忽然而有我，忽然而呼我，于亿万千字之中，执认一二，梦寐不讹，所谓"名"也。随其心之所及，买天缝地，挝水邀山①，相之以动潜，旺之以馆榭，主人以为己有，而狂士瞿瞿于柳樊之外②，则所谓"园"也。盖常试言之，善园者以名，善名者以意。其意在，则董仲舒之蔬圃也③，袁广汉之北山也④，王摩诘之辋川廿景⑤，杜少陵之空庭独树也⑥，皆园也，无以异也。不得者，且为荡丘，为聚血，为哄市，为棘圌，为斜阳荒草、狐嗥蛇啸之区，乌乎园？

余足走四天下，不甚修，而所窥略得其大意。大约埃壒中之园渴⑦，其独擅者在花；硗确中之园粗⑧，其借秀者在木；菰芦中之园平⑨，其取蒨者在竹与水⑩。而禽石珍瑶，胫飞毡裹，为力之所共者，不与焉。

越故海镜浮山，天光下采，人称游冶，家尽楼台，乃自然不营之圃。向吾释褐归⑪，侨居人园，仅有二，城以钮给谏，郊以张司马。二十年来，园乃相望，各赋一名，自相雄长，尽山川云物之美，兼南北产育之致，如十八路诸侯，斗宝潼关，人人眉竖。入山阴道者，如观周家东序，目神倦讫，相约来朝，不意应接不暇，复谓尔尔，亦海内千古之盛矣。

吾友刘迅侯，解人也。袖中有沧海，笔下无尘气。所居一丈之室，卷石兴云[12]，老鼎泣魅，宿帖奇书，病琴瘦鹤，种种韵绝。兴则一棹挂壶，无人径往。辟疆濠濮靡不熟[13]，风花雪月靡不过。有奖无讥，逢慨助慷。每于名胜会心处，辄为之偿数语。或镂楮肖形[14]，或食肋留味[15]，或击节于腰膂之冲，或赏神于牝黄之外[16]。于是乎名园不但为主人有，而尽为迅侯有，其有迅侯，毋亦息壤间之大盗也与哉[17]！

余力不能园，而园之意已备，上自云烟，下及囷溷[18]，皆有成竹于胸中矣，特未及解衣泼墨耳。五楹水阁，青亦不了，残夜月明，天际甚远，迅侯咏不之及，何耶？是犹规规于瓦埴中也[19]。以此讨迅侯，其何以春秋对乎？

【注释】

①挝（zhuā）：击，打，敲打。

②瞿瞿：惊视貌。《诗经·齐风·东方未明》："折柳樊

囲,狂夫瞿瞿。"

③董仲舒:西汉广川(治今河北景县西南)人,治《春秋公羊传》,景帝时为博士,下帷讲读,三年不窥园。武帝时为江都相、胶西王相。告病家居,朝廷每有大事,常遣使就其家咨问。生平讲学著书推尊儒术,抑黜百家。著有《春秋繁露》等书。

④袁广汉:汉代人。《三辅黄图》引《汉旧仪》云:"茂陵富民袁广汉,藏镪巨万,家僮八九百人,于北山下筑园,东西四里,南北五里,激流水注其中,构石为山。"

⑤王摩诘:唐诗人王维字摩诘。辋川:水名,在陕西蓝田县南。王维晚年得宋之问辋川蓝田别墅,日吟咏其间,并绘有《辋川图》。

⑥杜少陵:杜甫号少陵野老。空庭独树:杜甫《秦州杂诗二十首》之十一有"老树空庭得"诗句,《草堂即事》中有"独树老夫家"诗句。

⑦埃壒(ài):尘土。

⑧硗确:土地坚硬贫瘠。

⑨菰芦:茭白和芦苇,此外指名产菰芦的水泽之地。

⑩蒨:秀美。

⑪释褐:谓脱去布衣,换上官服,即做官之意。此指进士及第。

⑫卷石:如拳大之石。《礼记·中庸》:"今夫山,一卷石之多,及其广大,草木生之。"

⑬辟疆：晋代顾辟疆的名园，故址在今江苏苏州。濠濮：《庄子》载庄子曾与惠施游于濠梁之上，又曾垂钓于濮水。后以指高士闲居之所。《世说新语·言语》："简文入华林园，顾谓左右曰：'会心处不必在远，翳然林水，便自有濠濮间想也。觉鸟兽禽鱼，自来亲人。'"

⑭镂楮肖形：《韩非子·喻老》："宋人有为其君以象为楮叶者，三年而成。丰杀茎柯，毫芒繁泽，乱之楮叶之中而不可别也。"

⑮食肋：曹操攻汉中，不能胜，意欲还军。时来请令，即出令曰"鸡肋"。杨修便自严装。人问之，曰："夫鸡肋，弃之如可惜，食之无所得，以比汉中，知王欲还也。"见《三国志·武帝纪》注引《九州春秋》。

⑯牝黄：《列子·说符》载秦穆公使九方皋求千里马，九方皋得之，返曰牝而黄，公使人取之，则牡而骊（黑）。后以之指遗貌取神。

⑰息壤：传说中能自己生长的土壤。此指土地。

⑱圊溷（qīng hùn）：厕所。

⑲规规：拘泥。瓦埴：把细黏土制成瓦器。

【赏读】

这是王思任为友人刘迅侯诗集《名园咏》所写的序文。"名园"指越中一带的园林。

王思任称刘迅侯为"解人"，所谓"解人"，即名园知己之意。在序文中,刘迅侯的形象颇为高雅,其居则有"卷石兴云,老鼎泣魅,宿帖奇书,病琴瘦鹤"相伴,行则是"一椑挂壶,无人径往",寥寥数语,勾勒出一个潇洒出尘的名士形象,仿佛一幅气韵生动的写意画。如此名士,更兼"袖中有沧海,笔下无尘气",游园时定能领会园林神韵,所作诗歌也必定不俗。虽然序文对诗作本身并未多作品评,但通过对诗人的描绘和勾画,自然不难想见诗作的高妙之处。

王思任此文笔势汪洋,文思奇绝,其文才横溢之处,时时可见。如文章开头"忽然而有我,忽然而呼我,于亿万千字之中,执认一二,梦寐不讹,所谓'名'也",劈空而下,幻想奇特,显露出作者巧妙的文思。又如结尾一段,王思任认为应该打破世间万物的实体束缚,从欣赏园林的眼光来看,上自云烟,下及圊溷,都具备园林雅意,都应是诗歌吟咏的对象,视角独特,笔墨之间含蓄不尽,令人回味无穷。

陆云龙评其文曰:"其气蓬勃,其笔铦锐,其想奇幻,对之亦如山阴道上,应接不暇,有赞赏已耳。"确非虚语。

屠田叔笑词序[①]

古之笑出于一，后之笑出于二，二生三，三生四，自此以后，齿不胜冷也。王子曰：笑亦多术矣，然真于孩，乐于壮，而苦于老。海上憨先生者老矣，历尽寒暑，勘破玄黄[②]，举人间世一切虾蟆傀儡、马牛魑魅、抢攘忙迫之态，用醉眼一缝，尽行囊括。日居月诸，堆堆积积，不觉胸中五岳坟起，欲叹则气短，欲骂则恶声有限，欲哭则为其近于妇人，于是破涕为笑。极笑之变，各赋一词，而以之囊天下之苦事。上穷碧落，下索黄泉，旁通八极，由佛圣至优旃[③]，从唇吻至肠胃，三雅四俗，两真一假，回回演戏；绦龙打狗，张公吃酒，夹糟带清。顿令虾蟆肚瘪，傀儡线断，马牛筋解，魑魅影逃。而憨老胸次，亦复云去天空，但有欢喜种子，不知更有苦矣。此之谓可以怨，可以群[④]，此之谓真诗。若曰打起黄莺儿，摔开皱眉事，憨老笑了一生，近又得龙耳长进。笑矣，奚其词也！

【注释】

①屠田叔：屠本畯，字田叔，自号憨先生，浙江鄞县（今宁波市鄞州区）人，以荫历太常典簿、辰州知府。

②玄黄：天地。《易·坤》："天玄而地黄。"

③优旃：秦国优人（扮演杂戏的人），侏儒，善于用笑言讽谏。秦始皇欲扩大苑囿，秦二世欲用漆涂城，都因优旃讽谏而止。见《史记·滑稽列传》。

④"此之"二句：《论语·阳货》："诗可以兴，可以观，可以群，可以怨。"

【赏读】

这是王思任为屠田叔《笑词》所作的序文。

屠本畯字田叔，自号憨先生，浙江鄞县人，《静志居诗话》记其生平曰："田叔好诙谐，诗多不拘格律，晚节归田，爱客益甚，盐豉蒜果，觞客必尽欢。守辰州日，禁民杀牛。有唐生牒言：'家贫，畜一牛，不幸死，请鬻其肉。'田叔度其伪也，判以俸钱买牛葬之。牵至，乃生牛，因命小吏饭之。及解官，衣深衣骑马出门，州父老泣相送，牵牛随其后。时人为作《辰阳留犊图》。年既老，好学不倦。或曰：'先生老矣，奚自苦为？'答曰：'吾于书，饥以当食，渴以当饮，欠伸以当枕席，愁寂以当鼓吹，未尝苦也。'因自称'憨先生'，亦曰'䶉叟'。起生圹于甬上，撰状及表。年八十余乃卒。至今甬东言风流儒雅，辄首及之。"可见屠田叔是一位敦厚长者，阅历半世，见惯种种可叹可怪可笑可骂之事，乃作《笑词》以抒愤。

王思任认为"笑亦多术矣，然真于孩，乐于壮，而苦于老"，《笑词》无疑是"苦于老"之笑。屠田叔阅历既深，见惯"一切虾蟆傀儡、马牛魑魅、抢攘忙迫之态"，只需"用醉眼一缝"，种种丑态"尽行囊括"，因此胸中块磊难平，如"五岳坟起"。然则用何物平此块垒？"欲叹则气短，欲骂则恶声有限，欲哭则为其近于妇人。"汉乐府《悲歌行》云："悲歌可以当泣，远望可以当归。"面对种种愤慨与不平，屠田叔只能破涕为笑，以笑化而出之，又"极笑之变，各赋一词"，词中"囊天下之苦事"，于是方才"云去天空，但有欢喜种子，不知更有苦矣"。

但真的不复有苦了吗？文章结尾云："笑矣，奚其词也！"王思任以戏谑口吻发问："可笑之苦又来了，田叔又奚以为词？"暗示苦无有尽，笑亦无有尽，意味深长。

王思任自谓："舌如风，笑一肚。"作者之笑正如田叔之笑，这篇序文简直就是作者的夫子自道，所以笔墨间能如此酣畅淋漓，如有一股不平之气涌动其中，时时欲喷薄而出。陆云龙评曰："题与文争奇。"确然一篇奇文。

落花诗序

诗三百①,皆性也②,而后之儒增塑一字,曰诗以道性情,不知情即性之所出也。性之初于食色原近。告子曰③:"食色,性也。"其理甚直,而子舆氏出而讼之④,遂令覆盆千载⑤。此人世间一大冤狱也。国风好色而不淫⑥,若非魁三百篇者乎?未得《关雎》⑦,不胜其哀哀之旨。向使不必得之,又得之即不寿,参差其语,文王将默默已耶?"宁不知倾城与倾国,佳人难再得"⑧,武帝雄风大略,开口称善,五脏俱见。至姗姗来迟,叹与烛荧惚恍⑨,而读者先已心伤矣。此皆性之所呼也。若必建鼓而别之曰⑩:文王德也,武帝色也。武帝诚已具服,而文王独非人性也哉?何以知"窈窕"之必训"幽闲"也⑪?何以知"佳侠"之不为"樛木"也⑫?是伯鸾必见赏而奉倩必见诛也⑬。甚矣,宋先生之拘也⑭!

客从燕中来⑮,出戴大圆《落花诗》六十首相示⑯,乃其刻烛而和友生者⑰。宛妙悲挈,杂之苏杜⑱,

一时难问须眉。门人喻安煃、王巍测之曰："使君如蕃秀之向朱明⑲，何以霜落水收乃乐！"予笑而不应。徐开之，诗中云心澹荡，石火世尘，岂在一蜗角⑳。使君自有妇，不胜其回风无处之感也㉑，故以吟代其涕耳。使君昔令我会稽㉒，腹廉而骨傲，惟单弱者爱之。夫惟单弱者爱之，自不应得美官。是与予同病，予向者知其人与其官，而不知其能诗，彼必以我为非人也。

【注释】

①诗三百：指《诗经》。《诗经》收诗三百零五首，故称。

②性：人性。

③告子：战国时人，与孟子同时，主张性无善恶。见《孟子·告子》。

④子舆氏：指孟子。孟子名轲，字子舆。主张性善说，曾与告子相辩难。见《孟子·告子》。

⑤覆盆：覆置的盆。《抱朴子·辨问》："日月有所不照，圣人有所不知……是责三光不照覆盆之内也。"后用以喻黑暗笼罩，沉冤莫白。

⑥国风好色而不淫：语见《史记·屈原贾生列传》。

⑦《关雎》：《诗经》首篇，旧说谓歌颂周文王后妃之德。

⑧"宁不知"二句：《汉书·外戚传》载李延年歌：

"北方有佳人，绝世而独立。一顾倾人城，再顾倾人国。宁不知倾城与倾国，佳人难再得。"汉武帝极为叹赏。

⑨"至姗姗"二句：《汉书·外戚传》载：汉武帝李夫人既死，帝命方士招其魂，于烛光下恍若有见，帝因感伤作赋，有"是耶非耶？立而望之，偏何姗姗其来迟"语。

⑩建鼓：古时召集或发号令用的鼓。

⑪窈窕：《诗经·周南·关雎》："窈窕淑女，君子好逑。"窈窕，朱熹《诗集传》注云："幽闲之意。"

⑫佳侠：美女。《汉书·外戚传》："佳侠函光，陨朱荣兮。"樛木：枝向下弯曲的树木。《诗经·周南·樛木》："南有樛木，葛藟荒之。"

⑬伯鸾：梁鸿，字伯鸾，东汉人，与妻孟光举案齐眉，传为佳话。奉倩：荀粲，字奉倩，三国魏人。娶曹洪女，相恩爱，妻病亡，痛悼不已，岁余亦亡，时年二十九。

⑭宋先生：指道学先生。宋儒多讲道学，故称。

⑮燕：今北京。

⑯戴大圆：戴九玄，字玉汝，号大圆，别号园客，万历三十二年（1604）进士，历知束鹿、临安、会稽、文安等县，升都察院经历、工部虞衡司员外郎等职。性刚正，不避权贵。著有《工部稿》《匡山社集》《酒人游》《饥驱草》《陆沉集》等。

⑰刻烛：作诗刻烛计时。友生：朋友。师长对门生自称的谦辞。

⑱苏杜：指苏轼和杜甫。
⑲蕃秀：农历三月。朱明：夏季。
⑳蜗角：蜗牛角，喻极细小的境地。
㉑回风：旋风。屈原《九章·悲回风》："悲回风之摇蕙兮，心冤结而内伤。"此处指戴大圆悼念亡妾之感。
㉒会稽：今浙江绍兴。

【赏读】

这是王思任为戴九玄《落花诗》所作的序文。《落花诗》是戴九玄与友人的唱和之作。在明代，文人间以落花为题往来唱和是当时文坛的一种风尚。

这种风尚的流行起源于明代中期。弘治年间，吴中文人沈周因丧子而作《落花诗》十首，一时名士如文徵明、徐祯卿、唐寅等皆有和诗。文徵明为沈周《落花诗》撰写题跋，其中写道："窃惟昔人以是诗称者，惟二宋兄弟，然皆一篇而止，而妙丽脍炙，亦仅仅数语耳。若夫积咏而累十盈百，实自先生始，至于妙丽奇伟，多而不穷，固亦未有如先生今日之盛者。""二宋兄弟"指北宋诗人宋庠和宋祁。据宋人吴处厚《青箱杂记》记载，宋氏兄弟为布衣时各作《落花诗》一首，深受安州知州夏竦的赏识，夏竦赞道："咏落花而不言落，大宋君当状元及第。又风骨秀重，异日作宰相。小宋君非所及，然亦须登严近。"后来二人际遇果如夏竦所言。这则故事被后人传为佳话,成为有名的文坛掌故。因宋氏兄弟诗作皆为七律,沈周诸人便依此格律,以组诗形式互相唱和。七律组诗由此成为后来落花诗创作的一个约定俗成的格式。如万历时首辅申时行作《落花十首》《落花后二十首》,嘉定四先生之一的唐时升作《和沈石田先生落花诗三十首》《和吕桢伯先生落花诗十首》《和文徵明先生落花诗十首》《和申少时落花诗三十首》等。而戴九玄《落花诗》竟有六十首之多,堪称一时巨制。

落花诗的内容主要有伤春、伤逝等,从王思任序文中"使君自有妇""以吟代其涕"等语可知,这是戴九玄悼念亡妾之作。王思任在文中抨击孟子,讥嘲宋儒,试图打破传统儒家的思想束缚,提出"性"即"情"的主张,颇有胆识。文章说理透彻,见解独特,体现了作者自信而独立的个性,也暗合了当时追求个性张扬的时代之音。

唐诗纪事序①

一代之言，皆一代之精神所出，其精神不专，则言不传。汉之策，晋之玄，唐之诗，宋之学，元之曲，明之小题②，皆必传之言也。唐诗更为功令之首③，上以此取士，下以此立名，故其精神独注，祖孙父子兄弟朋友，自相模范切磋，宜其言之独工矣。然诗非他也，即三百篇之薪火也④。善作诗者，必起于知诗；善知诗者，必起于知人。峄山夫子曰⑤："诵其诗，读其书，不知其人，可乎⑥？"故其读《小弁》《云汉》等诗⑦，俱因人以知其事，而意志逆之言外。所以《孟子》之文，疏爽而条畅，善于形容比事，即言不声偶，未尝不诗也。

宋临邛计有功⑧，宦车生耳⑨，胜游已遍，自谓老矣，无所用心，取唐诗姓氏一千一百五十余家，胪列其人⑩，悉传其事，使后之读诗者恍然如见三百年中之须眉媸恶⑪，此亦唐诗中之轩镜禹图矣⑫。海虞毛子晋⑬，博雅君子，无古不探者，复以有功所纪，较其讹似⑭，而精整付之雕几⑮。夫前人精神所寄，后贤皆肯继其志而续章之⑯，则今人不见古人，焉得此恨与哉！

【注释】

①唐诗纪事：宋计有功撰，八十一卷，收一千一百五十家，对诗人名篇、本事、世系、爵里等记载颇详。

②小题：明清科举考试以"五经"文命题曰大题，以"四书"文命题曰小题。清戴名世《甲戌房书小题文序》："制义之有大题小题也，自明之盛时已有之，而小题尤号为难工。"

③功令：法律、命令，此指取士的律令。

④三百篇：指《诗经》。薪火："薪尽火传"之省略。《庄子·养生主》："指穷于为薪，而火传也。"言薪有穷而火传延无尽。后常用以喻人形体有尽而精神长存。

⑤峄山夫子：指孟子。孟子是邹（今山东邹城）人，峄山亦在邹，故称。

⑥"诵其诗"四句：见《孟子·万章下》。

⑦《小弁》：《诗经·小雅》中的一篇。《云汉》：《诗经·大雅》中的一篇。

⑧临邛：在今四川邛崃。

⑨宦车生耳：谓官高。车耳指车的屏障，用以遮蔽车厢，官高则车设屏蔽。《太平御览》卷四九六引汉应劭《汉官仪》："里语云：'仕宦不止车生耳。'"

⑩胪列:序列。

⑪媺(měi):同"美"。

⑫轩镜:轩辕镜。此指明察之镜。禹图:指《禹贡》,地理之书。

⑬海虞:今江苏常熟。毛子晋:毛晋,字子晋,常熟人。广泛搜罗宋元善本图书,家有汲古阁,传刻古书,流布天下,在明末以博雅好事名一时。

⑭较:校勘。

⑮雕几:器物上雕刻出的凸凹线状花纹,此指印刷的雕版。

⑯章:同"彰",彰明。

【赏读】

《唐诗纪事》由宋人计有功编撰。计有功有感于唐诗名家"灭没失传,盖不可胜数",因此采集众作,凡唐代"三百年间文集、杂说、传记、遗史、碑志、石刻,下至一联一句,传诵口耳,悉搜采缮录;间捧宦牒,周游四方,名山胜地,残篇遗墨,未尝弃去"(《唐诗纪事·序》)。是书收录从唐初至唐末一千一百五十位诗人的名作、本事与品评,兼记世系、爵里,规模宏大,材料丰富,既是一部唐代诗歌总集,也是一部相关诗评的汇编。明代文学家、藏书家胡震亨对此书十分看重,评道:"计氏此书,虽诗与事迹、评论并载,似乎诗话之流,然所重在录诗,故当是编辑家一巨撰。收采之博,考据之详,有功于唐诗不细。"

《唐诗纪事》最早的刊本是南宋嘉定年间王禧刊本,明嘉靖时有翻刻本。崇祯五年(1632),著名藏书家兼刻书家毛晋校订前人讹误,重刊此书。本文就是王思任为毛晋重刊本所写的序文。

序文以"一代之言,皆一代之精神所出"开篇,引出文章主要叙述对象——唐诗。然后称"善作诗者,必起于知诗;善知诗者,必起于知人",以读诗须知人立论,切合《唐诗纪事》的体裁。最后呼应开篇,赞扬毛晋校印旧本,传续古人精神。全文语言畅达,结撰巧妙,首尾完备,立论有据。文章篇幅虽短,但作者才情之高、文思之妙已于其中显露无遗。

梁山人梅花诗序

贵人公子，贮金屋而醉兰膏，翘然自以为得矣，而天壤间有一种踽踽之冷士①，视之一哄也②。颜回甘其巷③，原宪甘其堵④，於陵仲子甘其井⑤，侯生甘其门⑥，而汉阴丈人甘其瓮⑦。或老其须，或鸡其皮，或槎丫其骨，或支离其体，或拥肿其躯，或偃仰其卧立。彼皆欲自放其天于幽清介独之地，一或尘处，即以为大溷耳。是故桂可得而宫也，莲可得而沼也，菊可得而家也，牡丹、芍药可得而幕也，兰芷、辛夷之属可得而盆之盎之也。惟梅花不可入富贵之堂，而富贵之人，往往欲窃附其韵，强册之以春魁，媚名之以琼玉，虚崇之以盐鼎。彼以为大辱，奈何哉使我擎跽连拳于粉墙香埒之下⑧，供人耳目玩也！不得已，宁惟是道院僧篱寄一枝耳。

古今爱梅者不少，咏梅者亦多，然品既不同，言亦自别，杜甫以来可问也。毗陵梁以宁⑨，既文既博，亦玄亦史，闭肩苔寒，深岩坐老，作梅咏八十一首，以合九九之数，韵则步高季迪太史[10]。吾未见以宁，而咏其咏，则字字梅花，咀冰嚼雪，庶几暗香疏影[11]，忽到窗前矣。或曰：以宁胡不自为韵，而韵以太史为？是不然。梅何尝不官？予为工部[12]，梅之属也。官则何常，但欲其有梅心、有梅骨而已矣。昨冬在都门，于庙门聘取一本，置之斋头。宫詹何龙友过我[13]，唁而且贺曰："幸未拗福禄字。"予佞之曰："独不有寿阳妆邪[14]？"请以此作梅韵参。以宁必且曰："子首鼠两端，卷梅诗掷还我可矣。"

【注释】

①踽踽：孤独行走的样子。

②吷（xuè）：吹气。《庄子·则阳》："吹剑首者，吷而已矣。"吹剑头小环发出微响，比喻微不足道。

③颜回：孔子弟子。《论语·雍也》："贤哉，回也。一箪食，一瓢饮，在陋巷，人不堪其忧，回也不改其乐。"

④原宪：孔子弟子，贫而乐道。《庄子·让王》："原宪居鲁，环堵之室，茨以生草，蓬户不完，桑以为枢，而瓮牖二室，褐以为塞，上漏下湿，匡坐而弦。"

⑤於陵仲子：陈仲子，战国齐人。楚王欲以为相，不就，与妻逃去。《孟子·滕文公下》："匡章曰：'陈仲子岂不诚廉士哉？居於陵，三日不食，耳无闻，目无见也。井上有

李,蟝食实者过半矣,匍匐将往食之,三咽,然后耳有闻,目有见。'"蟝,蛴蟝虫。

⑥侯生:侯嬴,战国魏人,为大梁夷门监者,信陵君门客。见《史记·魏公子列传》。

⑦汉阴丈人:《庄子·天地》言子贡经过汉阴,见一丈人凿隧入井、抱瓮灌田,子贡劝其用桔槔,丈人云:"有机械者必有机事,有机事者必有机心。机心存于胸中,则纯白不备。纯白不备,则神生不定。神生不定者,道之所不载也。吾非不知,羞而不为也。"

⑧擎跽连拳:谓行拜跪之礼。《庄子·人间世》:"擎跽曲拳,人臣之礼也。人皆为之,吾敢不为邪!"成玄英疏:"擎手跽足,磬折曲躬,俯仰拜伏者,人臣之礼也。"埒(liè):矮墙。

⑨毗陵:在今江苏常州。

⑩高季迪:高启,字季迪,元末隐居吴淞江,明洪武初,应召修《元史》,为编修。后被朱元璋以文字狱腰斩。写有组诗《梅花九首》。

⑪暗香疏影:宋林逋《山园小梅》:"疏影横斜水清浅,暗香浮动月黄昏。"

⑫工部:王思任曾为工部主事。

⑬官詹:即太子詹事。何龙友:何吾驺,字龙友,号象冈。香山(今广东中山)人。万历四十七年(1619)进士,选庶吉士,历少詹事兼侍读学士。崇祯六年(1633)擢升礼

部尚书，因议事被罢官。南明隆武帝召任首辅，至清兵入闽，弃官返乡。著述甚丰，诗文笃实渊雅，为时人所重。

⑭寿阳妆：《太平御览》卷三〇引《杂五行书》："宋武帝女寿阳公主人日卧于含章殿檐下，梅花落公主额上，成五出花，拂之不去。皇后留之，看得几时。经三日，洗之乃落。宫女奇其异，竞效之，今梅花妆是也。"

【赏读】

梅花凌霜开放，不与众芳为伍。人们欣赏它这种孤峭坚贞的品性，把梅与松、竹并称"岁寒三友"。历代以来，梅花得到许多文人词客的吟咏和赞美。北宋诗人林逋《山园小梅》中"疏影横斜水清浅，暗香浮动月黄昏"一联脍炙人口，以至"疏影""暗香"成为梅花的代称。南宋词人姜夔自作曲调，专门咏梅，其曲即以"疏影""暗香"为名。明代诗人高启则写有组诗《梅花九首》，前人评为"飘逸绝群"，试举其中三首为例："琼姿只合在瑶台，谁向江南处处栽？雪满山中高士卧，月明林下美人来。寒依疏影萧萧竹，春掩残香漠漠苔。自去何郎无好咏，东风愁寂几回开。（其一）""独开无那只依依，肯为愁多减玉辉？帘外钟来月初上，灯前角断忽霜飞。行人水驿春前早，啼鸟山塘晚半稀。愧我素衣今已化，相逢远自洛阳归。（其七）""断魂只有月明知，无限春愁在一枝。不共人言唯独笑，忽疑君到正相思。歌残别院烧灯夜,妆罢深宫览镜时。旧梦已随流水远,山窗聊复伴题诗。(其九)"梁以宁作梅花诗,步韵高启《梅花九首》,再叠韵九次,共写成八十一首。王思任的序文就是为这八十一首梅花诗而作。

在序文中,王思任以人喻花,将其比作颜回、原宪、於陵仲子、侯生、汉阴丈人等"踽踽之冷士","欲自放其天于幽清介独之地"。因此,桂花、莲花、菊花、牡丹、芍药、兰芷、辛夷等皆可入富贵之堂,唯独梅花不可,只寄居在道院僧寺等幽清介独之地。可以说,这是古人对梅花的一贯评价。陆游《卜算子》词中"无意苦争春,一任群芳妒"的梅花,也正是开在寂寞幽独的"驿外断桥边"。然而,如此清幽绝俗的梅花,在晚明市井中为求吉利,往往被拗成"福""禄"等吉祥字形出卖,文中所谓"幸未拗福禄字"即针对这种风俗而言。

本文层次分明,叙述、议论、对话浑然一体,最后以谑语结尾,格外生动灵活,体现了王思任善于戏谑的一贯风格。

礴园诗稿序

犹忆水楼残月，清之剥芰呼雏也①。其言曰："诗道裂于袁二②，而袁二之沈光，如虎睛贝采，自不可遏。"予戏谓之曰："袁二疑王大中于鳞之毒③，今二且将赍毒中子④。"清之曰："何必赍？其鸩在碗⑤，吾当一吸而尽。"间尝口写其游山诗一二首相示，予未尝不谓哀梨火枣⑥，快我冷脾。亡何，清之死，乃有《礴园稿》出，仅分许袟耳。山阳哀笛⑦，字字玉凄。盖清之从柴桑受孕⑧，而以强项畸世，遂夺修眉长爪之相⑨，又时或匿影于太瘦生之门⑩，故其摹境喝事，如矢破的。鲜隽之中，不乏苍辣，良足致也。清之呕心举子业，大精善，屡乙不第。皇天性妒，止令绣云黄土，封其文字于名山大川，咄咄怪事。吾家僧绰、昙首、珉、俭、甫、濛⑪，俱有高才，同此惋叹。问天，天乎喜妒才，更喜妒王氏，何以具解耶？然彼数先生，皆未满四十，而清之几半百，又子苞孙角，瑟瑟歧茁⑫，正尔方张。再视辋川⑬，清之且坐天上。若尘溷中苦无滋味，袁二尝祝死亦妙事，不愿久生，清之同调，果吸其鸩。安得巧风吹活，立起清之，拍掌一轩渠也乎⑭？

【注释】

①清之：王清之。呼雉：犹"呼雉喝卢"。赌博时高声大叫，希望得彩获胜。亦指赌博。

②袁二：指袁宏道。袁宏道排行第二。

③王大：指王世贞。王世贞排行第一。于鳞：李攀龙，字于鳞。王世贞和李攀龙是明后期文坛的领袖。袁宏道《叙姜陆二公同适稿》："元美不中于鳞之毒，所就当不止此。"元美是王世贞的字。

④赉：赐予。

⑤鸩：指毒酒。相传鸩鸟之羽剧毒，以之浸酒，饮之立死。

⑥哀梨：即哀家之梨。《世说新语·轻诋》注言秣陵哀仲家产好梨，大如升，入口消释。后用以喻文章流畅爽利。火枣：传说中仙枣，食之能羽化飞行。梁陶弘景《真诰》卷二："玉醴金浆，交梨火枣，此则腾飞之药，不比于金丹也。"

⑦山阳哀笛：向秀与嵇康、吕安友善，嵇、吕被司马昭所杀。向秀经过其山阳故居，闻邻人笛声，感怀亡友，作《思旧赋》。见《晋书·向秀传》。

⑧柴桑：指陶渊明。陶渊明是柴桑（今江西九江西南）人。

⑨修眉长爪：唐李贺长相修眉长爪，二十七岁去世。

⑩太瘦生：指杜甫。李白《戏赠杜甫》："饭颗山头逢杜甫，头戴笠子日卓午。借问别来太瘦生，总为从前作诗苦。"

⑪僧绰：王僧绰，南朝宋人，元嘉中累迁侍中，因事被杀，追谥愍。昙首：王昙首，王僧绰父，曾任侍中、太子詹事。珉：王珉，东晋人，有才艺，善行书，与王献之齐名。俭：王俭，王僧绰子，南朝齐时任尚书左仆射。甫：王甫，三国时蜀汉人，任绵竹令，随刘备征吴，战败遇害。濛：王濛，东晋人，美姿容，善书画，初辟司徒掾，终司徒左长史。

⑫毰毸（péisāi）：羽毛张开的样子。

⑬辋川：指王维。王维有别墅在辋川，妻亡不再娶，三十年孤居一室。

⑭轩渠：喜悦欢笑的样子。

【赏读】

这是王思任为亡友王清之诗稿所作的序。王清之才学俱优，却命途多舛。他精善八股，却困于场屋，科举屡屡不第。他学诗从陶渊明入手，博采杜甫、李贺等众家所长，诗作"鲜隽之中，不乏苍辣"，然而天不假年，未满五十即下世，身后仅存诗稿一册，令人叹惋，难怪王思任要大呼"皇天性妒""天乎喜妒才"了。

让王思任稍感安慰的是，王家前辈王僧绰等人年寿"皆未满四十"，而王清之享寿近五十；王维信佛，妻亡后不再娶，没有子嗣，而王清之"子苞孙角，毬毱歧茁，正尔方张"。从这两方面来看，王清之似乎已比王家前辈幸运许多。

然而，亡者已逝，生者长哀，仅有的一丝慰藉也仅仅只是慰藉。在王思任看来，亡友仿佛并未远去，他的音容笑貌还时时浮现在眼前。他想起水楼残月之时，两人纵谈诗道，戏谑间出，无比亲密。而今斯人已逝，自己徒有妙语，又何人能赏？伤怀之际，他不禁幻想，若王清之被巧风吹活，听到自己这样一番妙语，定会拍掌大笑，引为知己。此情此想，可谓痴绝。

本文感情深挚，刻画王清之形象鲜活生动，寄寓了作者追怀往事，不胜悼念嗟叹之情，可谓深于情者也。

钟山献序[①]

三百篇多妇人女子,卉木杨柳、黄鸟草虫,无不播之诗歌,以为得性情之正。汉魏以后,秦嘉封缄以赠偶[②],苏蕙织锦以寄夫[③],咏絮标灵于朗秀[④],颂椒著慧于才诚[⑤],至明而称绝响矣。若杨文宪夫人雁羽滇池[⑥],离怀酸楚,玉台妆镜间,指不多偻[⑦]。近吴越中,稍有名媛篇什行者,人宝如昭华琬[⑧],能使闺阁声名,驾藁砧而上之[⑨]。

茅止生氏以征辟入史局[⑩],寻从戎,提数万师塞上,以及明珠薏苡[⑪],行吟闽海,则其内子宛叔,长缣短咏,楼上陌头[⑫],无不若吹羌篴、度胡拍而制寒衣[⑬]。止生题而行之,以为原本三百篇,而神情欲仙,殆阿母池畔而玉皇案前物邪[⑭]?夫苎萝一女子[⑮],才调无闻,千载下犹能与后妃分庭,现灵于牛丞相[⑯],岂非神物不朽,婺星一点常明哉[⑰]!钟山之阳[⑱],烛龙衔照[⑲],瑶溪赤岸,皆灵境也。而宛叔实产于建业之钟山[⑳],经所称女子献者[㉑],以为杨氏前身,何愧焉?

【注释】

①钟山献：杨宛诗集，四卷。杨宛字宛叔，明末金陵秦淮名妓。十六岁归茅元仪为妾。能诗词，善书画，其草书尤为人所称道。

②秦嘉：东汉陇西人，字士会。《玉台新咏》有秦嘉《赠妇诗》三首，其妻徐淑答诗一首，叙夫妇惜别互誓忠诚之情。

③苏蕙：前秦始平人，字若兰，年十六，嫁秦州刺史窦滔。后窦滔为安南将军，赴襄阳镇守，携宠妾同行，与苏蕙断绝音信。苏蕙织五彩锦作《回文璇玑图诗》赠窦滔。诗八百余言，纵横反复，皆成章句，文辞凄婉。窦滔为之感动，因复好如初。

④咏絮：晋谢安侄女谢道韫，聪明有才。天骤雪，谢安曰："白雪纷纷何所似？"兄子谢朗曰："撒盐空中差可拟。"道韫曰："未若柳絮因风起。"见《世说新语·言语》。

⑤颂椒：《晋书·列女传·刘臻妻陈氏》："刘臻妻陈氏者，亦聪辩能属文，尝正旦献《椒花颂》，其词曰：'旋穹周回，三朝肇建。青阳散辉，澄景载焕。标美灵葩，爰采爰献。圣容映之，永寿于万。'又撰元日及冬至进见之仪，行于世。"

⑥杨文宪夫人：明杨慎妻黄氏。杨文宪即杨慎，字用修，号升庵，正德六年（1511）状元。嘉靖初以议大礼谪戍云南。天启中追谥文宪。黄氏于杨慎谪戍中曾两寄诗词与

之，读者伤之。雁羽：指书信。

⑦偻（lǚ）：屈，弯曲。

⑧昭华：美玉名。琬：圭玉。

⑨藁砧：指丈夫。《玉台新咏》卷十《古绝句四首》之一："藁砧今何在，山上复有山。何当大刀头，破镜飞上天。"宋许顗《彦周诗话》："'藁砧何在'，言夫也；'山上复有山'，言出也；'何当大刀头，破镜飞上天'，言月半当还也。"

⑩茅止生：茅元仪，字止生，号石民，浙江归安（在今浙江湖州）人。崇祯年间佐孙承宗军务，历官副总兵，守觉华岛，旋以兵哗遣戍漳浦。边事急，请募死士勤王，为奸臣所忌，悲愤纵酒而卒。

⑪明珠薏苡：《后汉书·马援传》："初，援在交趾，常饵薏苡实，用能轻身省欲，以胜瘴气。南方薏苡实大，援欲以为种，军还，载之一车。时人以为南土珍怪，权贵皆望之。援时方有宠，故莫以闻。及卒后，有上书谮之者，以为前所载还，皆明珠文犀。"此处用以指茅止生遭谤蒙冤。

⑫楼上陌头：唐王昌龄《闺怨》："闺中少妇不知愁，春日凝妆上翠楼。忽见陌头杨柳色，悔教夫婿觅封侯。"

⑬羌篪（chí）：即羌笛。胡拍：即《胡笳十八拍》，东汉末蔡文姬所作。

⑭阿母：指西王母。

⑮苎萝：苎萝山，在今浙江诸暨南，相传是西施的出生地，此代指西施。

⑯"千载下"二句：未详。疑出唐韦瓘传奇《周秦行纪》。该传奇写唐丞相牛僧孺年轻时落第还乡，途中入汉薄太后庙，与历代后妃相会赋诗。然其中无西施，恐为作者误记。

⑰婺星：婺女星，二十八宿之一。西施所在的越地，属于婺女星之分野。

⑱钟山：在今江苏南京。

⑲烛龙：神名。《山海经·大荒北经》："西北海之外，赤水之北，有章尾山，有神人面蛇身而赤，直目正乘，其瞑乃晦，其视乃明，不食不寝不息，风雨是谒。是烛九阴，是谓烛龙。"

⑳建业：即南京。

㉑女子献：《山海经·大荒北经》："有钟山者，有女子衣青衣，名曰赤水女子献。"

【赏读】

明末清初，江南地区经济富庶，文化发达，涌现出一大批才女，著名者如徐灿、沈宜修、叶小鸾、马湘兰、柳如是、董小宛等。她们身世命运虽各不相同，但都工于诗词、擅长书画，具有很高的才情。杨宛即其中之一。

杨宛字宛叔，明末金陵名妓，十六岁嫁给名士茅元仪为妾。她能诗词，善书画，尤精于草书，颇得茅元仪喜爱。据朱彝尊《静志居诗话》记载："止生（茅元仪字止生）得宛叔，深赏其诗，序必称内子……兼有句云：

'家传傲骨为迂叟,帝赉词人作细君。'可云爱惜之至。"天启时茅元仪刻杨宛诗集《钟山献》,又评其诗曰:"其于诗游戏涉略,若不经意,然无枯涩之色,鲜润流利。"诗卷后附词,也多有精彩之作。

尽管杨宛才华横溢,与茅元仪的一段姻缘也为后人称羡,但她的结局却非常不幸。崇祯十三年(1640),茅元仪病逝,杨宛改嫁国戚田弘遇。崇祯十七年(1644),李自成攻破北京,杨宛在逃归金陵途中为盗所杀。钱谦益《列朝诗集小传》记载其事较详:"止生殁,国戚田弘遇奉诏进香普陀,还京道白门,谋取宛而纂其赀。宛欲背茅氏他适,以为国戚可假道也,尽橐装奔焉。戚以老婢子畜之,俾教其幼女。戚死,复谋奔刘东平。将行而城陷,乃为丐妇装,间行还金陵,盗杀之于野。"关于遇害一事,《静志居诗话》又有另一种说法:"甲申寇变,宛叔携田氏女至金陵,匿山村中。盗突入其室,欲污田氏女,女不从,宛叔从旁力卫之,遂同遇害。"无论事实如何,身处动荡乱世之中,杨宛的结局是十分悲惨的。

本文是王思任为杨宛诗集所写的序文。文中博引才女典故比拟称颂之,极赞其才调之美。王思任行文好用僻典,又多拗句,因此文章不甚平易,但这篇序文全用常见典故,又流畅雅洁,是作者学养与文采融合较好的一个例子。

李大生诗集序

五色之中，惟蔚蓝最秀。从色从骨出者，秀而不远；从神出者，愈逊愈深极①。一粝笨之山②，迫视之，磥砢黄杂也③，若置之地表，数百里气霁，笔插旗张，则潼关半暗，齐鲁青未了矣④。以此思天，天何以秀绝至此，便令有心人痴去。漆园吏卧于北窗⑤，忽一咍⑥，悟"天之苍苍，其正色邪？其远而无所至极邪？"⑦盖山之骨不可凭，则山之色不可定。天有骨乎？天又有色乎？色既有正，谁为闰偏？"远而无所至极"一语是矣。吾从苍苍处起想，则名之曰秀，但濡其少许⑧，在女西子⑨，在男卫玠⑩，在禽曰鹤，在花曰兰，在植曰竹，在果曰苹，在蔬曰笋，在味曰天花、曰江瑶柱⑪，而在文章中曰诗。诗之神何在？则又不在远而在近。其骨其色，即近即远，有夸父之所浩叹、章亥之所弗追者矣⑫。余尝言作诗如写照，一见而呼之曰此某某，果某某也，诗在是矣。若复烦巡谛环视⑬，尚复有此人邪？

如皋李大生氏⑭,生而颀岸,英妍美好,双耳风行,一如削玉之骏。看花马上⑮,微髭未吐,御堤一带,丽人笑指。若个扬州,少李行卷一出⑯,市哄槛破。人但知大生文早于第⑰,而不知大生诗早于文。爰自觳音哆哕⑱,便喜韵言。宿慧既通,前身词客。诗家最苦七言,沾手即难,多凶少吉,往日堆凑成瘢,近日假玄实弱,而大生为之,趣盎味流,不啻镜花盐水。至其五言之清矫,乐府之古澹,绝句之飘骚,汉唐兼用,元宋亦来,而总之一字曰秀。盖不在声律,不在字文,不在学问,不在资颖,而自有万丈碧落之意。揽结飞盈,使我神快。大生犹喃喃历下⑲,何中原双鬐之足雄也!大生有太翁,封吏部,教子未为文而先为诗;有兄道生,一为诗而不愿为文。此秀之所从出。蔚蓝有种,惟白榆知之耳。花萼联珠,安能仿佛其父子兄弟之万一乎?

【注释】

①逖(tì):远。

②粝(lì)笨:粗笨。

③礧(lěi)砢(luǒ):石块累积。

④"齐鲁"句:杜甫《望岳》:"岱宗夫如何?齐鲁青未了。"

⑤漆园吏：指庄子。庄子曾为漆园吏。

⑥咍（hāi）：笑。

⑦"天之"三句：语出《庄子·逍遥游》。

⑧濡：沾染。

⑨西子：即西施。

⑩卫玠：晋安邑人，字叔宝。风姿秀异，有玉人之称。官至太子洗马。为避乱移家建业。人闻其貌美，所至围观如堵。《晋书》有传。

⑪天花：天花菌，一种珍稀菇菌，味道鲜美。江瑶柱：江瑶是一种贝类，其肉柱味鲜美，名江瑶柱，是海味珍品。

⑫夸父：古神话中人物，与太阳竞走，口渴而死。见《山海经·海外北经》。章亥：大章和竖亥，古代传说中善走的人。

⑬谛：细察。

⑭如皋：今江苏如皋。李大生：李之椿，字大生，如皋人。天启二年（1622）进士，除行人，迁吏部主事，历官尚宝司卿。有《指树园集》。

⑮看花马上：谓很年轻时就中进士。唐孟郊《登科后》诗："春风得意马蹄疾，一日看尽长安花。"

⑯行卷：明代书坊刻举人中式之作，以供人揣摩。

⑰第：科举及第。

⑱鷇（kòu）音：小鸟刚出壳时的叫声。哕（huì）哕：象声词。

⑲历下：指明李攀龙。李攀龙是山东历城人，历城又名历下，故称。

【赏读】

这是王思任为李之椿诗集所写的序。

李之椿字大生，号徂徕，江苏如皋人。天启二年（1622），年仅二十三岁的李之椿进士及第，正是序文中所谓"看花马上，微髭未吐"之时。当时，王思任、倪元璐、黄道周、王铎、李之椿五人才名卓著，被誉为"天（启）崇（祯）五才子"。王思任与李之椿关系融洽，二人多有诗歌赠答。

李之椿性格耿直，因直言不讳遭上官忌恨，卸职还乡。他在如皋城东南建指树园，园名取自老子"指李树为姓"的典故，又在园中修筑霞起楼、花月山堂等建筑，与诸诗友唱和其中，一时堪称盛会。

南明时期，李之椿被起用为礼部侍郎。清兵渡江后，李之椿与儿子李旦继续跟随鲁王朱以海抗清。后因家僮告发，父子皆被捕，李之椿在狱中绝食而死。李之椿早年与王思任才名相当，晚年遭逢鼎革之变，二人又皆忠于故国，绝食而死，其出处行谊之相似，令人叹惋。

王思任此文以"秀"为中心，从蔚蓝之秀，联想到天的苍苍秀色,又引申至人与物所钟之秀气,最后落实到李之椿之诗,行文极为汪洋恣肆,其行云流水之妙,真如文中所谓"夸父之所浩叹、章亥之所弗追者"。

郑逸少诗文序

三十年前,予郎白下①,得读逸少文,以为逸少承明金马著作之廷矣②。今予又郎白下,而逸少依然一逢掖也③。嗟呼!逸少岂揣摩之未工乎逸少?曰:"唯之与阿,相去几何④?吾子亦既工于揣摩矣,而颜驹如故也⑤。有门户时,子不知出;有党时,子不知植;有中立之名时,而子不见收。吾子亦居然一逸少矣,以为工乎否也?"余曰:不然。我辈之钝,正我辈之所以为工也。水花时卉,何如老桧毵毵⑥?文章节义,皆准山岳江河之气,是不大郁,则不大摅。吾官不如人,而年尚在;子功名不如人,而文仍在。昨所读时文古文,并五七言近体,俱妙探河昇之窟,奇搴鼎物之雄,神规先止,字必惊人。以《易》道论之,屈信龙蠖⑦,必无埋没精光之理。朱买臣曰:"再待我二年而后嫁,人言五十当富贵。"⑧近矣,近矣。

【注释】

①郎:任郎官。汉代称中郎、侍郎、郎中为郎官,唐以来指郎中和员外郎。白下:南京。

②承明:即承明庐,汉承明殿旁屋,供大臣值宿。金马:即金门,汉武帝时建,东方朔等文士皆待诏于此。

③逢掖:儒者所穿宽袖之服,此指未做官之士人。

④"唯之"二句:唯、阿皆应诺声,喻差别不大,语见《老子》。

⑤颜驷:《文选》张衡《思玄赋》注引《汉武故事》:"颜驷,不知何许人,汉文帝时为郎,至武帝,尝辇过郎署,见驷龙眉皓发,上问曰:'叟何时为郎,何其老也!'答曰:'臣文帝时为郎,文帝好文而臣好武;至景帝好美而臣貌丑;陛下即位,好少而臣已老。是以三世不遇,故老于郎署。'上感其言,擢拜会稽都尉。"

⑥毵(sān)毵:枝叶细密的样子。

⑦屈信龙蟄:《易·系辞下》:"尺蠖之屈,以求信也,龙蛇之蟄,以存身也。"信,通"伸"。

⑧朱买臣:汉武帝时人,曾任会稽太守。贫贱时其妻要求离异,后朱买臣贵,其妻羞悔而死。《汉书》本传载朱买臣谓其妻曰:"我年五十当富贵,今已四十余矣。女苦日久,待我富贵报女功。"

【赏读】

本文是王思任为郑逸少诗文集所写的序文。三十年前，王思任结识郑逸少，对他的文章十分欣赏，认为郑逸少考取功名指日可待。谁料三十年后，郑逸少依然只是一介布衣。感慨之余，王思任想到自己科名虽早，仕途却并不顺遂，"亦居然一逸少矣"，不禁大有"同是天涯沦落人"之感。

王思任仕宦不显与他的性格不无关系。他曾写过一篇《脚板赞》："曾入帝王之门，曾踏万峰之顶，曾到齐晋云间欺官之署，曾走狭邪非礼亡赖之处，而不曾投刺于东林、魏党，乞食墦间，沽名井上。所以然者，脚底有文，脚心有骨。"字里行间表现出作者铮铮傲骨和自由独立的性格。这样的性格也注定了王思任不可能在剪灭个性、浑浊肮脏的官场上游刃有余。

其实，明末政局多变，党争激烈，位尊者多不得善终。序文中"门户""党""中立"等语，正与万历后期至崇祯年间的政局息息相关。王思任名位不显，因此未罹灾祸，又未尝不是一桩幸事。

本文以主客对答的形式展开，结构颇似韩愈《进学解》。文中借郑逸少之言，抒发了作者牢落不平的感慨。结尾宽慰郑逸少，也可看作作者的自我宽慰。

小题怡赠自序

有塾师教小儿作对"月圆",一儿曰"星满",一儿曰"风扁"。风何以扁?曰:"看缝。"师大笑。是儿茁发听鹿①,弱冠探花,为学士。"星满"者寿衿耳②。宣和爱画③,题传殿宫:"暗尘随马去,明月逐人来。"无当意者。一士人上奏,画一少年一老人并辔走,少年仰顾,老者鞭指其影,袍袖饱风前鼓,此马尾鬣蹄意俱拂往,恍笃速有声而不可止也。称旨,赍西锦二匹④。王实甫《草桥惊梦》以孙飞虎白马将军相厮逐⑤,不明不了,妙甚。此从漆园蝴蝶蜕来⑥。予在云间⑦,见一优儿作莺入梦⑧,着淡红衫,掉两臂,浓粉涂朱,挂一鸦帕,似出棺之尸,此描魂沥魄手也。吴儿斗纸叶⑨,取极上桌;王积薪论棋⑩,全在冷绰侵剪;秦青之歌⑪,音穷而韵方转。凡此皆文诀也。孔孟语言,无有小处,大题小做,小题大做,题外生文,题中归命,一部缩入一章,一章缩入一句,知是者吾与之论文矣。但大题可以逃败⑫,乡愿居之⑬;小题可以见才，狂狷居之⑭。守溪、荆川、昆湖、鹤滩、鹿门、思泉诸老常乐为之⑮，皆从狂狷诣中行者也。嗣后岳阳、侪鹤、海若、鹿巢、西铭、衷一、楚望、宾王诸君子互出旗鼓⑯，各极狂狷之致。

而醉李黄葵阳先生延漏仲容名师教其幼履素⑰，复征余伴之，大集新旧之藏，颁之教而示之的，以为能小题即能大题矣。履素家学异资，文心藻秀，而予则朝气崛蛮，多所杜撰。然每奏一篇，先生辄呼叫"可儿，可儿"。他日名世，犹记虎豹犀象作出，长安喧沸，正孙策提刀十三岁也。幸第后以《松龛集》行海内。寻有《及幼草》，有《庠言》，有《示儿》，有《改儿》诸稿，皆予所自怡者。兹老矣，俱合刻之。念陶隐居事⑱，岭上白云，人所共见。私我庭户，亦觉不悦不怡，则还我自怡，即以赠我，亦未为晚，不然前辈成己成物之心何居乎？叙《小题怡赠》之意如此。

【注释】

①苗发：指少年时。听鹿：参加鹿鸣宴，指中举人。科举制度，于乡试放榜次日，宴请新科举人和主考官、学政等，歌《诗经》中《鹿鸣》篇，称"鹿鸣宴"。

②寿衿：老秀才。

③宣和：宋徽宗的年号，此处借指宋徽宗。

④赉：赏赐。

⑤《草桥惊梦》：《西厢记》最后一折（明代人认为《西厢记》第五本是关汉卿续作，故以《草桥惊梦》为最后一折）。孙飞虎、白马将军：皆《西厢记》中人物。

⑥漆园：指庄子，庄子曾为漆园吏。蝴蝶：《庄子·齐物论》："昔者庄周梦为胡蝶，栩栩然胡蝶也，自喻适志与，不知周也。俄然觉，则蘧蘧然周也。不知周之梦为胡蝶欤？胡蝶之梦为周欤？"胡蝶，即蝴蝶。

⑦云间：松江府（今上海市松江区）的古称。

⑧优儿：优伶，戏曲演员。莺入梦：指《西厢记·草桥惊梦》中崔莺莺入张生之梦。

⑨纸叶：纸牌。

⑩王积薪：唐玄宗时棋待诏。传说王积薪曾夜宿山中孤姥之家，闻姥与儿妇对弈，次日相询，妇授以攻守之法，从此王积薪棋艺大增，高出世人。

⑪秦青：古代善歌者，歌声"声振林木，响遏行云"。见《列子·汤问》。

⑫大题：明清科举考试以"五经"文命题曰大题，以"四书"文命题曰小题。清戴名世《甲戌房书小题文序》："制义之有大题小题也，自明之盛时已有之，而小题尤号为难工。"

⑬乡愿：外表老实谨慎，实际上不分是非之人。《论语·阳货》："乡愿，德之贼也。"

⑭狂狷：偏激之人。《论语·子路》："不得中行而与之，必也狂狷乎？狂者进取，狷者有所不为也。"

⑮守溪：王鏊，字济之，号守溪，学者称震泽先生，江苏吴县（属今苏州）人。成化十一年（1475）进士。授编修，弘治时历侍讲学士，充讲官，擢吏部右侍郎，正德初进户部尚书、文渊阁大学士。荆川：唐顺之，号荆川，江苏武进（今常州）人，嘉靖八年（1529）会试第一，授兵部主事，后因事夺职为民，入宜兴山中，读书十余年。因率师抗倭，以功升右佥都御史，巡抚淮扬，卒于舟中。有《荆川先生文集》。昆湖：瞿景淳，字师道，号昆湖，江苏常熟人，嘉靖二十三年（1544）会试第一，殿试第二，授编修。清介自持，累官礼部左侍郎，兼翰林院学士，总校《永乐大典》，卒谥文懿。鹤滩：钱福，字与谦，号鹤滩，松江华亭（在今上海松江区）人，弘治三年（1490）状元，授翰林修撰。诗文藻丽敏妙，有《鹤滩集》。鹿门：茅坤，字顺甫，号鹿门，归安（今浙江湖州）人。嘉靖十七年（1538）进士，官至大名兵备副使。善古文，所选《唐宋八大家文钞》行于世。思泉：胡有信，字成之，号思泉，隆庆进十，授顺德知县。

⑯岳阳：钱楫，字仲美，号岳阳，会稽（治今浙江绍兴）人，举进士，以文章名，万历中知袁州，后督学江西。侪鹤：赵南星，字梦白，号侪鹤，高邑（今河北石家庄）人。万历二年（1574）进士，历户部主事、吏部考功、文选员外郎。天启三年（1623），任吏部尚书，被宦官魏忠贤排

斥，削籍戍代州至卒。赵南星是明末东林党重要人物。海若：汤显祖，号海若。鹿巢：李叔元，字端和，号鹿巢，晋江人。万历二十年（1592）进士，官至江西按察司、湖广左布政。著有《鸡肋删》等。西铭：张溥，字乾度，一字天如，号西铭。崇祯四年（1631）进士，选庶吉士。与同乡张采齐名，合称"娄东二张"。复社领袖。衷一：李光缙，字宗谦，号衷一。万历十三年（1585）乡试第一。楚望：郝敬，字仲舆，号楚望。万历十七年（1589）进士，累迁户科给事中，因弹劾阉党和权臣，被贬为宜兴县丞，移知江阴，弃官而归，闭门著书。宾王：查应光，字宾王，万历举人，有《丽崎轩词》。

⑰醉李：浙江嘉兴县（今属浙江嘉兴）。黄葵阳：黄洪宪，号葵阳，王思任的老师。漏仲容：名坦之，是当时帖括名家。

⑱陶隐居：陶弘景，字通明，南朝时丹阳秣陵（今江苏南京）人。隐居于句容句曲山，自号华阳隐居。因佐萧衍夺齐帝位，建立梁朝，参与机务，时称山中宰相。曾有《诏问山中何所有赋诗以答》云："山中何所有，岭上多白云。只可自怡悦，不堪持赠君。"

【赏读】

这是王思任为自己的时文集所作的序。明代以八股文取士，相对"古文"，八股文又被称作"时文"。当时的读书人从启蒙开始就要学作八股文,因此明代许多著名人物,如文中所举王鏊、唐顺之、茅坤、赵南星、汤显祖、张溥等人,虽一生成就各不相同,但都是时文名家。与今人观点不同,当时许多诗文名家如李贽、袁宏道、王思任等都对八股文评价很高,李贽甚至认为"诗何必古《选》,文何必先秦,降而为六朝,变而为近体,又变而为传奇,变而为院本,为杂剧,为《西厢曲》,为《水浒传》,为今之举子业,皆古今至文"(《童心说》),将八股文与唐诗、宋词、元曲相提并论,可见八股文在当时文人心目中的地位。与之相对应,当时的八股文选本也不可胜数,如王思任就有《及幼草》《庠言》《示儿》《改儿》等集行世,《小题怡赠》是其中一种。

八股文的危害前人早已备述,自然不消在这里细说。自从清末废除科举,八股文随之销声匿迹。然而,作为文体的一种,八股文讲究章法结构,讲究对偶声律,这些本是文章的写作方法,并无功罪可言。正如王思任序文中提到的"文诀",就多有供人思索借鉴之处,颇可启发后代学子。

文章开头以两小儿学作对为例,自有其普遍意义。对偶是汉语特有的一种修辞方法,也是古代童子必须掌握的一项基本功。在这个例子中,一儿以"星满"对"月圆",虽平仄不差,但语义类似,有"合掌"之嫌。

另一儿以"风扁"对"月圆",饶有新意,又合情合理。前者死于句下,可知其才思窘迫,故终其一生仅中秀才。后者思路开阔,头脑灵活,因此弱冠即成探花。文中这类例子甚多,如"大题小做,小题大做,题外生文,题中归命,一部缩入一章,一章缩入一句"等,皆可当作"文诀"看。

王思任此文叙事议论真切生动,与其他应酬文字不同,因论及自己年轻时的文章,甘苦自知,绝非空泛之谈。王思任之子王鼎起为本文作跋语曰:"家大人一生苦心,尝曰独得之技,善观者于此序求转法华,亦未必不领其妙也。"善学者当作如是观。

青溪儒童小试序

青溪令季考秀才之日①,即季考儒童②。曷为乎儒童有季考也?曰附于秀才之考而有季也。曷为乎附于秀才之考而有季也?曰季考为正考地也。孤寒者于无紧要之中遇主于巷,而高明之家欲其子之齐语,引而置之庄岳之间也③。群英毕至,少长咸集,约二千三百有奇。

于是青溪令出理题试儒,出枯题试童,出一理一枯之题以试可儒可童者,而儒童之技具奏。凤彩下射,虎气腾上,不守父师成说而独写灵心者,首拔之。红霞照玉,月香秋生,未赐天厨之珍,而亦不食人间烟火,次拔之。笔下有文,胸中有字,五官匀称,六辔辏停④,是苦心用意之客也,再拔之。而或丈瑕尺瑜,小窝大腐⑤,目下未必超超,将来或当了了⑥,终拔之。于是青溪令又为之点圈涂改,取其最隽者如干篇,附录于秀才之后。觉青溪秀才之文固好,而儒童之文又好甚也。或曰毛羽不丰满者,不可以高飞,岂其父兄不如子弟？予曰不然，美妇逊女⁷，良玉逊璞⁸，盖自古记之矣。

【注释】

①青溪：县名，今浙江淳安县。季考：明清科举制度，秀才有月课和季考。

②儒童：明清科举制度，为了取得参加正式科举考试的资格，先要参加童试，参加童试的人称为儒生或童生，考取后即为秀才。

③"而高明"二句：《孟子·滕文公下》："孟子谓戴不胜曰：'……有楚大夫于此，欲其子之齐语也，则使齐人傅诸？使楚人傅诸？'曰：'使齐人傅之。'曰：'一齐人傅之，众楚人咻之，虽日挞而求其齐也，不可得矣；引而置之庄岳之间数年，虽日挞而求其楚，亦不可得矣。'"庄岳，齐国都城临淄（今山东淄博市临淄区北）的街里名。

④辐：车辐。辏停：集中匀称。

⑤胾：切成块状的肉。腐：腐肉。

⑥了了：聪明伶俐。《世说新语·言语》："小时了了，大未必佳。"

⑦女：少女。

⑧璞：未经雕琢加工的玉。

【赏读】

这是王思任为青溪儒童应试文编成的小集所写的序文。

科举制度发展到明清，已非常完备。普通读书人在正式参加科举考试之前，须先参加童试，通过者方能取得科考资格。童试又分为县试、府试、院试三级。县试在各县举行，由知县主持，通过后进行府试。府试在管辖各县的府举行，由知府主持。通过府试的称作童生，又称儒童或儒生。童生须再参加由各省学政主持的院试，院试通过即为生员，俗称秀才。取得秀才身份，才算是进入士大夫阶层，有了免除差徭、见知县不跪、不能随意上刑等特权，并可以正式参加科举考试。因此，对童生而言，院试是非常重要的一次考试。

王思任为青溪县令时，在季考秀才的同时，给全县的儒童也进行了一场考试，目的是"为正考地也"，即为正式考试做准备。全县参加这次考试的儒童共计二千三百余人，考试评判标准分为四等："凤彩下射，虎气腾上，不守父师成说而独写灵心者，首拔之"，立意不俗，文采焕发者，列第一等；"红霞照玉，月香秋生，未赐天厨之珍，而亦不食人间烟火，次拔之"，文章虽不如前等，但也富有新意者，列第二等；"笔下有文，胸中有字，五官匀称，六辐辏停，是苦心用意之客也，再拔之"，文章虽然平平，但文从句顺，结构完整者，列第三等；"丈瑕尺瑜，小脔大腐，目下未必超超，将来或当了了，终拔之"，全篇未必称佳，但其中数句较为出色者，列第四等。在这四等当中，既有"不守父师成说而独写灵心者"，又有"目下未必超超，将来或当了了"者，可见王思任选拔儒童的标准极为通达。

序文开头的设问句仿照《公羊传》，交代儒童考试的时间和缘由。文章轻快流利，笔墨间时时流淌出得天下英才而教育之的愉悦，可见王思任阅卷时的欣喜与得意。

自怡篇序

　　文莫妙于天，天之文何在？曰：其灵在空，其健在转，其骨在青，其精在日，其韵在雪与月，其采在霞，其叫号狂怪在风雷，而其变幻诡戾、惚恍合离不可想测处则在云。是故诸象形声，俱有定轨；而惟云流今古，曾无同局。兵家言韩云如布，宋云如车，秦云如行人，蜀云仓囷①，齐云乃绛衣。此神其变之说，而以常惑之者也，乃所以幻之也。但云有真体，观云有术，必观其心。黄盖金翘，赤雕五色，虽烂焉卿吉②，吾觉其阿闪而躁③。惟是白云之兴，春容淡漠④，其行浩浩，其留囷囷⑤，肤寸而合⑥，不崇朝而遍天下⑦，荀氏所称友风子雨，托地而游⑧，故足多也。是将无心出岫⑨，育群生以还六气⑩，岂仅仅岭头供人把玩哉⑪？巽之以此名其篇⑫，盖寓迹于冲而意实不可一世云尔⑬。虽然，此大物也，持赠与人亦大不易。有缙云氏起⑭，则文命之候，当令入房。如其不然，宁暂攫之笼中⑮，毋遽贡于艮岳也⑯。

【注释】

①囷（qūn）：谷仓。

②卿吉：五彩祥云。

③阿闪：闪耀。

④春容：舒缓从容。

⑤囷囷：被困得不舒展的样子。

⑥肤寸：古以一指宽为一寸，四指为肤。此喻微小。

⑦崇朝：早晨。崇，通"终"。

⑧"荀氏"二句：《荀子·云赋》："托地而游宇，友风而子雨，冬日作寒，夏日作暑，广大精神，请归之云。"

⑨无心出岫：陶渊明《归去来辞》："云无心而出岫，鸟倦飞而知还。"岫，峰峦。

⑩六气：天地四时之气。

⑪"岂仅仅"句：陶弘景《诏问山中何所有赋诗以答》诗："山中何所有，岭上多白云。只可自怡悦，不堪持赠君。"

⑫巽之：颜文选，字巽之，宣城人，万历进士。由江夏知县擢户部给事中，因请建储而被谪，卒。

⑬冲：冲淡。

⑭缙云氏：黄帝时官名。夏官为缙云氏，掌军政。

⑮搴（qiān）：采取，拔取。

⑯艮岳：宋徽宗在东京城所建土山，曾为此而令各地进贡奇花异石，号"花石纲"。

【赏读】

南齐时，陶弘景隐居句曲山，齐高帝派人相召，他作诗婉拒曰："山中何所有，岭上多白云。只可自怡悦，不堪持赠君。"颜文选为自己的文集取名《自怡篇》，并请王思任作序。王思任序文便紧扣"自怡"二字，以"自怡"为文眼，全文皆是从陶弘景诗生发而来。

本文层次分明又跌宕起伏，体现了作者高超的文才和巧妙的文思。文章先写天文之妙皆有一定的规律可循，唯云变幻难测，古今不同。然后又否定了兵家云变之说，指出"云有真体"，观云应观云心。接着称赤云黄云皆躁，唯白云雍容冲淡，可堪珍重，引出"白云"这个意象。最后点题，由云而及人，将全文主旨归结为"有缙云氏起，则文命之候，当令入房。如其不然，宁暂攫之笼中，毋遽贡于艮岳也"，即《周易》所谓"君子藏器于身，待时而动"之意，暗合集名"自怡"二字。此时云与人已浑然无别，云心即人心，人意差同云意，结撰之妙，令人击节叹赏。

全文构思巧妙，纡余委婉，姿态横生，堪称高手之作。

贾太傅新书序①

汉兴,有孔门一人,以颜子之才,而出之以孟子之气,日星其胸,江河其口,称古今秀才之祖,洛阳贾太傅也。自"治安""仁义"之说出②,而太傅之品骨以定。吾读其书,计其年事,无论百函并发,日所不给,即世故国情,古今终始,亦岂一弱冠小生卒卒可办?想其人必有宿命之通,必有夺窍之相③,必有哀乐过人、笑啼自若之僻,必有高趾疾行、长揖上坐之傲。初离蓬蔂④,即为天下第一吴公所赏识⑤,入朝即望见天子。登山行路,不知其难,叫阍谒鬼,未审其苦。诸老先生对议俱出其下⑥,又不历所谓老圆宿猾诈雌故钝之巧。此大受君子也⑦。得以此,失亦以此矣。

绛灌诸公⑧,马气未除,虎心自上,眈视一雏,哓哓喋喋,不曰改正朔,则曰定官名,能拱让而安之否?阳武丞相方亦讲法律⑨,重簿书期会,不省大故为何等⑩。不惟此也,文帝,天之所笃也,是时干戈扰攘久,帝大旨欲以缓静治天下。匈奴、南越至亡状也,吴王、张武至不法也，而帝以木鸡处之⑪，射猎自娱之外，一切毋动为大，托之乎爱黄老耳⑫。由是观之，太傅纷更之说，帝一谦让，而蓄憎已多矣。帝先不用贾生矣，不待诸公之毁也。帝又怜才甚，而思一把臂，贾生且前来，又不喜其咄咄，故以鬼神抵塞，使拄其口，而不暇他有所关说⑬。帝之于太傅，在悦与不悦之间矣。帝不用太傅，太傅亦不能用帝。此子瞻所云立谈之间，为人痛哭，不讲于优游浸渍者也⑭。优游浸渍，讵可以训？而独不闻"孙以出之，信以成之"哉⑮？功名之心灰，死生之念起，太傅以为屈子犹可以他图⑯，而吾则有立槁耳。吊湘赋鹏⑰，至于不忧不疑⑱，而太傅之心无可奈何矣。悲夫！太傅有王佐之略，而使其相孺子以死也。

当时著述，龙门不尽见⑲，而孟坚所云五十八篇⑳，何郴州以为散轶居多㉑。予尤疑其有赝附者，如五饵三表之类㉒，太傅或另有旨，不如是之戏也。吾友孟子安能读大书㉓，绝爱太傅，以为西京首出之文㉔，不可不为统合，又为之分类而比栉之，神纲髓目，毫无遗议，虫鱼豕亥㉕，一时畅然，使海内得观贾子全书。所谓洛阳纸贵，亦太傅之桓谭矣㉖。

【注释】

①贾太傅：贾谊，汉初洛阳人。以年少能通诸家书，汉文帝召为博士，迁太中大夫。议改正朔、易服色、制法度、兴礼乐，又数上疏言政事，为周勃、灌婴等大臣所忌，出为长沙王太傅，后为梁怀王太傅而卒，年三十三。世称贾太傅，又称贾生。《新书》：贾谊撰，《汉书·艺文志》著录为五十八篇，今本佚其三篇。

②治安：指贾谊《治安策》，文中陈述时弊及使国家长治久安的方略。仁义：指贾谊《过秦论》中指出秦朝灭亡的原因为"仁义不施，而攻守之势异也"的论断。

③夺窍之相：未详。

④蓬藋：草名，此喻在民间，未仕。

⑤天下第一吴公：《汉书·贾谊传》："（贾谊）年十八，以能诵诗书属文称于郡中。河南守吴公闻其秀材，召置门下，甚幸爱。文帝初立，闻河南守吴公治平为天下第一，故与李斯同邑，而尝学事焉，征以为廷尉。廷尉乃言谊年少，颇通诸家之书。文帝召以为博士。"

⑥"诸老先生"句：《汉书·贾谊传》："每诏令议下，诸老先生未能言，谊尽为之对，人人各如其意所出，诸生于是以为能。"

⑦大受：承担重任。《论语·卫灵公》："君子不可小知，而可大受也。"朱熹集注："受，彼所受也。盖君子于细事未

必可观，而材德足以任重。"

⑧绛灌：指汉绛侯周勃和颍阴侯灌婴。

⑨阳武丞相：指东阳武侯张相如，时为丞相。

⑩"重簿"二句：贾谊《治安策》："大臣特以簿书不报，期会之间，以为大故。至于俗流失、世坏败，因恬而不知怪。"大故，大事。

⑪"匈奴"三句：《史记·孝文本纪》："南越王尉佗自立为武帝，然上召贵尉佗兄弟，以德报之，佗遂去帝称臣。与匈奴和亲，匈奴背约入盗，然令边备守，不发兵深入，恶烦苦百姓。吴王诈病不朝，就赐几杖。……群臣如张武等受赂遗金钱，觉，上乃发御府金钱赐之，以愧其心，弗下吏。"亡状，无状。亡，通"无"。木鸡，指修养深淳，以镇定取胜。典出《庄子·达生》."纪渻子为王养斗鸡。十日而问：'鸡已乎？'曰：'未也，方虚骄而恃气。'十日又问，曰：'未也，犹应向景。'十日又问，曰：'未也，犹疾视而盛气。'十日又问，曰：'几矣，鸡虽有鸣者，已无变矣，望之似木鸡矣，其德全矣。异鸡无敢应者，反走矣。'"

⑫黄老：指道家学说。道家以黄帝、老子为祖，故称。

⑬"帝又"七句：《汉书·贾谊传》载贾谊谪为长沙王太傅后，汉文帝思念贾谊，召之，坐宣室，问以鬼神之事。至夜半，文帝前席。

⑭"此子瞻"三句：苏轼《贾谊论》："为贾生者，上得其君，下得其大臣，如绛灌之属，优游浸渍，而深交之，

使天子不疑，大臣不忌，然后举天下而唯吾之所欲为，不过十年，可以得志。安有立谈之间，而遽为人痛哭哉？"痛哭，贾谊《治安策》："臣窃惟事势，可为痛哭者一，可为流涕者二，可为长太息者六。"

⑮孙以出之，信以成之：《论语·卫灵公》："子曰：'君子义以为质，礼以行之，孙以出之，信以成之。君子哉！'"孙，同"逊"。

⑯屈子：屈原。贾谊经过湘水，作有《吊屈原赋》。

⑰赋鵩：贾谊在长沙，有鵩鸟（猫头鹰）飞入舍中，乃作《鵩鸟赋》。

⑱不忧不疑：《鵩鸟赋》末句云："德人无累，知命不忧。细故芥蒂，何足以疑！"

⑲龙门：指司马迁。《史记·太史公自序》："迁生龙门，耕牧河山之阳。"龙门即今陕西韩城龙门山。

⑳孟坚：班固字孟坚。其《汉书·艺文志》中著录贾谊《新书》五十八篇。

㉑何郴州：何孟春，字子元，号燕泉，郴州人。弘治六年（1493）进士，授兵部主事。后出理陕西马政。正德初，出为河南参政，不久擢右副都御史，巡抚云南。世宗即位，迁吏部侍郎，代署部事。因"大礼议"调南京工部左侍郎。嘉靖六年（1527）二月致仕。嘉靖十六年（1537）卒，年六十四。有《贾太傅新书注》十卷。

㉒五饵三表：《汉书·贾谊传》："施五饵三表以系单

于。"颜师古注:"贾谊书谓爱人之状,好人之技,仁道也;信为大操,常义也;爱好有实,已诺可期,十死一生,彼将必至。此三表也。赐之盛服车乘以坏其目;赐之盛食珍味以坏其口;赐之音乐妇人以坏其耳;赐之高堂邃宇府库奴婢以坏其腹;于来降者,上以召幸之,相娱乐,亲酌而手食之,以坏其心。此五饵也。"

㉓孟子安:孟称尧,字子安,会稽(今浙江绍兴)人。明末戏剧家孟称舜之兄。

㉔西京:西汉都城长安,在东汉都城洛阳之西,后人因称长安为西京,亦用以指代西汉。

㉕虫鱼豕亥:指注释校勘。《尔雅》有《释虫》《释鱼》等篇,此指注释。豕与亥形近易误,此指校勘。典出《吕氏春秋·慎行论·察传》:"子夏之晋,过卫,有读史记者曰:'晋师三豕涉河。'子夏曰:'非也,是己亥也。夫"己"与"三"相近,"豕"与"亥"相似。至于晋而问之,则曰'晋师己亥涉河'也。'"

㉖桓谭:东汉初著名学者。《汉书·扬雄传》:"时大司空王邑、纳言严尤闻雄死,谓桓谭曰:'子常称扬雄书,岂能传于后世乎?'谭曰:'必传,顾君与谭不及见也。凡人贱近而贵远,亲见扬子云禄位容貌不能动人,故轻其书。昔老聃著虚无之言两篇,薄仁义,非礼学,然后世好之者尚以为过于五经,自汉文、景之君及司马迁皆有是言。今扬子之书文义至深,而论不诡于圣人,若使遭遇时君,更阅贤知,为

所称善,则必度越诸子矣。'"此处用以指代知音。

【赏读】

《新书》是西汉人贾谊的文集,大多数是政论文。在书中,贾谊指出了当时西汉王朝面临的主要问题,如诸侯僭越、匈奴侵边等,并提出了相应的解决措施,显示出卓越的政治才能。他的文章铺排渲染,极具气势,得到后人很高的评价。刘勰《文心雕龙·体性》称"贾生俊发,故文洁而体清",皮日休《文薮·悼贾》评曰"余尝读贾谊《新书》,见其经济之道,真命世王佐之才也""其心切,其愤深,其词隐而丽,其藻伤而雅",可以说贾谊是汉初政论文作家中的翘楚。

自西汉司马迁以来,历代文人学者莫不谴责汉文帝不识英才,惋惜贾谊怀才不遇,其中李商隐七绝《贾生》、刘长卿七律《长沙过贾谊宅》最为脍炙人口。然而,持相反意见者也大有其人,其中以苏轼《贾生论》最为著名。《贾生论》从当时的政治背景出发,责备贾谊不知结交大臣以见信于朝廷,不能"自用其才""不善处穷"。《贾生论》分析透彻,具有强烈的感染力和说服力,是一篇著名的史论文,后代评贾谊者多受其影响。

本文是王思任为孟称尧重新编刻贾谊《新书》而作的序。王思任在序文中的议论也深受苏轼《贾谊论》的影响，但又有自己独到的见解。苏轼认为贾谊不受重用是因为他不知结交大臣，王思任则认为根本原因在于汉文帝崇尚黄老之术，而贾谊进献的是儒家的治国之术，因此汉文帝不重用贾谊，正在情理之中。但汉文帝毕竟赏识贾谊的才华，不愿对他过于疏远，所以在贾谊贬谪长沙之后，又在宣室召见他，但仅与之谈论鬼神之事，绝不涉及时政。"太傅纷更之说，帝一谦让，而蓄憎已多矣""帝之于太傅，在悦与不悦之间"，见解颇为独特。而贾谊吊湘赋鹏，郁郁而终，也并非"不善处穷"，而是出于无可奈何。持论精深，堪称贾谊异代知己。

　　王思任此文见解新颖，富有启发性，文章奔逸疏畅，气势颇盛，可见他不仅擅长游记小品，序文也十分精彩。曾世爵赞其"序文杂记，则登韩柳之室"，绝非夸大之词。

王实甫西厢序

诗三百而蔽之以思①,何也?思起于心,而心不能出,夫其有所愤悱焉②,有所感叹焉,有所呻吟焉,而各随其思之到欠以为声之工拙,故曰思则得之。《国风》精于思者也,忽一语焉,创之曰窈窕。窈何解也?窕何解也?闻之乎?见之乎?抑有所本乎?嗣后屈原得之曰要眇③,宋玉得之曰嫣然④,武帝得之曰遗世⑤,太史公得之曰放诞⑥,渊明得之曰闲情⑦,太白得之曰掷心卖眼⑧,少陵得之曰意远态浓⑨,而思路如岷觞渐滥矣⑩。

西厢谱元微之事⑪,凡数本⑫,俱可观,而王实甫独登峰造极。凡曲皆生首⑬,而厢独首郑及莺⑭,以为有天姥之教⑮,而后发涂山之歌、海子夜之造也⑯。不从老阴少阴生耦⑰,则无以起奇也。儿女之情,千曲万曲,非厌袭可呕,即戾幻不情⑱,间有文章综错,不过山异海肴,断不能出粱肉之上,盖味至粱肉,所谓无以尚之,是造物者设味之极思也。此书何以异此?思起于佛殿⑲,终于草桥⑳;既至草桥,亦可罢得而无已之求,实甫实有以佞之。然观其词章,变化高妙,入圣通神,上至九天,下至九渊,而终不出其位。或者实甫身有此事,而借微之以极其思,未可知也。虽然,思之既得,而又不如其未得。就欢而后,赖有梦思。善读西厢者,把臂入林,只当以酒浇之,跃起三尺曰:天壤之间,乃有实甫!

【注释】

①"诗三百"句:《论语·为政》:"诗三百,一言以蔽之,曰:思无邪。"

②愤悱:忧思郁结。

③要眇:美好貌。屈原《九歌·湘君》:"美要眇兮宜修,沛吾乘兮桂舟。"

④嫣然:美好貌。宋玉《登徒子好色赋》:"嫣然一笑,惑阳城,迷下蔡。"

⑤遗世:即"绝世",冠绝当代。《汉书·外戚传》:"(李)延年侍卜(汉武帝)起舞,歌曰:'北方有佳人,绝世而独立。'"

⑥放诞:放纵不羁。《西京杂记》:"文君姣好,眉色如望远山,脸际常若芙蓉,肌肤柔滑如脂。十七而寡,为人放诞风流,故悦长卿(司马相如)之才而越礼焉。"按:《史记》记卓文君事,未有"放诞"之词。

⑦闲情：陶渊明作《闲情赋》。

⑧掷心卖眼：李白《越女词》之二："卖眼掷春心，折花调行客。"

⑨意远态浓：杜甫《丽人行》："态浓意远淑且真，肌理细腻骨肉匀。"

⑩岷觞渐滥：比喻思路如江河一样渐渐拓广。《荀子·子道》："昔者江出于岷山，其始出也，其源可以滥觞。"后以"滥觞"指事物的起源。

⑪元微之：元稹，字微之。元稹作《会真记》，为后世西厢故事所本。学者考证，《会真记》中张生即元稹，乃其亲历之事。

⑫数本：指金代董解元《西厢记诸宫调》、元代王实甫《西厢记》、明代陆天池及李日华"南西厢"等。

⑬生首：以张生为首先出场之人物。

⑭郑：郑恒，崔莺莺幼时所许嫁者。莺：崔莺莺。

⑮天姥：指老夫人。

⑯涂山之歌：相传夏禹三十未娶，在涂山遇九尾白狐，涂山之人作歌，禹因娶涂山女。此指《西厢记》中"听琴"的情节。子夜之造：指《西厢记》中崔莺莺夜间到张生处幽会。

⑰老阴少阴：指老妇少女，即老夫人和崔莺莺。耦：通"偶"。

⑱不情：不合情理。

⑲起于佛殿:指张生和崔莺莺在佛殿相逢。

⑳终于草桥:指张生和崔莺莺被迫分别后,张生在草桥梦中与崔莺莺相会(按:明人以为《西厢记》以《草桥惊梦》为结束,其第五本大团圆结局为关汉卿所续)。

【赏读】

这是王思任为元人王实甫杂剧《西厢记》所写的序文。在明代,随着北曲杂剧的衰歇,元杂剧已成案头文学,不再适合登台演出。取而代之的是逐渐兴起的南曲传奇,当时用于演出的《西厢记》是由元杂剧改编而来的传奇剧本。明代《西厢记》传奇有多种版本,其中最著名的是李日华《南调西厢记》。《南调西厢记》简称"南西厢",王实甫《西厢记》因而被称作"北西厢"或"王西厢"。

"南西厢"在明代十分流行,当时刊刻出版的《西厢记》大多都是"南西厢"。"北西厢"则仅有一部,是天启年间由凌濛初刊刻的。现在通行的杂剧《西厢记》刊本也是以暖红室覆刻凌濛初本为底本。

尽管"南西厢"风靡一时,时人却对它多有诟病。王思任所欣赏的也不是"南西厢",而是元人杂剧"北西厢"。王思任的这篇序文也是为"北西厢"而作。

古人谈艺,多重诗文而轻戏曲小说。因为诗文上通经史，可以"载道"，戏曲小说则只在市井流行，不能登大雅之堂。王思任并不赞同这种观点，他在序文开头拈出孔子评《诗》之言，作为混同雅俗的桥梁。王思任认为，思起于心，心中种种愤悱、感叹、呻吟，都因思而生；诗赋成于思，诗赋之工拙又因思之深浅而有所不同。因此，推而化之，《国风》与屈原和宋玉之辞、汉武帝之歌、司马迁之文、陶渊明之赋、李白和杜甫之诗，乃至王实甫之《西厢记》，因起源于思而没有本质上的区别。文中所谓"然观其词章"，王实甫《西厢记》"变化高妙，入圣通神，上至九天，下至九渊，而终不出其位"，与孔子"思无邪"的观点完全吻合。行文至此，传统诗文与戏曲小说之间的雅俗之分，似乎被王思任不着痕迹地弥合了。

不可否认的是，戏曲小说等通俗文学因作者水平参差不齐，作品难免有鱼龙混杂之嫌。序文中"儿女之情，千曲万曲，非厌袭可呕，即庋幻不情"数语，就是指这种情况。然而，王实甫《西厢记》却是一部非常优秀的作品，它的故事情节曲折跌宕、人物形象生动、文笔曲词极富文采，具有很高的艺术价值。王世贞《曲藻》赞道："北曲故当以《西厢》压卷。"李渔《闲情偶寄》云："吾于古曲中，取其全本不懈，多瑜鲜瑕者，惟《西厢》能之。"王思任更是大加推崇，认为这是"登峰造极"之作。

其实,在晚明,由于李贽、袁宏道等人的提倡,戏曲小说等通俗文学得到了很高的评价,李贽在《童心说》中说:"诗何必古《选》,文何必先秦,降而为六朝,变而为近体,又变而为传奇,变而为院本,为杂剧,为《西厢曲》,为《水浒传》,为今之举子业,大贤言圣人之道,皆古今至文,不可得而时势先后论也。"其混同雅俗的文学观,与王思任这篇序文如出一辙。可以说,王思任将王实甫杂剧《西厢记》与传统诗文等量齐观,既是其见识卓越之处,也与当时的流行思潮密不可分。序文文笔跳荡超逸,开合极大,体现了王思任奔放恣肆的文风,也表现出他那难以掩盖的才气。

十错认春灯谜记序①

临川清远道人自泥天灶②,取日膏月汁,烘烤五色之霞,绝不肯俯齐州抡烟片点③,于是"四梦"熟而脍炙四天之下,四天之下遂竞与传其薪而乞其火,递相梦梦,凌夷至胡柴白棍窜塞眯哭其中④,竟不以影质溺,则亦大可哈矣⑤。

道人去廿余年,而皖有眉隐山樵出,蚕慧蚕髯复蚕贵,肺肝锦洞,灵识犀通,奥简遍探,大书独括,曾以文魁发燥,表压会场,奉使极旗亭邮道之踪⑥,补衮盖山龙谷藻之美⑦,著作建明,别有颠尾。时命偶谬,丁遇人疴,触忌遭恧⑧,渭泾倒置⑨。遂放意归田,白眼寄傲⑩,只于桃花扇影之下顾曲辨拈⑪。一日,拍案大叫,以为天下事有何经正,万车载鬼⑫,悉黎丘耳⑬。乃不谱旧闻,妄舒臆舌,划雷晴里,布架空中,甫阅月而《春灯谜记》就,亦不减击钵之敏矣⑭。中有"十错认",自君臣父子兄弟夫妇朋友,以至伦物上下,无不认也,无不错也。文笋斗缝,巧轴转关,石破天来,峰穷境出。拟事既以赡贴,集唐若出前缘[15]。为予监优两夕[16],千人万人,俱大欢喜。或痴其神,或悸其魄,或颤其首,或迸其泪。真有此学官之儿,真有此安抚之女,夺舍离魂,飞头易面,亦可谓偃师、般、倕之最狡极侩者矣[17]。然予断之,两言而止:天下无可认真,而惟情可认真;天下无有当错,而惟文章不可不错。情可认真,此相如、孟光之所以一打而中也[18];文章不可不错,则山樵花笔之所以参伍而缩也。"作《易》者其有忧心乎[19]?"山樵之铸错也,续道人之残梦也。梦严出世,错宽出世,至梦与错交行于世,以为世固当然,而天下事岂可问哉!

【注释】

①十错认春灯谜记:明阮大铖撰。阮大铖,字集之,号圆海,一号石巢,又号百子山樵、眉隐山樵,安徽怀宁人。万历四十四年(1616)进士,天启时任吏科都给事中,后依附魏忠贤,名列逆案,终崇祯一朝,废斥十七年。福王立,依附马士英,官至兵部尚书,专事报复复社君子。清兵渡江,投降,转又欲为唐王内应,事泄投崖死。阮大铖人品为人所唾弃,但在戏曲创作上颇有成就。《十错认春灯谜记》是其代表作之一,剧写宇文彦兄弟与韦影娘姐妹遇合至成婚之事。因以宇文彦与韦影娘元宵夜巧遇,共猜灯谜为线索,

故名《春灯谜》;中经十次错认始成夫妇,故又称《十错认》。

②临川清远道人:明代戏曲作家汤显祖,号清远道人,临川(今江西抚州市临川区)人。所作《紫钗记》《牡丹亭》《南柯记》《邯郸记》,世称"临川四梦",是戏曲作品中的不朽之作。

③"绝不"句:唐李贺《梦天》:"遥望齐州九点烟,一泓海水杯中泻。"

④凌夷:由盛到衰。

⑤咍(hāi):嗤笑,讥笑。

⑥"奉使"句:指行踪很广。

⑦"补衮"句:指做高官。补,补服,明代官员官服前后各缀一方补子,以示品级高低。见《明史·舆图志》。

⑧愆(qiān):罪过,过失。

⑨渭泾倒置:谓清浊颠倒。阮大铖因是魏忠贤阉党中人,为东林、复社诸君子所不齿。王思任在此为其不平,乃一时意气之言。

⑩白眼寄傲:《晋书·阮籍传》:"籍又能为青白眼,见礼俗之士,以白眼对之。及嵇喜来吊,籍作白眼,喜不怿而退。喜弟康闻之,乃赍酒挟琴造焉,籍大悦,乃见青眼。"阮籍能为青白眼,见俗人以白眼相对,嵇康来访,则以青眼相视。

⑪桃花扇:歌扇。宋晏几道《鹧鸪天》词:"舞低杨柳

楼心月,歌尽桃花扇底风。"顾曲辨挝:指精研音乐。挝(zhuā),敲击。

⑫万车载鬼:《易·睽》:"见豕负涂,载鬼一车。"

⑬黎丘:《吕氏春秋·疑似》记载:黎丘有鬼,喜效人子弟之状以惑人。一丈人醉,遇此鬼效其子之状于途,归而诘其子,其子辩无其事。他日路遇其子,误为鬼,拔剑而杀之。

⑭击钵:《南史·王僧孺传》载:齐竟陵王萧子良召集文士作诗,萧文琰、丘令楷等以击铜钵限时,响声停则诗成。后用以形容文思敏捷。

⑮集唐:明清传奇中每出的下场诗,多集唐人诗句,称为"集唐"。

⑯优:优伶,演员。

⑰偃师:周穆王时的巧匠,所制木人能歌善舞。见《列子·汤问》。般:公输般,即鲁班,春秋时巧匠。倕:即工倕,尧时巧匠。

⑱相如:司马相如。孟光:东汉梁鸿之妻。

⑲"作《易》"句:见《易·系辞》。

【赏读】

本文是王思任为阮大铖《十错认春灯谜记》所写的序文。

阮大铖是明代著名戏曲作家,写有多种传奇剧作,代表作有《燕子笺》《双金榜》《牟尼合》《春灯谜》，合称"石巢四种"。《春灯谜》即《十错认春灯谜记》，该剧主要写宇文彦兄弟与韦影娘姐妹数度离合、最终分别结为夫妻的故事。因该剧以男女主人公元宵夜共猜灯谜为线索，故名《春灯谜》；又剧中人物共有十次错认，故又称《十错认》。

《十错认春灯谜记》写于崇祯年间。它不是作者一时的消遣之作，而是带有极强的目的性。阮大铖希望通过创作这部传奇来为自己辩护，委婉地指出当时东林党人对自己的误解。

阮大铖的一生与东林党颇有纠葛。他曾是东林元老高攀龙的门生，又与东林党人左光斗是同乡兼好友，因此阮大铖在入仕之初与东林党关系密切。后来他为了得到高官厚禄，不惜党附魏忠贤，与东林党决裂。崇祯皇帝即位后，魏忠贤被赐死，阮大铖因名列逆案，崇祯一朝终不得任用。他不甘心闲居林下，又想与东林党讲和，希望借助东林党的力量重新入朝为官。《十错认春灯谜记》正是在这一背景下写成的。

该剧情节曲折，结构紧凑，曲词工丽，排演精彩，得到当时文士的认可和欣赏。张岱曾在阮大铖家中观看《十错认》、《摩尼珠》（即《牟尼合》）、《燕子笺》三剧，赞叹至极，认为阮大铖家所演之剧"本本出色，脚脚出色，出出出色，句句出色，字字出色"（《陶庵梦忆》）。王思任在序文中也毫不掩饰其对阮大铖才华的欣赏。序文从汤显祖"临川四梦"起笔，以"道人去廿余年，而皖有眉隐山樵出"引出文章主体，隐然寓有阮大铖继承汤显祖衣钵，是当时戏曲作家第一人的含义。文中"肺肝锦洞，灵识犀通，奥简遍探，大书独括""文笋斗缝，巧轴转关，石破天来，峰穷境出。拟事既以赡贴，集唐若出前缘"数语，更是对阮大铖戏曲才华最热烈、最直白的赞美。在《十错认春灯谜记》排演之际，"千人万人，俱大欢喜。或痴其神，或悸其魄，或颤其首，或迸其泪"，可见其强烈的艺术感染力。

在如此强烈的艺术感染下，王思任只看到身居林下的阮大铖才华横溢的一面，因此在序文中反复为其辩解，称阮大铖"时命偶谬，丁遇人疷，触忌遭愆，渭泾倒置"，"放意归田，白眼寄傲，只于桃花扇影之下顾曲辨拊"。阮大铖欲借此剧制造舆论来为自己辩护的做法，似乎取得了预期的效果。王思任的这种态度与他狂狷的性格和中立的政治立场不无关系。他在《脚板赞》中自称"不曾投刺于东林、魏党，乞食蟠间，沽名井上"，保持中立，不屑于党派之争。因此，在崇祯时期，王思任欣赏阮大铖卓越的艺术才华，并不曾看清他的真正面目。

南明建立之后，阮大铖得到当时权臣马士英的推荐，出任兵部尚书。他上任之后并无救国良策,只知大兴党狱,肆意报复东林党和复社诸人。王思任至此方才认识到阮大铖的卑劣人品,他在给徐亮生的信中说:"马阮尽草包,一摇鼓冬卖官,一拿绰板唱曲子耳。天下事去矣,足下可速归。"在那通脍炙人口的《让马瑶草》中,王思任指责当政者"从不讲战守之事,只知贪黩之谋,酒色逢君,门墙固党,以致人心解体,士气不扬。叛兵至则束手无策,强敌来而先期以走,致令乘舆播迁,社稷丘墟"。阮大铖作为马士英最重要的党羽,自然难辞其咎。后来,二人同被写入《明史·奸臣传》,也反映出后世史家对马、阮二人的基本评价。

阮大铖颇有文才,善于借助戏曲传奇等文艺作品营造对自己有利的社会舆论,练达如王思任者都不免一时受其迷惑。可见,真正认识一个人并不是一件容易的事,需要历经时间的考验和不断观察辨别。王思任对阮大铖前后评价的改变,就是这样一个例子。

知希子诗集序

此晋陵巢必大前辈之诗也[1],称"知希"者,先生自署也。

神庙戊子秋[2],京闱榜放[3],太仓王辰玉领解[4],华亭董玄宰占魁[5],而必大先生以《戴记》夺锦[6]。都人士甚喧得士之盛,而更喧先生为青麟火玉,以婴儿中大科,则尔时先生总角[7],未亲迎也[8]。先生秀目朱吻,状貌小怯,骨见衣表,在张留侯、沈隐侯之间[9]。然天与凤慧,赋鹅咏凤[10],冲口成章。与予盟社,称两岁之长。拈弄帖括后[11],即赓互韵语[12]。都人士窃笑之,以为少年辈何为是薨薨者[13]。而尉氏阮太冲、中牟张林宗见而悦之[14],独谓两生旗鼓正锐,中原七子[15],未知鹿谁得也[16]。

既而予幸第去[17],先生终吝公车[18]。犹忆庚戌九月[19],分手春明门[20],惨怳不怿,杯酒哽咽,遂成车过腹痛之兆[21]。嗟呼!玉树寻枯,彩云易荡,天乎忌才,犹忌盖代之才,少年贫夭,不特一渊、宪也[22]。山阳笛冷㉓，梦寐故人，犹在屋梁落月㉔。而今且以受姓之故，累其家口。天乎忌才，忌之尽毒，则不解其故矣。犹幸胤存㉕，公甫能读父书，苕颖藻竖，博赡英流。仳离之后㉖，依姊敬亭㉗，乃简先生遗集，问言于佞，则为之序曰：

古人之诗皆情以生文，先题而后诗也；今日之诗则文不符情，有诗而后补之题也。近日诗坏于钟、袁㉘，更坏于馆体㉙。托之乎琢炼，而实非聱声㉚；自命曰高玄，而终归嚼蜡：此皆求新求异之过也。如先生诗，感叹则悲，敷荣则盛，趣益爽逸，讽寄微欹，古可置之汉魏㉛，律则驾以历元㉜。沧溟所谓"拟议以成变化"者㉝，先生有焉。先生意不可一世，每成篇后，止以示余，示后即秘之以付名山㉞，垂三十年而兹集始出。其自署曰"知希子"，言其不易知也。知希则我贵矣，而终以王生知之，王生弁之㉟。得非寒、拾有缘㊱，视生死存亡为幻泡，则知先生者，任一人而足矣㊲。

【注释】

①晋陵：今江苏常州。巢必大：巢士洪，字必大，常州人，万历十六年（1588）举人，号知希子。

②神庙：指明神宗朱翊钧，年号万历。戊子：万历十六

年（1588）。

③京闱：指顺天府（今明清两代北京地区）乡试。闱，科举考场。

④太仓：今江苏太仓。王辰玉：王衡，字辰玉，万历二十九年（1601）进士第二，官编修，负才早卒。解：解元。

⑤华亭：松江县（今上海松江区）。董玄宰：董其昌，字玄宰，号思白、香光居士。万历十七年（1589）进士，累官至南京礼部尚书，卒谥文敏。明代著名书画家。魁：经魁。明代科举有以五经取士之法，每经各取一名为首，名为经魁。

⑥《戴记》：指《礼记》。汉代戴圣删《礼记》为四十九篇，人称《小戴礼记》，即通行本《礼记》。

⑦总角：古时男女未成年时束发为两髻，形状如角，故称总角。

⑧亲迎：指结婚。

⑨张留侯：汉代张良封留侯。《史记·留侯世家》记张良"状貌如妇人好女"。沈隐侯：南朝沈约谥隐侯。《梁书·沈约传》："百日数旬，革带常应移孔；以手握臂，率计月小半分。"指多病消瘦。

⑩赋鹅咏凤：此指早慧。赋鹅，初唐诗人骆宾王七岁赋《咏鹅》诗："鹅鹅鹅，曲项向天歌。白毛浮绿水，红掌拨清波。"咏凤，唐代诗人杜甫《壮游》："七龄思即壮，开口咏凤凰。"

⑪帖括：科举应试之文。

⑫赓互：互相唱和。

⑬薨薨：象声词。

⑭尉氏：县名，明清属河南开封府。阮太冲：阮汉闻，字太冲，浙江会稽（今浙江绍兴）人，居京师，徙家开封。李自成围开封，阮汉闻组织军民守城，重创李自成军。城破被俘，大骂而死。中牟：河南中牟县。张林宗：张民表，字林宗，万历十九年（1591）举人。任侠好客，富于藏书。李自成围开封，黄河水灌城，张民表溺水而死。

⑮中原七子：指以李攀龙为首的"后七子"。

⑯鹿：《史记·淮阴侯列传》："秦失其鹿，天下共逐之，于是高材疾足者先得焉。"

⑰第：进士及第。

⑱公车：举人入京赴进士试。

⑲庚戌：万历三十八年（1610）。

⑳春明门：唐代首都长安东面有三门，中名春明门，后用以指京都。

㉑车过腹痛：《三国志·魏武帝纪》建安七年注引《褒赏令》曹操祀桥玄："又承从容约誓之言：'殂逝之后，路有经由，不以斗酒只鸡过相沃酹，车过三步，腹痛勿怪。'"

㉒渊、宪：指孔子的弟子颜渊和原宪，二人都极为贫寒，且颜渊早夭。

㉓山阳笛：魏晋之间向秀与嵇康、吕安友善，嵇吕二人

被司马昭杀害。向秀经其山阳旧居,闻邻人笛声,感怀亡友,于是作《思旧赋》。见《晋书·向秀传》。后因以"山阳笛"为怀念故友之典。

㉔屋梁落月:杜甫《梦李白》:"落月满屋梁,犹疑照颜色。"

㉕胤:后代,后嗣。

㉖仳离:离别。

㉗敬亭:敬亭山,在今安徽宣城北,此指宣城。

㉘钟、袁:指钟惺和袁宏道。

㉙馆体:馆阁体。

㉚瞉(kòu)声:新雏孵出时的叫声。瞉,幼鸟。

㉛古:古风,古体诗。

㉜律:律诗。历元:大历和开元。大历是唐代宗的年号,其时诗坛有李益等"大历十才子"。开元是唐玄宗的年号,其时王维、李白、杜甫等大诗人均活跃于诗坛。

㉝沧溟:李攀龙号沧溟,与王世贞等七人号称明代"后七子"。拟议以成变化:语出《易·系辞》,李攀龙在其《沧溟集·古乐府序》中用来作为自己的创作主张。

㉞名山:司马迁作《史记》,《太史公自序》谓自成一家之言,"藏之名山,副在京师,俟后世圣人君子"。

㉟弁:序。

㊱寒、拾:唐代诗僧寒山和拾得。寒山大历年间隐居天台翠屏山,喜为诗,与国清寺僧拾得友善而齐名。

㉗任：王思任自称。

【赏读】

这是王思任为亡友巢士洪的诗集所写的序文。全文萦绕着作者对好友极深的怀念之情，具有很强的抒情意味。

巢士洪与王思任订交于少年之时。二人年纪相仿，一起切磋八股、唱和诗词，结下了很深的友谊。万历十六年（1588），年仅十六岁的巢士洪考中举人，获得了"婴儿中大科"的赞誉。一派锦绣前程，仿佛唾手可得。然而，谁能料到，命运竟和巢士洪开了一个巨大的玩笑。直到万历三十八年（1610），他仍未考中进士。少年意气，磨灭殆尽，竟至郁郁而终。与其同榜中举的王衡、董其昌等人早已考中进士，享有大名，王思任自己也在万历二十三年（1595）进士及第。而巢士洪中举虽早，却迟迟不能考中进士，心中定有许多煎熬和痛苦。

"犹忆庚戌九月，分手春明门，惨悢不怿，杯酒哽咽，遂成车过腹痛之兆。嗟呼！玉树寻枯，彩云易荡，天乎忌才，犹忌盖代之才，少年贫夭，不特一渊、宪也。山阳笛冷，梦寐故人，犹在屋梁落月"，是全文抒情意味最浓的一部分。王思任听闻好友死讯，不禁回想起二人最后一次见面的情景。万历三十八年（1610）春天，巢士洪再一次会试落第。当年九月,王思任离京赴青浦(今上海青浦区)任县令。二人分手言别时,已"惨惋不怿,杯酒哽咽"。王思任意料之外的是,这一别竟生死相隔,永无再见之期。虽故人身影,时时来入梦中,一如平生之欢,但梦醒之后,杳无所有,徒令生者倍觉惆怅。文中连用"车过腹痛""山阳笛冷""屋梁落月"三个典故,意象凄迷,感情诚挚,表达作者伤逝之痛,极为感人。

巢士洪名位不彰,身殁之后事迹湮灭,文中所谓"受姓之故"亦无可考。其诗作藏于家中,不为外人所知,始终知之重之、为之序文者,仅王思任一人而已。人生一世,自以为长路漫漫,欲有所作为而留名当代,然而一霎之间,已萎同秋草,湮没无闻,思之令人感慨。

本文层次分明,结构严谨。文中追忆往事,感怀逝者,字里行间流露出对亡友深挚的感情,是王思任的佳作之一。

集唐诗序

君臣曰交，朋友曰交，而夫妇居室，则兼有之。其视手致身也，俨于朝典；其切偲丽泽也①，若共窗鸡②。此其道甚大，而衾帷之节末矣。情在我辈③，其言不公；睹貌相悦④，其言不正。吾不能为伪学不情之谈，亦不能持娶妻必貌之语。然而有貌有情，反以为尤物可憎乎？

醉李沈虎臣先生⑤，才士也，笔动风生，唾飞珠落，侠肠绕千丈之虹，勇气呵百尺之练。细君厶侍公年久⑥，□以巾栉，同于待月；实以砚墨，比之他山。鸳瓦忽飘，鸾钗生涩，而先生一恸几绝，三年不言。忽遣适步归，酒酣耳热，取架上唐诗，集为结肠之篇，以写画眉之恨⑦。韵成天若，义会神来，泪翻赠妇悼亡之淫，心撼开元大历之血⑧，投袂而起，万虫哀叫，若恨通幽无术，召魄不灵者，一时痴去。有友唁之："天下岂少美妇人哉？"先生曰："美者自美，吾不知其美也。此妇穷交不鄙遗我，吾未渴而浆至，未饥而餐至，未寒暑而裘葛至，未记诵而书篇竹简至，先得我心之同然，次补我身之未备。我有得意事，不可人语而语之；我有失意事，不可我语而可代我语之。如是者友之云乎？臣之云乎？不必及其貌矣。"此友谢之曰："如是则子诗集唐亦可，集宋亦可，可以群，可以怨矣⑨。"乃言之王子⑩，王子曰：此其诗近道，更近人情，吾橅以叙之⑪。

【注释】

①切偲（sī）：切磋勉励。丽泽：朋友之间讲习切磋。《易·兑》："丽泽兑，君子以朋友讲习。"

②窗鸡：《艺文类聚》卷九十一《幽明录》："晋兖州刺史沛国宋处宗尝买得一长鸣鸡，爱养甚至，恒笼置窗间，鸡遂作人语，与处宗谈论，极有玄致，终日不辍。处宗因此功业大进。"

③情在我辈：《世说新语·伤逝》："王戎丧儿万子，山简往省之，王悲不自胜。简曰：'孩抱中物，何至于此？'王曰：'圣人忘情，最下不及情；情之所钟，正在我辈。'简服其言，更为之恸。"

④睹貌相悦：《战国策·齐策三》："孟尝君舍人有与君夫人相爱者。或以问孟尝君曰：'为君舍人而内与夫人相爱，亦甚不义矣，君其杀之。'君曰：'睹貌而相悦者，人之情也，其错之勿言也。'"

⑤檇李：浙江嘉兴。沈虎臣：沈德符，字景倩，一字虎臣，万历举人，撰有《万历野获编》。

⑥细君：古时诸侯之妻称小君，也称细君，后为妻的通称。厶：通"某"。

⑦画眉：《汉书·张敞传》记京兆尹张敞为妻画眉。后用画眉喻恩爱夫妻。

⑧开元：唐玄宗年号。大历：唐代宗年号。玄宗、代宗时代是唐诗最盛时期。

⑨"可以"二句：《论语·阳货》："诗可以兴，可以观，可以群，可以怨。"

⑩王子：作者自称。

⑪櫋：通"幕"。

【赏读】

本文是王思任为沈德符《集唐诗》所写的序文。沈德符，字景倩，又字虎臣，祖籍嘉兴，万历四十六年（1618）举人。他家世仕宦，自幼随父辈居于北京，与当时的故家遗老、中官勋戚多有往还。沈德符聪敏好学，专心著述，对功名不甚热衷，著有《万历野获编》《清权堂集》《敝帚轩剩语》等。《集唐诗》收入他的诗文集《清权堂集》中。

《集唐诗》是沈德符为悼念亡妻而作。《清权堂集》卷一《黑蝶庵草》卷首小序云："少时作诗，随手弃去，百不一存。己未悼亡集唐，庚申卧病臆史，始衰成卷。"可知《集唐诗》作于己未年。己未是万历四十七年（1619）。这一年，沈德符考进士落第，回家后又陡闻爱妻病逝的噩耗，不禁"一恸几绝"。当友人以"天下岂少美妇人"宽慰他时，沈德符愈发神伤，因为"此妇穷交不鄙遗我""先得我心之同然，次补我身之未备""我有得意事，不可人语而语之；我有失意事，不可我语而可代我语之"，二人同舟共济，是互相的精神伴侣。

痛失爱侣，令沈德符极为伤心。伤心之余，无可奈何，他只能借他人酒杯浇自己块垒，集唐人诗句作悼亡诗，以歌当哭，排遣愁绪。这些诗作极为感人，试举二首为例："肠断春风为玉箫，不堪人事日萧条。彩笺曾擘欺江总，金屋妆成贮阿娇。只有梦魂南去日，更无消息到今朝。北邙空恨清秋月，一点山萤照寂寥。""江南何处葬西施，只有衣襟泪得知。明月既能通忆梦，好风偏似送佳期。桃花解笑莺能语，榆荚抛钱柳展眉。想得佳人微启齿，深红衫子影门时。"

沈德符借唐人诗句，回忆亡人的音容笑貌，写自己的伤逝之痛，情感真挚，令人动容，所谓"情之所钟，正在我辈"，正可为沈德符道。

蓬蒿园诗集序

天上有才，人皆迫欲得之；人间有才，天亦迫欲得之。天之势力，远在人上。敢靳而不与乎[1]？"但愿生儿愚且鲁，无灾无难到公卿[2]。"此子瞻谱棘子成之言也[3]。一日庭侍，老泉戏问[4]："汝与我孰愈？"子瞻失色曰："大人何为此言？轼何敢望！"老泉笑曰："弗如也，子之儿不我若。"向使苏迈、苏过各登一品之尊[5]，共享百年之寿，子瞻讵不快甚？然而跨不及灶，徒望烟楼[6]，子瞻之快，当不如老泉之快也。

海盐吴秋圃先生[7]，龙文鹤骨，孤矫千寻。云间兄弟[8]，埙箎迭吹[9]；眉山父子[10]，箕裘益锦[11]。长公接侯[12]，出胎咏凤，弱冠骑鳌，帖括力余，又著有《蓬蒿园集》。舍子建之华[13]，守仲蔚之约[14]。览其颜园[15]，已自超趯。而所为古诗近体，耕骚佃选[16]，醉历饫元[17]。乐则标脱靴捧砚之锋[18]，苦则参长爪修眉之戒[19]。此开明案前[20]，持橐代玉皇飞青雪之唾、供紫霞之管者，小遗不谨，罚堕人世，累之万日，复又召还。沐浴五浊㉑，清归八素㉒，所谓筋斗一翻，阿含不再者也㉓。父不得而子，秋圃可以释然；友不得而朋，诸兄慎无怛化㉔。且夫石火电光，彭颜共貊㉕，高文奇字，钟鼎盘螭，接侯之所蜕者，不过一囊之血耳。析骨还父，析肉还母，遨游于太清云气间，朝朝暮暮，有此集在，接侯未曾死也。

【注释】

①靳：吝惜。

②"但愿"二句：苏轼《洗儿》诗句。

③棘子成：春秋卫国大夫。《论语·颜渊》："棘子成曰：'君子质而已矣，何以文为？'"

④老泉：苏轼之父苏洵，号老泉。

⑤苏迈、苏过：苏轼的长子和第三子。

⑥"跨不"二句：谓子不如父。苏轼《东坡全集》卷七十五《答陈季常书》："在定日作《松醪赋》一首，今写寄择（陈季常之子）等，庶以发后生妙思，着鞭一跃，当撞破烟楼也。长子迈作申颇有父风，二于作诗骚殊胜，咄咄皆有跨灶之兴。"灶上有釜，故以"跨灶"喻子过于父。意谓儿子胜过父亲，如跨灶时撞破烟楼（烟囱）。此处反其意而用之。

⑦海盐：浙江海盐县。

⑧云间兄弟：指西晋陆机、陆云兄弟，二陆是云间（今

上海松江区）人。

⑨埙篪：两种古乐器。《诗经·小雅·何人斯》："伯氏吹埙，仲氏吹篪。"埙、篪声能相和，后用以比喻兄弟亲睦。

⑩眉山父子：指苏洵、苏轼、苏辙父子。苏氏是眉州眉山县人。

⑪箕裘：谓子承父业。《礼记·学记》："良冶之子，必学为裘；良弓之子，必学为箕。"

⑫长公：长子。

⑬子建：三国曹植字子建。

⑭仲蔚：张仲蔚，东汉人。《高士传》："张仲蔚者，平陵人也。隐身不仕，善属文，好诗赋。常居穷素，所处蓬蒿没人。"

⑮颜：题写匾额，即为蓬蒿园写匾额。

⑯骚：指《离骚》。选：指《文选》。

⑰历：大历，唐代宗年号。元：开元，唐玄宗年号。玄宗、代宗时是唐诗高峰期。

⑱脱靴捧砚：李白曾乘醉令高力士脱靴，杨贵妃捧砚。见《新唐书·文艺传》。

⑲长爪修眉：唐诗人李贺长爪修眉，以苦吟早夭。

⑳开明：传说中古帝名。

㉑五浊：佛教谓尘世中烦恼痛苦炽盛，充满五种浑浊不净，即劫浊、见浊、烦恼浊、众生浊和命浊。

㉒八素：道家称其至高的境界。南朝梁陶弘景《周氏冥

通记》卷二:"八素不为迥,九垓何足巍?"

㉓阿含:即阿那含,佛教中圣者名,断尽欲界烦恼,未来当生于色界无色界,不再生欲界。

㉔怛化:《庄子·大宗师》:"俄而子来有病,喘喘然将死,其妻子环而泣之。子犁往问之,曰:'叱!避,无怛化。'"意谓不要惊动垂死之人。后因以"怛化"指死亡。

㉕彭颜共貉:意谓寿夭无别。彭,彭祖,寿八百岁。颜,颜渊,早夭。貉,"一丘之貉"之省。

【赏读】

命有穷通,寿有短长。造化小儿往往出人意料,不肯遵循一定的因果关系。唐代诗人李贺才高而位卑,一生苦闷抑郁,年仅二十七岁便与世长辞。天才薄命,令人惋惜,他的死因此被世人神化,增添了几许传奇色彩。李商隐《李贺小传》记李贺临终时"忽昼见一绯衣人,驾赤虬,持一板,书若太古篆或霹雳石文者,云当召长吉。长吉了不能读,欻下榻叩头,言:'阿弥老且病,贺不愿去。'绯衣人笑曰:'帝成白玉楼,立召君为记。天上差乐,不苦也。'"死者虽死,却是被天帝召去,这或许可以让生者稍许得到一些安慰。"白玉楼成"也因此成为感伤文士英年早逝的典故。

本文是王思任为《蓬蒿园诗集》所写的序文,全文皆从"白玉楼成"的传说生发而来,首句"天上有才,人皆迫欲得之；人间有才，天亦迫欲得之",即是主旨所在。文章先从苏洵、苏轼父子的戏谈着笔，得出公卿之贵不若文章之贵的结论。然后赞赏逝者诗作高古，成就不凡，似是天庭犯过、罚谪人间者，因此召还天上是理所当然的事，以此来安慰生者不必过于悲痛。最后再进一层，"石火电光，彭颜共貉""有此集在，接侯未曾死"，彭祖享寿八百，不免一死，死后与早夭者无异，而逝者有诗集存世，心魂长留天地之间，堪称可贵，从世间无人不死，有诗集传世便可称不朽的角度再次安慰生者。

全文立意巧妙，语言得体，既慰死者于泉下，亦慰生者于尘世，可谓巧于为文。

李道生五游草序

何以谓之高人？高在数千万仞之上，其最者，蹑星斗，餐霞气，竦身入云中。不得已而思其次，逊乎天之高，而取地之高，以尊其七尺跳梁之始，曰黄帝，方明昌寓佐之①。其后为穆天子②，至卢敖辈③，不过壤虫已耳。严夫子志九州④，而向平创起五岳⑤，谢灵运制屐⑥，宗少文画图⑦，孙苏门山啸⑧，其人皆欲翘视八荒，屳秽下土。所高不同，厥揆一也。

如皋李道生⑨，吾之畏友，其文似孟子、漆园、洛阳年少与龙门太史令⑩。其诗在夔州伯仲间⑪，削巇伏狞，不喜拾人唾花一抹。孝友是其性生，廉介亦为本等。世家中贫子，饱学内胠生，芒鞋鞎眘，乱发骚萧，逢着便吃，到处为家，一僮一仆，可行可止。有好书靡不购，有好友靡不交，有好句靡不勒，有好园靡不径入，有好花石靡不赏，有好名姬妙季靡不得其欢心。皋田可狎，玉皇可陪⑫，子瞻可笑，安石可嗔⑬，吾尝欲定何等以相道生，道生遁至百变而不受相，吾遂无以穷之。《五游草》乃其游之大者,四岳皆躬[14],而华岳以意。然吾读王安道、李于鳞、袁中郎等记[15],似足与目、心与口犹在道学先生欺慊之间[16],反不若孙兴公描写数语[17],天台华顶为之点头,道生以意游者如此,则其躬者为直心白意更可知矣。

吾尝掬惠泉洗双脚板[18],侫之曰:"曾踏万峰之头,不走权门一步。福难消受,祸亦不来。"今之山水辱于□□,苦于跋扈,杂于窜逃。吾等结想,不必强作高人,但作卑人,买山而隐[19],七尺地尽有受用,岂必以尸为兵解哉[20]?五大名家,业已把臂敦化矣。吾处咫尺金堂石室,其十里锦雾,一嗅皆香,可一棹而取者。恨吾贫,不能出十万钱为友朋赠一庐耳。

【注释】

①方明昌寓:《庄子·徐无鬼》:"黄帝将见大隗乎具茨之山,方明为御,昌寓骖乘。"

②穆天子:即周穆王。《穆天子传》言周穆王乘八骏西行见西王母。

③卢敖:秦时燕人,秦始皇召为博士,使求神仙,卢敖亡而不返。

④严夫子:严忌,西汉会稽吴(今江苏苏州)人。本姓庄,史家避汉明帝(刘庄)讳改为严。善辞赋,与邹阳、枚

乘同为梁孝王上客,人称严夫子。

⑤向平:即向子平,东汉朝歌人。光武帝建武中,子女婚嫁已毕,遂不问家事,出游名山大川,不知所终。

⑥谢灵运:南朝宋人,曾任永嘉太守,因不得意,便肆意遨游山水。尝制明齿木屐,上山去其前齿,下山去其后齿,人称"谢公屐"。

⑦宗少文:宗炳,字少文,南朝宋南阳人。隐居不仕,好游山水,工书法绘画。晚年老病,将所历山水绘于室中,曰:"老疾俱至,名山恐难遍睹,惟当澄怀观道,卧以游之。"

⑧孙苏门:孙登,晋代汲郡共(今河南辉县)人。无家室,在苏门山掘土窟以居。夏则编草为裳,冬则披发自覆,人与之语,不应。《晋书·阮籍传》:"籍尝于苏门山遇孙登,与商略终古及栖神导气之术,登皆不应,籍因长啸而退。至半岭,闻有声若鸾凤之音,响乎岩谷,乃登之啸也。"

⑨如皋:今江苏如皋市。

⑩漆园:指庄子,庄子曾为漆园吏。洛阳年少:指汉代贾谊。贾谊是洛阳人,年少为文帝所重用。龙门太史令:指司马迁。《史记·太史公自序》:"迁生龙门,耕牧河山之阳。"龙门即今陕西韩城龙门山。

⑪夔州:指杜甫。杜甫晚年漂泊到夔州后,诗艺达到了最高峰。

⑫"卑田"二句:卑田院,也称"悲田园",收容乞丐

的养济院。宋人高文虎《蓼花洲闲录》中说:"苏子瞻泛爱天下士,无贤不肖欢如也。尝自言:'自上可以陪玉皇大帝,下可以陪悲田园乞儿。'"

⑬安石:东晋谢安,字安石。

⑭躬:指亲身游览。

⑮王安道:王履,字安道,江苏昆山人。工诗文,善绘画,曾游华山,作图四十幅,奇秀绝伦,另有华山游记数篇。明初卒。李于鳞:李攀龙,字于鳞,有《太华山记》。袁中郎:袁宏道,字中郎,有《华山记》。

⑯欺慊:欺骗,嫌疑。

⑰孙兴公:东晋孙绰,字兴公,曾作《天台山赋》。

⑱惠泉:即惠山泉,在江苏无锡,号称天下第二泉。

⑲买山而隐:《世说新语·排调》:"支道林因人就深公买印山,深公答曰:'未闻巢由买山而隐。'"

⑳兵解:道家称学道的人死于兵刃为兵解,意谓借兵刃解脱躯体而成仙。

【赏读】

这是王思任为友人李道生《五游草》所写的序文。"五游"指游览五岳,《五游草》是李道生游览五岳归来后写成的游记。

《孟子》曰:"颂其诗,读其书,不知其人可乎?"强调在欣赏和分析文学作品时,须先了解作者其人。序文也是如此。文章并没有用太多的笔墨评价《五游草》，而是把主要篇幅用来介绍李道生本人，因人以见文。

序文开头先提出"高人"这一概念，又从黄帝、穆天子引出严忌、向平、谢灵运、宗炳、孙登等人。这些人学问品性或有不同，但皆好游山，其"欲翘视八荒，尘秽下土"的志向相同，因此"所高不同，厥揆一也"。写严忌、向平诸人，正是为了烘托李道生。

然则李道生何许人也？其人孝友廉介，诗文俱佳。王思任用"芒鞋鞍沓，乱发骚萧"描述他的衣着外表，"逢着便吃，到处为家，一僮一仆，可行可止"表现他的行为举止，"有好书靡不购，有好友靡不交，有好句靡不勒，有好园靡不径入，有好花石靡不赏，有好名姬妙季靡不得其欢心"展示他的爱好和个性。非但如此，又"卑田可狎，玉皇可陪"，足见李道生纵情不羁、豁达磊落的气度。其人如此，其文自然不难想见。

本文条理清晰，流利明快，叙写李道生的行事及个性，颇为生动，可见王思任巧妙的文思和不凡的才情。

李贺诗解序

有明霞秀月之赏,则必有崩云涌雪之惊;有练川楮陆之平①,则必有雁荡龙门之怪②;有典谟训诰之正③,则必有竹坟石鼓之奇④;有《论语》《孟子》之显,则必有墨兵蒙宼之幻⑤。穷则定至于变,通则适反其常,此不易之理也。然而变起于智者,又通于智者。三百篇⑥,诗之大常也,一变之而骚⑦,再变之而赋⑧,再变之而选⑨,再变之而乐府,而歌行,又变之而律⑩,而其究也,亦不出三百篇之范围。唐以律取士,犹今日之时文也。人守其韵,世工其体,几于一管之吹。李贺以僻性高才,拗肠肝眼⑪,跳梁其间。其最称笔砚知者,镜深绎隐之韩愈,而所极臧隶视者⑫,明经中第之元稹也⑬。

贺既唾空一世,世亦以贺为蛇魅牛妖,不欲尽掩其才,而借父名以锢之⑭。盖不待溷中之投⑮,而贺之傲忽毒人,将姓氏不容人间世矣。贺既孤愤不遇,而所为呕心之语日益高渺,寓今托古,比物征事,大约言悠悠之辈，何至相吓乃尔[16]！人命至促，好景尽虚，故以其哀激之思，必作涩晦之调，喜用鬼字、泣字、死字、血字，如此之类，幽冷溪刻，法当夭乏，敖陶孙考之为食露盘也[17]。顾其冥心千古，涉目万书，嘿空绣阁，掷地绝尘，时而蛮吟，时而鹦鹉语，时而作霜鹤唳，时而花肉媚眉，时而冰车铁马，时而宝鼎熇云[18]，时而碧磷划电，阿闪片时[19]，不容方物。其可解者，抱独知之契，其不可解者，甘遁世之闷。即杜牧之接踵最密[20]，犹以为殊不能知也。

扬雄之言曰[21]："子云之后，自有子云。"贺死八百年，而山阴有徐渭者，嗜奇如错[22]，能以叔敖为贺[23]，而亦能以侯芭解贺[24]，然喉间尚咯咯而神未干也[25]。又三十年而曾益出[26]，立贺于旁，推心代口，一一诘之，而一一通之。通其浑沌[27]，如取浴室之风，日凿一窍；通其棼乱，如蚌灰瀹发，从本至条，颖颖见顶；通其乖隔，如舌人辩语[28]，九译响应，一说兰闍，而无不笑悦[29]；通其艰险，如危桥耐雪，又如五丁蚕铲蜀嶂[30]，乞天一线，惠人以猿鸟之路；通其利病，如仓公切脉[31]，低徊久之，肺何以浮而肝何以沉；通其谜隐，有山鞠穷乎[32]，曰有，而令壶蛆、老柏涂，不能苦方朔也[33]；通其玄古，则岣嵝之碑倒读[34]，而赤文之龟堕甲矣。盖益灵机刃豁，博记茧抽，八面互观，三长竞用，以蔬视菖蒲㉟，以衫处火浣㊱，神不为贺欺，而才欲出贺上。惟其有之，是以似之，惟其似之，是以通之。即使贺见此书，亦必哑然大笑，自谓深谷之逃影。今而后，诗可以怨者，其变尽出，贺亦了不异人意矣。涔涔之头，得楚太子涊然一汗㊲，而中心痒痒，麻姑为我数抑搔也㊳，真古今痛快事哉！一时纸贵，请自隗始㊴。益字谦，亦越之山阴人。

【注释】

①练：白练。楮：一种树，皮可造纸。此处用以形容陆地平坦。

②雁荡：雁荡山，在浙江乐清。龙门：龙门山，在陕西韩城。

③典谟训诰：指《尚书》中的《尧典》《大禹谟》《汤诰》《伊训》诸篇。

④竹坟：晋太康二年（281），汲郡（治今河南卫辉）一个名叫不准的人盗发魏襄王墓（或言安釐王冢），得竹书数十车。石鼓：唐初在天兴三畤原出土十块鼓形石，上刻籀文四言诗，相传为周宣王时所制。

⑤墨兵：《墨子·公输般》记墨子与公输般比试攻城的兵器而获胜。蒙寇：蒙指庄子，庄子是蒙地人；寇指列御寇。《庄子·逍遥游》："列子御风而行，泠然善也。"

⑥三百篇：指《诗经》。

⑦骚：《离骚》，此指骚体诗。

⑧赋：汉代大赋。

⑨选：指《昭明文选》中所收诗歌。

⑩律：律诗，指近体诗。

⑪盰（gàn）：张目。

⑫臧隶：仆役。

⑬明经：唐代取士有明经、进士二科，明经为人所轻视。元稹：即元稹，李贺同时代诗人，以明经制策入仕。

⑭"而借"句：李贺父名"晋肃"，妒忌李贺者言"晋"与"进"同音，故李贺应避父讳而不得举进士，李贺因此而未能参加进士考试。

⑮溷（hùn）中之投：《徐氏笔精》卷六："《东观余论》云：李藩尝辑李贺诗歌，所得甚富，闻贺有表兄，与贺笔砚之旧，因示之。其人甚喜，且请借阅。久之不还，李公屡索，乃曰：'素恶贺傲，常思报之，遗文已投溷中久矣。'"溷，茅厕。

⑯相吓：《庄子·秋水》："夫鹓雏，发于南海而飞于北海，非梧桐不止，非练实不食，非醴泉不饮。于是鸱得腐鼠，鹓雏过之，仰而视之曰：'吓！'"

⑰敖陶孙：字器之，号臞翁，一号臞庵，福清人。南宋韩侂胄用事，朱熹被贬，敖陶孙时游太学，以诗送之；赵汝愚死于贬所，以诗哭之。韩侂胄怒捕之，变姓名亡命得免。《诗人玉屑》卷二《臞翁诗评》："李长吉如武帝食露盘，无

补多欲。"

⑱燺（kǎo）：通"烤"。

⑲阿闪：指闪电闪耀。

⑳杜牧：唐代诗人，与李贺友善。

㉑扬雄：字子云，西汉晚期著名文士。

㉒错：海错，海中珍味。

㉓叔敖：孙叔敖，战国楚国令尹，死后其子贫，优孟穿其衣冠模仿其行为，与楚王交谈，楚王为其所动，赏赐孙叔敖之子。此指模仿。

㉔侯芭：汉代扬雄的弟子，扬雄死后，为之守丧三年。

㉕王：旺。

㉖曾益：字谦，明代浙江山阴人。

㉗浑沌：《庄子·应帝王》："南海之帝为儵，北海之帝为忽，中央之帝为浑沌。……儵与忽谋报浑沌之德，曰：'人皆有七窍，以视听食息，此独无有，尝试凿之。'日凿一窍，七日而浑沌死。"

㉘舌人：古代的翻译官。

㉙"一说"二句：《世说新语·政事》："王丞相拜扬州，宾客数百人，并加沾接，人人有悦色，唯有临海一客姓任及数胡人为未洽。公因便还到过任边，云：'君出，临海便无复人。'任大喜悦，因过胡人前，弹指云：'兰闍，兰闍。'群胡同笑，四坐并欢。"兰闍，梵语"王"的意思，转为尊美他人的敬称。

㉚五丁：战国秦惠王时蜀国的五个力士，开辟了由秦通蜀的道路。

㉛仓公：淳于意，汉初名医。

㉜山鞠穷：一种药，可治风湿。《左传·宣公十二年》："叔展曰：'有麦曲乎？'曰：'无。''有山鞠穷乎？'曰：'无。'"

㉝"而令"二句：《汉书·东方朔传》载东方朔与郭舍人竞猜隐语："（郭舍人）即妄为谐语曰：'令壶龃，老柏涂，伊优亚，狋吽牙。何谓也？'朔曰：'令者，命也；壶者，所以盛也；龃者，齿不正也。老者，人所敬也；柏者，鬼之廷也；涂者，渐洳径也。伊优亚者，辞未定也。狋吽牙者，两犬争也。'"

㉞岣嵝之碑：也称"禹碑"，后人附会为夏禹治水时所刻，在衡山。凡七十七字，似缪篆，又似符篆。

㉟菖蒲：草名，生于水边，有香气，根可入药。

㊱火浣：火浣布，即石棉布，耐火。

㊲"楚太子"句：汉枚乘《七发》："楚太子涊（niǎn）然汗出，霍然病已。"涊然，出汗的样子。

㊳麻姑：传说中女仙。《神仙传》言东汉桓帝时，仙人王方平降于蔡经家，召麻姑至。蔡经见麻姑手指纤细如鸟爪，自念："若背大痒时，得此爪以爬背，当佳也。"

㊴请自隗始：《战国策·燕策一》载燕昭王厚币招贤者，郭隗对燕昭王说："今王诚欲致士，先从隗始；隗且见事，

况贤于隗者乎？岂远千里哉？"

【赏读】

这是王思任为曾益《李贺诗解》所作的序文。曾益是明末清初人，生平资料较少，据清人徐沁《明画录》卷六记载："曾益字谦六，号鹤岗，山阴人。善诗，注李贺《昌谷集》行世。"王思任集中有《曾氏世乘序》，首云："予读曾益《世乘》，益泚然愧焉。……至曾氏子何毅也。"从"曾益""曾氏子"等称谓来看，曾益的年龄比王思任小许多。曾益的字有"予谦""谦六""谦受"等各种记载，王思任是其同乡，二人又有交往，序文记"益字谦"，当以字谦为是。

李贺诗用词诡丽，意象奇特，并不易读。曾益此书分题解、考注和诠解三部分，是明代李贺诗注释本中篇幅最大、内容最丰富的一种，前人对此书多有好评，如郎文唤评曰："（曾益注解）综核必期其详，阐发必求其尽……了然如黑白之具陈，而涣然如春冰之尽释也。"这与王思任序文中"立贺于旁，推心代口，一一诘之，而一一通之"的评语正不谋而合。

明代中期，李梦阳、何景明、李攀龙、王世贞等前后七子相继而起，提倡"文必秦汉，诗必盛唐""不读大历以下书"。一时之间，复古理论席卷文坛。然而，七子派的诗作讲究声调格律，内容易流于空泛，由于过于模拟古人，失却诗人的本来面目。因此，到了万历以后，文坛涌起一股"反七子""反拟古"的思潮，提倡"真诗"、反对拟古渐渐成为当时文坛的主流。反对者拈出中晚唐诗来与主张"诗必盛唐"的七子派相抗衡。李贺诗格别具特色，是中晚唐诗风转变时期的代表人物，因此成为晚明时期七子派反对者认可的典范，注释李贺诗由此具有了反对拟古的现实意义。王思任的文学主张与提倡"真诗"、反对拟古者相一致。在这样的背景下，曾益为李贺诗集作注显然不是偶然之举，而王思任为曾益注本作序也自有其深意，并非出于同乡之谊。

　　本文包含大量典故，显得奇丽而艰涩，这与李贺诗风多有类似。作者模仿李贺诗风为其诗注作序，颇有逞才之意。纵观王思任的序文游记，不难发现他的文风与李贺这种奇丽艰涩的风格相去不远。或许，在王思任心中，也颇引李贺为同调吧。

徐文长逸稿序①

文章之托生，与人无异，有从天而下者，有从星辰岳渎而降者，有仙佛度世者，有神道转轮者，有龙鬼精怪投胎吐气者。天之文大而近，星辰岳渎之文奥而尊，仙佛之文旨而导，神道之文肃而准，龙鬼精怪之文奇而幻。吾以五经窥之，《易》如天，《书》如星辰岳渎，《诗》《礼》如仙佛，《春秋》如神道。而龙鬼精怪之文，跳梁佻侥②，每见于诸子百家。盖此数族，实出一冶，虽带乾坤之驳气③，而原夺乾坤之间气④，正未易材也。三代以前不可考⑤，吾于短长时寻屈原⑥，寻列御寇⑦；于汉唐下寻王褒⑧，寻扬子云⑨，寻维摩诘⑩，寻李贺，寻韩柳⑪，寻王荆公⑫；于明寻孙太初、桑民怿、卢次楩、王稚钦、天池山人徐渭⑬。

渭之才，更刁悍尖湍，欲据诸公之项而锥其颡。口无旧唾，不少讥呵，目不再览，每多盱放⑭。又性癖洁，阴瘠，不爱钱，贫即鬻自所书画，得饮食便止，终不蓄余钱。不惧死，甚至感愤狂易，椠耳锤囊，终不死。不喜富贵人，纵飨以上宾，出其死狱，终以对贵人为苦，辄逃去，与不如公荣者饮即快[15]。卒然遭之，科头戟手[16]，鸥眠其几，豕接其盆[17]，老贼呼其名字，饮更大快。一有当意，即衰童、逼妓、屠贩、田僮[18]，操腥熟一盛，螺蟹一提，敲门乞火，叫拍要挟，征诗得诗，征文得文，征字得字。见激韵险目，走笔千言，气如风雨之集。虽有时荣不择茅，金常夹砾，而百琲之珠[19]，连贯沓来，无畏之石，针坚立破。英雄气大，未有敢当文长之横者也。文长意空一世，宁使作我[20]，莫可人知，绝不欲有枕中之授[21]，亦不乐有名山之封[22]，故所著作，随付随佚。

袁中郎从陶周望架上得其《阙篇》等集[23]，一夜狂走，惊呼拜跪，业已梓播人间[24]。而张文恭父了雅与文长游好[25]，闻见既多，笔札饶办。其孙宗子箕裘博雅[26]，又广搜之，得逸稿，分类如干卷。读其文，似厌薄五侯之鲭[27]，独存蔬笋之味。又如着短后之衣[28]，縋险一路，杀讫而罢。读其诗，点法、倒法、脱法、藏法，漉趣织神，每在人意中，攘脆争可，巧迸口头，必不能出者，而文长一语喝下，题事了然。读其四六[29]，在黛眉淡骨之间。读其隐字、对偶诸技，以天成者佳，以人胜者逊，通方言者佳，以越语者逊。总之，灵异立成，爪发皆蠹，予断以龙鬼精怪之文，起文长而署之，应以牍受，为我楚舞，饮八斗而醉二参也。

是集也，经予雠阅者什三[30]，予有搏虎之思[31]，止录其神光威沈[32]，欲严文长以爱文长。而宗子有存羊之意[33]，不遗其皮毛齿角，欲仍文长以还文长。谋不同而道自合，海内愿沽者众，其必有以处兹玉也矣。

【注释】

①徐文长：徐渭，字文长，号天池生，又号青藤道人，山阴（今浙江绍兴）人，明嘉靖后期至万历年间著名文士。

②跳梁：跳跃。侁（shēn）侁：众多的样子。

③驳气：驳杂不纯之气。

④间气：《春秋演孔图》："正气为帝，间气为臣。"古谓帝王臣民各受五行之气以生，正气各主一气，而间气不主一气。

⑤三代：指夏、商、周三代。

⑥短长：指战国。战国时纵横游说之术又称短长术。

⑦列御寇：战国时郑人，相传著有《列子》一书。

⑧王褒：西汉辞赋家，字子渊，与扬雄并称"渊云"。

⑨扬子云：西汉末扬雄，字子云。

⑩维摩诘：唐代王维，字摩诘。

⑪韩柳：韩愈和柳宗元。

⑫王荆公：王安石封荆国公。

⑬孙太初：孙一元，字太初。曾辞家入太白山，因自号

太白山人。善为诗，携铁笛遍游名胜。正德间居浙江乌程，与刘麟、龙霓等结社唱和，称"苕溪五隐"。桑民怿：桑悦，字民怿，江苏常熟人，成化举人，迁柳州通判，丁忧，遂不出，为人怪妄，敢为大言以欺人。卢次楩：卢柟，字次楩，一字少楩，浚县人。以赀为国学生，博闻强记，以骚赋著名。负才忤县令，县令诬以杀人，榜掠论死。陆光祖代为县令，为之平反。后遍游吴越之间，落魄病酒而卒。王稚钦：王廷陈，字稚钦，黄冈人。正德进士，选翰林庶吉士。因谏武宗南巡，被黜知裕州，失职放废，削秩归。闲居二十年，嗜酒狎妓，狂放不羁。天池山人：徐渭的号。

⑭盱（xū）放：疏略放达。

⑮不如公荣者：《世说新语·任诞》："刘公荣与人饮酒，杂秽非类。人或讥之，答曰：'胜公荣者，不可不与饮；不如公荣者，亦不可不与饮；是公荣辈者，又不可不与饮。'故终日共饮而醉。"

⑯科头：不戴冠帽，是一种散诞、不拘礼法的行为。戟手：用食指和中指指人，形如戟，是一种傲慢、不礼貌的行为。

⑰豕接其盆：《世说新语·任诞》："诸阮皆能饮酒，仲容至宗人间共集，不复用常杯斟酌，以大瓮盛酒，围坐相向大酌。时有群猪来饮，直接去上，便共饮之。"

⑱田僮：种田的奴仆。僮，奴隶，古代对农民的蔑称。

⑲琲（bèi）：成串的珠子，珠十贯为一琲。

⑳宁使作我：《世说新语·任诞》："桓公少与殷侯齐名，常有竞心。桓问殷：'卿何如我？'殷云：'我与我周旋久，宁作我。'"

㉑枕中之授：指秘不示人。《汉书·刘向传》："上（宣帝）复兴神仙方术之事，而淮南有枕中《鸿宝》《苑秘书》。书言神仙使鬼物为金之术，及邹衍重道延命方，世人莫见。"颜师古注曰："《鸿宝》《苑秘书》，并道术篇名。藏在枕中，言常存录之不漏泄也。"

㉒名山之封：指文章传于后世。《史记·太史公自序》："藏之名山，副在京师，俟后世圣人君子。"

㉓袁中郎：袁宏道，字中郎。陶周望：陶望龄，字周望，会稽（今浙江绍兴）人，万历十七年（1589）进士第三，授翰林编修，官至国子祭酒。

㉔梓播：指刻板印刷。

㉕张文恭：张元汴，浙江山阴（今浙江绍兴）人，隆庆进士，官至翰林侍读，卒谥文恭。

㉖宗子：张岱，字宗子。箕裘：谓继承祖业。《礼记·学记》："良冶之子，必学为裘；良弓之子，必学为箕。"

㉗五侯之鲭：《西京杂记》卷二："娄护丰辩，传食五侯间，各得其欢心，竞致奇膳，护乃合以为鲭，世称五侯鲭，以为奇味焉。"五侯，即汉成帝所封母舅王谭、王商、王立、王根、王逢时五人。鲭，鱼和肉合烹成的食物。

㉘短后之衣：衣服的后幅较短，便于活动。多指戎服。

㉙四六:骈体文。

㉚雠:校勘。

㉛搏虎之思:指知止之心。《孟子·尽心下》:"晋人有冯妇者,善搏虎,卒为善。士则之。野有众逐虎。虎负嵎,莫之敢撄。望见冯妇,趋而迎之,冯妇攘臂下车。众皆悦之,其为士者笑之。"赵岐注:"其士之党笑其不知止也。"

㉜沈(shěn):汁。

㉝存羊:《论语·八佾》:"子贡欲去告朔之饩羊,子曰:'赐也,尔爱其羊,我爱其礼。'"谓存羊以保留古礼,不忍心其废弛。

【赏读】

徐渭是明代艺坛首屈一指的奇才,在诗文、戏曲、书画等方面都独树一帜,卓有成就。

人奇事亦奇。徐渭曾以布衣入胡宗宪幕,深得胡宗宪赏识。胡宗宪失势后徐渭发狂,以至自虐杀妻,经张岱曾祖张元汴竭力营救,方免死罪。关于徐渭生平,《明史·徐渭传》和袁宏道《徐文长传》记载甚详。王思任在序文中也有所提及,如"不惧死,甚至感愤狂易,椠耳锤囊,终不死。不喜富贵人,纵飨以上宾,出其死狱,终以对贵人为苦"等,将三者互相参看,颇能明了徐渭一生曲折而奇特的遭际。

在诗文创作方面,徐渭也极为与众不同。他率先反对当时笼罩文坛的拟古风气,注重在诗文中表达个人的真实情感,具有强烈的个性,因此深得袁宏道等人的赞赏。袁宏道在《徐文长传》中这样评价徐渭的诗文作品:"(徐渭诗)匠心独出,有王者气,非彼巾帼而事人者所敢望也。文有卓识,气沉而法严,不以模拟损才,不以议论伤格,韩、曾之流亚也。"王思任也称其"虽有时荣不择茅,金常夹砾,而百琲之珠,连贯沓来,无畏之石,针坚立破。英雄气大,未有敢当文长之横者也",二人都赞赏徐渭能在诗文中摆脱拟古的束缚,书写个人真情实感。

或许正是由于徐渭的诗文创作不合时调,他生前一直声名不显,死后文稿也多有散佚。万历时,徐渭文集已经不为世人所知。万历二十五年(1597)袁宏道游越,在陶望龄家偶然发现其部分诗文,读罢惊喜交加。在他的大力揄扬下,徐渭文集得以刻板印行,徐渭之名才大显于世。王思任序文中"袁中郎从陶周望架上得其《阙篇》等集,一夜狂走,惊呼拜跪,业已梓播人间"数语,正是指这段故事。这在袁宏道《徐文长传》中记载更为详细:"余一夕坐陶太史(指陶望龄)楼,随意抽架上书,得《阙编》诗一帙,恶楮毛书,烟煤败黑,微有字形。稍就灯间读之,读未数首,不觉惊跃,急呼周望(陶望龄字周望):'《阙编》何人作者?今耶古耶?'周望曰：'此余乡徐文长先生书也。'两人跃起，灯影下读复叫，叫复读，僮仆睡者皆惊起。盖不佞生三十年，而始知海内有文长先生。噫，是何相识之晚也！"徐渭文集被重新发现，不至于彻底散佚，袁宏道功不可没。

其后，张岱校辑徐渭集外遗文，编成《徐文长逸稿》二十四卷。本文是王思任为《徐文长逸稿》所作的序。王思任是张岱的同乡兼前辈，与张岱父祖交谊不浅，因此张岱在编纂《徐文长逸稿》时与王思任多有商榷。

在序文最末，王思任提到了自己的选文标准："是集也，经予雠阅者什三，予有搏虎之思，止录其神光威沈，欲严文长以爱文长。而宗子有存羊之意，不遗其皮毛齿角，欲仍文长以还文长。"张岱后来回忆此事，言之较详："文长之文前有《三集》，司籁扬之任者则陶石篑、谢宛委，宛委漫作芟除，留七漏三。后有《逸稿》，操淘汰之权者则家大父、王谑庵，谑庵狠加删削，在十去八。余年才十七，少不更事，因搜罗之艰，方欲夸多斗靡，不肯轻弃。故谑庵序曰：'予有搏虎之思，止录其神光威沈，欲严文长以爱文长；宗子有存羊之意，不遗其皮毛齿角，欲仍文长以还文长。'此言深中余病，使当时用谑庵之言，并前三集句栉字沐，既事籁扬，复加淘汰，俾成全璧，以示后人，洵属美举。乃小子何知，悉取文长称觞谀墓之文，不分妍丑，尽付劂剞。盖余初意实欲尽

发文长之长，而不知反揭文长之短。事后思之，悔无及矣。"（息耕堂抄本《徐文长佚草》卷首）

　　保留全集还是精选佳作是一个艰难的选择。保留全集呈现的是作者不加修饰的本来面目，但不免珠砾相杂；精选佳作可以呈现出作者最好的一面，却缺乏全面。可以说，无论哪种选择，都无法弥补编者不能两全的遗憾，诚如王思任所言"谋不同而道自合"。但无论何种选择，都是为了作品的保存和传播。可以说，正是由于有了《徐文长逸稿》等集的整理刊刻，徐渭的诗文作品才得以流传下来，为后人了解这位艺坛奇才提供了宝贵资料。

游唤序①

天地定位,山泽通气②,事毕矣,而又必生人,以充塞往来其间。则人也者,大天、大地、大山、大水之所托以恒不朽者也。人有两目,不第谓其昼视日,夜视月也;又赋之两足,亦不第欲其走街衢田陌,上长安道已也。瓦一压而人之识低,城一规而人之魄狭。天之下三山六水,土处一焉。一十之中,蠕蠕攘动,以尽其疆场,是恶能破蜂之房而出蚁之穴耶!

台荡诸山③,乃吾乡几案间物,今年始得看尽。归以语人,疑信相半,彼其眼足,在胸中自立一隔扇耳。司马子长聪明绝世,犹曰无昆仑④。刘梦得初见太华,以为奇尽,后识九子,而悔其言之失⑤。贤者如此,是安可以责蠕蠕攘动之百姓乎?夫天地之精华,未生贤者,先生山水。故其造名山大川也,英思巧韵,不知费几炉冶,而但为野仙山鬼蛟龙虎豹之所啸据,或不平而争之,非樵牧则缁黄耳⑥。而所谓贤者,方如儿女子守闺阃,不敢空阔一步。是蜂蚁也,尚不若鱼鸟,不几于负天地之生而羞山川之好耶！病老将至，秉烛犹迟⁷。郄诜言山行一度，洗尽五年尘土肠胃⁸。吾欲七千由旬中⁹，贤者共识其大，无被尘土竞埋其眼足也，作《游唤》。

【注释】

①游唤：王思任所作游记集。万历三十八年（1610），王思任出游浙东天台山、雁荡山一带，作此集。本书所收《剡溪》至《小洋》诸篇，均出自该集。

②"天地"二句：语出《周易·说卦》。

③台荡：天台山和雁荡山。

④"司马"二句：司马迁字子长，其《史记·大宛列传》云："《禹本纪》言：'河出昆仑，昆仑其高二千五百余里，日月所相避隐为光明也，其上有醴泉、瑶池。'今自张骞使大夏之后也，穷河源，恶睹本纪所谓昆仑者乎？"

⑤"刘梦得"四句：唐诗人刘禹锡，字梦得，其《九华山歌》序云："昔予仰太华，以为此外无奇；爱女几荆山，以为此外无秀。及今年见九华，始悼前言之容易也。"九子，即九华山。

⑥缁黄：指和尚和道士。

⑦秉烛：《古诗十九首》："生年不满百，常怀千岁忧。昼短苦夜长，何不秉烛游？"

⑧"郄诜"二句：《古今事文类聚》前集卷十四："郄

诜数月山行,喜闻樵语牧唱,洗尽五年尘土肠胃,欣然登崖临水,久之而去。"郤诜,西晋人,字广基。泰始中以贤良对策上第,累迁雍州刺史。

⑨由旬:古代印度计长度的单位,指军行一日的行程,或言四十里,或言三十里,或言十六里。

【赏读】

天台、雁荡诸山景物幽奇,是浙东名胜之地,吸引了无数文人雅士前往探奇寻幽。王思任家住绍兴,与天台、雁荡毗邻,虽"台荡之胜,入怀者廿年",却一直无暇畅游其间。万历三十八年(1610),王思任偶然读到张肃之《台游草》,游兴大起,当即与友人钮睿孺一同出游。二人从上虞出发,途经嵊县、新昌、乐清、永嘉、瑞安、青田、缙云、桐庐等地,结伴游览了天台、雁荡及周围胜迹。在游览途中,王思任写下游记若干篇,结成《游唤》一集。

《游唤》是王思任最负盛名的游记集,在当时就得到众人交口称赞。陈继儒称:"王季重笔悍而神清,胆怒而眼俊,其游天台、雁荡诸山,时懦时壮,时嗔时喜,时笑时啼,时惊时怖,时呵时骂,时挺险而鬼,时蹈虚而仙。"(《王季重先生游唤序》)陆云龙赞道:"其胆匏如,心发如,笔舌辘轳如,奴风仆雅,何尝尽废老生常谈，而类能破腐为新，妆点处顿湔尘色。而其借灵山川者，又非山川开其性灵，先生直以片字镂其神，辟其奥，抉其幽，凿其险，秀色瑰奇，踞其巅矣。"（《王季重先生小品序》）据张岱《王谑庵先生传》记载，自《游唤》一出，王思任顿时"文誉鹊起"，可见其在时人心目中的地位。

本文是《游唤》自序。在序文中，王思任认为山水聚集天地精华，却总为"野仙山鬼蛟龙虎豹之所啸据"，偶然有人涉足其间，又多为樵夫、牧童、僧人、道士之流，所谓贤士则大多只在城市中活动，"不敢空阔一步"，没有胸襟和胆量游览各地名山大川。因此王思任此行遍游台荡诸山，希望能尽情领略山川壮丽的美景，不"负天地之生而羞山川之好"。《游唤》精彩异常，具有独特的文学和艺术价值，使浙东名胜增色不少，真如陆云龙所评："若先生诸记，大有造于山矣。"（《皇明十六家小品》）

律陶序①

少贫,攻举业,居长安肥锦之冲②,解腹探肠,缕缕浓热。忽从友人所见靖节先生集③,持向西山松风下读之,寒胎夙契,不觉雪洽冰欢。嗣后靦颜三仕为令,颇遭呵骂。归作蠹鱼④,检先生集,童子赞叹,朱墨犹丹,又不觉血潮之湃于首也。老坡高节万仞⑤,文章不许人傍只字,犹时时抄写《归去来辞》。盖先生齿颊之余,不第芬清可剔,其朝闻夕死之悟⑥,言言圣谛,可以澹生,可以飨日,可以解劳,可以驱怖。了得此一大事,乃贯顶海音,不容思议,故足述也。

予既日述先生诗,园居之暇,偶尔咏事,或有追思,戏以先生诗作律,而即以律律先生律者,先生之所攒眉也⑦,而见此律,则必当眉开十丈,笑谓是子也善盗。若大坡以为尔饾此文葆何难,则有答:譬之弈棋,得先手者便高。如髯翁五言十首,炙《归去辞》为文脍⑧,亦又何难矣,老坡又将佞我乎哉?

【注释】

①《律陶》：王思任诗集之一，皆五律，集陶渊明诗句。

②长安：代指京都，即北京。

③靖节先生：陶渊明的谥号。

④蠹鱼：蛀蚀书籍的虫，此指埋头读书。

⑤老坡：即苏轼，苏轼号东坡居士。

⑥朝闻夕死：《论语·里仁》："朝闻道，夕死可矣。"

⑦攒眉：慧远居庐山东林寺，与刘遗民等十八人同修净土，中有白莲池，号莲社。以书召陶渊明，渊明曰："若许饮则往。"许之，遂造焉，忽攒眉而去。见《莲社高贤传》。

⑧"如髯翁"二句：苏轼有《归去来集字》十首，俱五言，集《归去来辞》中字为之。髯翁，指苏轼，苏轼多髯。

【赏读】

陶渊明一身傲骨，淡泊名利，不肯随世俯仰，甘心归老田园，其"采菊东篱下，悠然见南山"的高士风致，为后人称道。王思任曾拜谒陶公祠，题诗曰："上下偶分定，折腰岂尽辱。居官只醉饱，又不在秩粟。信如先生言，较量仍傲俗。我来部彭泽，高风拜凛穆。江水何汪洋，四山青矗矗。三年必有成，八十日而足。鸿冥别自深，雀燕徒猜卜。"诗中流露出作者景仰先贤之意。

陶渊明人品既高，诗作更是不俗。大诗人苏轼甚好陶诗，以为陶诗"质而实绮，癯而实腴，自曹刘鲍谢李杜诸人，皆莫过也"。他曾集《归去来兮辞》中文字作五言诗十首，又作《和陶诗》百余首，"至其得意，自谓不甚愧渊明"（苏辙《追和陶渊明诗引》）。其后效仿者络绎不绝，金代诗人赵秉文，元代诗人郝经、刘因等，皆有《和陶诗》存世。

王思任此番别出心裁，变"和陶"为"律陶"，集陶渊明诗句为五律，共计三十余首，编为《律陶》集。此文是《律陶》集的自序。文中叙述自己读陶诗的经过，认为其诗"不第芬清可剔，其朝闻夕死之悟，言言圣谛，可以澹生，可以飨日，可以解劳，可以驱怖"。可见文辞之外，王思任更欣赏陶诗中蕴含的哲人思致。

陶诗本为五言古诗，每篇自有其脉络结构。王思任集陶诗中律句为己作，却少有龃龉之处，宛然自家笔下流出，且诗味浓醇，大有风人之致，堪称集句高手。试举《将至京》一首，以窥豹一斑。

《将至京》："平原独茫茫，道路回且长。不眠知夕永，投策命晨装。一朝敞神界，回顾惨风凉。引我不得住，忆此断人肠。"

八句诗依次出自陶诗《拟古》（其四）、《饮酒》（其十）、《杂诗》（其二）、《始作镇军参军经曲阿作》、《桃花源诗》、《杂诗》（十二）、《杂诗》（其五）、《杂诗》

(其三)，但从全篇来看，却又自然妥帖，不着拼凑痕迹。

王思任在文末对陶渊明大发谑语："先生之所攒眉也，而见此律，则必当眉开十丈，笑谓是子也善盗"，又引苏轼作陪衬，认为《律陶》与苏轼《归去来集字》一般巧妙，不同者只在谁能"得先手"，饱含了作者自许之意和尚友古人的自得之情。

墨苑序

古人左图右书，未尝以书废图也。书主义，图主象，象则形模备，轨式彰，按而索之，其故可求，披而玩之，其感易入，故义所不能详与所不能发者，且将借径于图矣。后之学者，习偷而乐简，曰："吾惟取足于义理之学。"则有并训诂声韵胥失之者，何有于图？是以谭玄课寂，钩深致远，未始不历历可听；而诘以器法之详，时代之变，有舌拆而不得下。正如绘士喜图鬼神，恶图牛马，非牛马轶于鬼神，则骋虚易而稽实难也。

新安程典客幼博①，乃能邃精于古，而寓图于所制之墨。其图括两仪②，汇万象，捃集经史③，扬抠珍奇④。宇内博雅君子，凡交欢幼博者，鸿章短制，共从而赞述之，因付雕几以行，名曰《墨苑》。而品类名物之夥⑤，恢奇谲诡之观，于是乎大备，则亦浏览家所不废也。揆诸左图右书之故，吾将礼失而求诸野乎？客曰："不然，墨者，晦也，晦则宜如无名之朴，以希象帝之先⑥；而藻之缋之⑦，几于尽人官之巧，则溺其质之谓何也？"王子曰："唯唯否否。夫墨缘文效采，文缘墨扬葩，两者交相用，而复交相赉⑧，则何至交相愈乎⑨？《诗》有之：'金玉其相，追琢其章⑩。'彼所恶于文者，质先监耳。幼博既匪挚挚忄一于墨⑪，吾固尝怪其减值以售。而取烟合剂之妙，巧心独运，成法不能拘，而边见益不能测，即光比漆，锋比截，幼博视之，又奚逊焉？幼博盖俾夫人磨墨者，濡染助椽笔之光华；墨磨人者⑫，玩弄当简编之该洽，文质之间已彬彬矣。而第闻子墨之族，有名白者，呈材则垩，著物则黝⑬，于幼博螺量九枚中⑭，庚可益而苑之乎⑮？"客戄然曰："幼博冥搜之余，岂不辩此？所不此辩，亦惟是集蓼以来⑯，为学日益，为道日损⑰，老氏所云'知白而守黑'者也⑱。"嗟夫！幼博进于技，且进于道矣。谁为输攻者乎⑲？幼博之墨守，可无假丸泥，而之图也，直其游艺之一斑尔。

【注释】

①新安：徽州的古称，治所在安徽休宁县。程幼博：程大约，字幼博，一字君房，休宁人。是制墨名家。典客：官名，掌管郊庙祭祀和朝觐的赞礼事务。

②两仪：天地。

③捃：拾取。

④扬扢（gǔ）：显扬。

⑤夥：多。

⑥象帝之先：《老子》："吾不知谁之子，象帝之先。"谓道在天帝之前，先天地而生。

⑦缋（huì）：同"绘"，绘画。

⑧贲：装饰。

⑨瘉：病，害。《诗经·小雅·角弓》："不令兄弟，交相为瘉。"毛《传》："瘉，病也。"

⑩"金玉"二句：《诗经·大雅·棫朴》："追琢其章，金玉其相。"相，质。追琢，雕琢。

⑪什一：指商人追求获得成本十分之一的利润。

⑫墨磨人：《苏轼文集》卷七十："石昌言蓄李廷珪墨，不许人磨。或戏之曰：'子不磨墨，墨将磨子。'今昌言墓木拱矣，墨固无恙，可为好事者之戒。"

⑬"有名"三句：《天中记》："近黟歙间有人造白墨，色如银，迨研讫，即与常墨无异，未知所制之法。"

⑭螺量：螺和量都是墨的量词。《北户录》："墨为螺、为量、为丸、为枚。"

⑮庚：通"更"。

⑯集蓼：谓遭遇苦难。《诗经·周颂·小毖》："未堪家多难，予又集于蓼。"毛《传》："我又集于蓼，言辛苦也。"

⑰"为学"二句：《老子》："为学日益，为道日损。损

之又损，以至于无为。"

⑱"老氏"句：《老子》："知其白，守其黑，为天下式。"

⑲"谁为输攻"句：公输般为楚造云梯，将以攻宋。墨子闻之，乃为守宋之具。至楚，与公输般演攻守之战于楚王前。公输般九设攻城之机变，墨子九距之。见《墨子·公输》。

【赏读】

万历年间，徽州以制墨闻名天下，其中最为知名的墨工要数休宁人程大约。程大约制墨博取众家之长，不受陈法约束，讲究配方、用料、墨模，首创超漆烟墨制法，被誉为李廷珪后第一人。据说，程大约所制之墨坚而有光，黝而能润，舐笔不胶，入纸不晕，其得意之作有"玄元灵气""寥天一""重光""妙品""贝多""芎泽""百子榴""青玉案""合欢芳"等。他曾自言"我墨百年后可化黄金"，董其昌也赞道"百年之后无君房，而有君房之墨；千年之后无君房之墨，而有君房之名"。（《程氏墨苑序》）可见其墨很为时人看重。

《墨苑》又称《程氏墨苑》，共十二卷，分玄工、舆图、人官、物华、儒藏、缁黄六类，由程大约编，画家丁云鹏等绘图，徽刻名工黄应泰等手刻，徽州滋兰堂套色印刷。这是一部杰出的墨法集要和墨谱图集，被郑振铎称为版画之国宝。

《墨苑》在正文之前有十八篇序文，除程氏本人外，还有申时行、董其昌、利玛窦等十七人为之作序，大多都是当时名流，可见程大约对此书极为重视。王思任的这篇《墨苑序》正是这十八篇序文之一。

《墨苑序》从左图右书的古义着笔，指出图画与文字同样重要，而时人多轻视图画，看重文字，由此巧妙地过渡到《墨苑》一书。然后又绾合墨与图的诸多典故，以主客对答的形式层层展开，极力赞扬程大约高超的制墨技艺，于寻常处翻出无限新意。作者巧妙的才思和不凡的笔力，于此可见一斑。

黄评事闇斋吟稿序[1]

予与履素同函席,两髫覆额也。予犷黠,履素雅弱,饶沉挚。饼栗相啖,衣履相错,书籍相把,著作相赛。文则褒博互雍,武则拳踝立动。犹记两相䎡挟,一不胜予,亟呼其力来助,予目射之,而不自归命,子无窘所矣。履素恐蹈公气,一笑而罢。是时履素喜读《史》《汉》,方驾手右丞、工部诗[2],唔唔呓呓,予笑之曰:"家鸡不养打野鸭。"履素还酬之曰:"铁牛背上着蚊虫。"言无庸尔着喙也。三十六年来,风烟分隔,予一官如薤,削诛以至于尽,久老鉴湖钓碣[3];而履素才以棘寺起家[4],舟车南北,边腹间关,悉以其忧天悯人,思亲报主,屈折感难,维衰起敝之念,发为《闇斋吟稿》寄予。迫视之,毛骨采毦[5],暧喉笙暖[6],玉引仙官,而香栩梅叟也。陈思王颂友[7],颜彦先赠妇[8],谢灵运游山,王右军种果[9],不足以出其欢也。失初岁之乳,割中道之携,吊不归之鹤,哀再至之鸿,如身处茕茕,问天不答,不足以出其苦也。轩辕先生气丝立顶⑩,万发铁直,楚重瞳冰纹裂眦⑪,千人目废,斩衣嚼齿⑫,折槛触旒⑬,不足以出其愤也。然而忠厚和平之旨,又每每溢于眉外。盖履素大忠大孝,大节大情,经济学问,郁浡半生⑭,而得一第,当事者不即置之解徽别利之场⑮,而仅仅以名格随牒,虽云龙雾豹,呵角惜斑,不自跃冶,而吁天喝海,铺霖走魅,其精光威沈有不可一日忍者矣。葵阳先生在长安时⑯,经筵下马⑰,鱼装未投⑱,即昵就予两儿,索日课。中丞履常公曾书数行字好⑲,先生喜动颜色曰:"大郎写欧,已有八九,子可效之。"若使硕宽堂上⑳,载睹是篇,先生当何如解颐也耶?予言往事,以贻履素,将复泫然呜咽不能已也。

【注释】

①黄评事:黄承昊,字履素,号闇斋。浙江秀水人。万历进士。历官福建海防按察司副使,以平海寇功,调广东按察使,致仕归。

②右丞:指王维,王维官至尚书右丞。工部:指杜甫,杜甫曾任工部员外郎。

③鉴湖:在浙江绍兴西南。

④棘寺:大理寺的别称。

⑤采毸:羽毛张开的样子。

⑥笙暖：指对笙簧加热，使音质清亮。周密《齐东野语·笙炭》："自十月旦至二月终，日给焙笙炭五十斤，用绵熏笼，藉笙于上，复以四和香熏之，盖笙簧必用高丽铜为之，艳以绿蜡，簧暖则字正而声清越，故必用焙而后可。"

⑦陈思王：三国魏曹植封陈王，死后谥号"思"，故后世称其为"陈思王"。颂友：曹植有《离友》诗，记他与友人夏侯威的离别之情。

⑧颜彦先赠妇：晋陆机有《为颜彦先赠妇》诗，中有"隆思辞心曲，沉欢滞不起"之句。颜彦先，一作顾彦先，名荣，西晋吴人，为尚书郎。

⑨王右军种果：王羲之《十七帖》："吾笃喜种果，今在田里，惟以此为事。"王羲之官至右军将军，世称王右军。

⑩轩辕先生：轩辕集，唐宣宗时道士。《古今事文类聚》引《大中遗事》："轩辕先生居罗浮山，宣宗召禁中问道术。能散发箕踞，用气攻其发，条条如铁线直。"

⑪楚重瞳：指项羽，《史记·项羽本纪》载项羽重瞳。

⑫斩衣：战国豫让是智伯门客，赵襄子灭智伯，豫让为替智伯报仇，多次行刺赵襄子均未能得手，后请求斩赵襄子之衣，襄子义之，与之衣，豫让拔剑斩衣，然后自杀。见《战国策·赵策一》。嚼齿：《旧唐书·忠义传·张巡》："及城陷，尹子奇谓巡曰：'闻君每战眦裂，嚼齿皆碎，何至此耶？'"

⑬折槛：汉槐里令朱云朝见汉成帝时，请赐剑以斩佞臣

安昌侯张禹。成帝大怒,命将朱云拉下斩首。朱云攀殿槛,抗声不止,槛为之折。经大臣劝解,得免。见《汉书·朱云传》。触旂:未详。

⑭郁涬:郁结壅塞。

⑮徽:绳索,束缚。

⑯葵阳先生:黄洪宪,号葵阳,黄承昊之父,王思任年少时的老师。

⑰经筵:皇帝为研读经史而特设的御前讲席,由侍读学士轮流入侍讲读。

⑱鱼装:官服。鱼,指高级官员的金鱼佩。

⑲履常:黄承元字履常,黄承昊之兄,历官副都御史,巡抚福建。

⑳硕宽堂:黄洪宪堂名,其后黄氏一直沿用至清初。

【赏读】

这是王思任为同学兼好友黄承昊的诗稿所写的序文。王思任十三岁入黄洪宪门下,与其幼子黄承昊同窗数载,情谊很深。文章回忆往事,情动于中,极为真切生动。

本文开头先回忆了二人同窗读书的情景,"饼栗相啖,衣履相错,书籍相把,著作相赛。文则褒博互雍,武则拳踝立动"。二人在年少时一起读书嬉闹,无比亲密。当时所学以应举为主,但黄承昊却更喜欢读古诗文。王思任嘲弄他是"家鸡不养打野鸭"。这句话出自"家鸡野鹜"的典故。据《晋中兴书》记载,庾翼少年时书法与王羲之齐名,后来王羲之书名渐长,庾翼很不服气。他出镇荆州时,给京城友人写信道:"小儿辈厌家鸡,爱野雉,皆学逸少书,须吾下,当比之。"家鸡指庾翼自己的书法,野雉指王羲之的书法。庾翼用家鸡野雉打比方,说:年轻人现在都爱学王羲之书法,等我从荆州回来,当与之一较高下。"家鸡野雉"后也称"家鸡野鹜。""野鹜"就是"野鸭"。在文中,"家鸡"指应试八股文,"野鸭"指《史记》、《汉书》、唐诗等与应试无关的"杂书"。王思任用"家鸡野鹜"的典故嘲弄黄承昊不专心学习八股文,准备科举考试,反而在"杂书"上浪费时间。黄承昊则反唇相讥道:"铁牛背上着蚊虫。"牛背如铁,蚊虫自然无从着喙,意指不需王思任多管闲事。嘲谑之间,尽显二人亲密之态。

或许因为耽于古诗文,又或许因为时运不佳,黄承昊很晚才考中进士。王思任熟知黄承昊的才能和品性,看到"当事者不即置之解徽别利之场,而仅仅以名格随牒",觉得十分可惜。暗叹人才可惜。黄承昊只能把一腔"忧天悯人,思亲报主,屈折感难,维衰起散之念"全部寄托在诗稿当中。在王思任的这些叙述中,体现了二人感情的深挚。

文章结尾处颇为感人。王思任回忆老师黄洪宪生前很关心二子学业,而如今黄承昊不但进士及第,还撰成诗稿一部,不辱家风,老师却已久居泉下。斯人若在,定不知该如何欢喜。笔墨之中,寓有无限伤感。

全文回忆往事,因人而及诗,又因诗而及人,脉络分明,情感真挚,可见王思任在谐谑之外别有深情的一面。

江深父五一草序

栗里先生解绶还①,据其孤辣之性,松菊正好,何以赏五柳而宅之也②?意谓吾实有腰,宁使之披风拂水,鸣蝉听锻③,且日亭午得三眠耳④。深父刺武冈⑤,日食溳水一盂⑥,李官求玉不可⑦,心不乐与同污,亟谢病去,大吏强尼之⑧,不得归。筑圃一亩,池一方,而植一柳其上,以傲栗里先生之五。栗里后游城郭,犹尔一羡华轩,而深父约面禁趾,绝不晤一俗子,亦不知东邻西苑为谁氏,视门外六桥,不啻章台尘陌之聚。此深父先生之柳,虽分根于栗里,而其寒清飘洒之致,更濯濯可喜也。栗里作诗,至澹至绮;而深父独谢其绮而摹其澹,以为天下之和平简易无如诗,更无如柳者。又因柳以通诗,则虽谓之深父先生之柳别开一枝眼,亦何不足以抗栗里之腰也哉?而犹命之曰"五一"者,景栗里而少取之,谦词也。其人不亡,则其诗存,其诗存,则其柳不坠。工部有云"老树空庭得"⑨,又云"独树老夫家"⑩,千载而下,知此语可与言诗，可与测深父之诗也矣。

【注释】

①栗里先生：指陶渊明，陶渊明曾居于栗里。

②五柳：陶渊明《五柳先生传》："先生不知何许人也，亦不详其姓字，宅边有五柳树，因以为号焉。"

③听锻：《世说新语·简傲》注引《文士传》："（嵇）康性绝巧，能锻铁，家有盛柳树，乃激水以圜之，夏天甚清凉，恒居其下傲戏，乃身自锻。"

④三眠：《三辅旧事》："汉苑中有柳，状如人形，号曰人柳，一日三眠三起。"

⑤武冈：今湖南武冈市。

⑥㴔水：水名，流出武冈，流入洞庭湖。

⑦李官：司法官，明代指推官。

⑧尼：阻止。

⑨工部：指杜甫。老树空庭得：杜甫《秦州杂诗二十首》之十一中诗句。

⑩独树老夫家：杜甫《草堂即事》中诗句。

【赏读】

这是王思任为江深父诗集《五一草》所写的序文。"草"谦指草稿。"五一"是诗集题名。

古人诗文集或以姓名、官职、谥号命名，或以地名、书斋名命名,以数字命名则较为罕见。江深父为人淡泊宁静,不慕荣华,他为自己的诗集取名"五一"是因为景慕陶渊明。陶渊明宅边有五株柳树,故自号"五柳先生"。江深父在居所旁种一株柳树。"五一"就是"五柳之一"的意思。陶诗至澹至绮,江深父欣赏陶诗冲淡平和的一面,也只学这方面的特色。江深父仰慕陶渊明的人品和诗作,处处效仿,但在效仿中又有自己的风格。

值得一提的是,除了"五一",文学史上还有一个鼎鼎有名的"六一"。"六一"指的是北宋著名文学家欧阳修。欧阳修中年自号"醉翁",晚年以琴书棋酒自娱,更号"六一",并撰《六一居士传》以明志。所谓"六一",指藏书一万卷、金石遗文一千卷、琴一张、棋一局、酒一壶,有此五物,再加上欧阳修一人优游其间,乃成"六一"。"六一"与"五一"虽内容不同,其中所蕴含的逍遥旷达的情志则颇为相似。

王思任此文以"柳"字为文眼,从江深父之柳与陶渊明之柳似而不同,写到江深父其人其诗与陶渊明其人其诗似而不同。全文迂徐委婉、清丽自然,颇有柳条拂风之美。陆云龙评曰:"以柳映带者凡三,便娟婀娜,春日三眠。"深得此文旨意。

颜茂齐集序

珠玉有价，卿相有品级；至文字之尊，无级可寻，而无价可问。有一篇之贵，有一句之贵，有一字之贵。当其贵之时，馨香可以达天，高峻可以蹴岳，只异可以破鸿蒙，纵肆亡状，可以折贤圣之腰，而下英雄之泪。然亦前胎宿世，贵者自贵耳。尝有人诗文见饷，且令标之赏之，拣金砾也，摘翠毛也，嚼其中边之密蜡也，字画形象，猥冗可憎。而予于此道，分别太甚，一不相得，如得血刃之仇，急求老杜洗诗眼，急求大苏洗文眼，穷斋兀兀，持此两诀而已。

慈水颜茂齐①，贵人也，生平不相识，突遗我《读书佳山水歌》，秀婉哀清，金丝响动。已而阅其《雪屐酬》，已而阅其《闽粤诸纪咏》，已而尽阅其文、赋、启、牍等诸体，具闳裁也。兰波其口②，晶雕其肺，斗肥其胆，镜通其识，尺幅之中，高华丽采，英杰翘峙，富不浓恶，贫不俭酸，居然一癯衣贵公子耳。茂齐不得志于场屋③，喜为山水游，凡一石之隽，一壑之灵，皆以笔底收之。所至倒屣④，而欲自热童子之灶⑤；逢人惊座⑥，而每不烦安邑之肝⑦。更可师者：文人轻诋，茂齐性喜誉人；介人易忤⑧，茂齐性喜合人；才人矜满，茂齐性喜受人。时而杞忧危涕，时而谐怪倾绝，意其自处在苏杜之间。来如静云，吾爱之，去如迟月，吾思之，始终谓其气骨之贵也。唐有仆射⑨，狎出天街卑田院⑩，乞儿睨之曰："吾耳目不损，彼口鼻不加也。"姑布子卿敟其唇曰⑪："位置少异耳。"嗟呼！贵贱之在文字，岂特位置已哉！

【注释】

①慈水：指今浙江慈溪。

②浂（fā）：疏浚。

③场屋：科举时代的考试场所，此代指科举。

④倒屣：指主人热情迎客，急切间把鞋穿倒。此典故来自《三国志》：蔡邕听说王粲来访，急忙出迎，把鞋子都穿倒了。

⑤"而欲"句：汉梁鸿字伯鸾。少孤，诣太学受业。常独坐止，不与人同食。邻舍先炊已，呼伯鸾趁热釜炊，伯鸾曰："童子鸿不因人热者也。"灭灶更燃之。见《东观汉记·梁鸿传》。

⑥惊座：亦作"惊坐"，指名震一时，使在座者震惊。

《汉书·陈遵传》:"(陈遵字孟公)所到,衣冠怀之,唯恐在后。时列侯有与遵同姓字者,每至人门,曰陈孟公,坐中莫不震动,既至而非,因号其人曰'陈惊坐'云。"

⑦"而每"句:《后汉书·周燮黄宪等传》:"太原闵仲叔者,世称节士……客居安邑,老病家贫,不能得肉,日买猪肝一片,屠者或不肯与。安邑令闻,敕吏常给焉。仲叔怪而问之,知,乃叹曰:'闵仲叔岂以口腹累安邑邪?'遂去,客沛。"

⑧介人:孤傲之人。

⑨仆射:官名。唐代有左、右仆射,任宰相之职。

⑩天街:京城中的街道。卑田院:即养济院,收容乞丐的地方。

⑪姑布子卿:春秋时赵国相士,姓姑布,名子卿,曾给孔子和赵襄子看过相。

【赏读】

本文是王思任为颜茂齐诗文集所写的序文。

文章从"珠玉有价,卿相有品级;至文宁之尊,无级可寻,而无价可问"立论,阐发了"贵贱之在文字"的观点,极有见地。古人有"立德""立功""立言"三不朽之说。在这"三不朽"当中,"立德""立功"太过邈远,不是普通人可以达到的,因此古人每每志在"立言",以期后世不朽之名。魏文帝曹丕《典论·论文》

云:"盖文章经国之大业,不朽之盛事。年寿有时而尽,荣乐止乎其身,二者必至之常期,未若文章之无穷。是以古之作者,寄身于翰墨,见意于篇籍,不假良史之辞,不托飞驰之势,而声名自传于后。"文章之美,隐然可以凌驾帝王权势之上,这也正是王思任序文的主旨所在。

然而诗有别肠,文多慧业,写出优秀的诗文作品,并不是单凭一味苦学可以达到的,更需要天赋和才情。《典论·论文》亦云:"文以气为主,气之清浊有体,不可力强而致","虽在父兄,不能以移子弟"。序文中"前胎宿世,贵者自贵"之语,即与此意相同。

自古文士多恃才自矜,轻诋慢世,但颜茂齐却绝不如此,"文人轻诋,茂齐性喜誉人;介人易忤,茂齐性喜合人;才人矜满,茂齐性喜受人"。颜茂齐虽然才华出众,却温和平易,虚心受教,乐于推扬他人之美,因此王思任不但欣赏他的诗文,更欣赏他的品格。

序文以"贵"字为文眼,从珠玉之贵写到文字之贵、气骨之贵,全篇结构严谨、自然流畅,出新意于寻常之外,难怪陆云龙评曰:"如朝霞倏忽异色,如曲涧瞬息异声,正令人双眸碌碌,或幻或新而已。"

冒伯麐诗序①

伯麐长予近十岁,万历中邂逅何景曜家,一见莫逆。已而数过太冲阮氏杯堂②,论文甚欢。适伯麐着一绿缊袍③,容仪不整,疏步高谈笑,自谓貌侵④,不当得功名。予谓蔡泽亦可儿⑤。伯麐曰:"以口舌自求相印,犹之妾妇耳。"是时伯麐为忌家所中,削去秀才,不屑也。既予幸一第,三为令,一领云司⑥,伯麐未尝过而问焉。有筒便⑦,数行相思已耳。今年伯麐死,病革时,挈全诗付其犹子⑧,如太白嘱阳冰事⑨,且要之必以山阴王季重序我。嗟呼!生死交情,一至此邪!近日后生狂亡赖轻骂王元美⑩,不知先生是坡公后身,肯引进后辈,却不轻许后辈。先生言诗,生平心折者三人:一为俞仲蔚⑪,一为胡元瑞⑫,一即伯麐。仲蔚五言,已入圣域;元瑞比拟错综,诗有唐骨,似乎法老于才;伯麐自汉魏至宋元,皆食其蜜而遗其滓。其所为诗,如海云独鹤,古洞鸣泉,突口闲来,致多于韵。卢次楩赋奥而诗不成⑬,谢茂秦诗佳而人未品⑭。

伯麇守穷饿，一博山炉自供⑮，异书数卷，朝夕玄对⑯，所至灭灶辞肝⑰，不知天地间何者美好。骨傲而不肆，意狷而不僻。间或酒酣耳热，高咏闲情，托思好色，点缀水盐，隐映镜月，亦借此以豪其吟咏，阮籍卧邻女傍⑱，实无意也。伯麇人与诗并是峨眉巉崿⑲，有明传高士，伯麇定当首据一席矣。嗟呼！峨冠大肉，其湮于荒草残碣者何限！生前有诗，死后不堪瓿覆⑳，视伯麇所得孰多？人患自不能传耳，不患贫与贱也。

【注释】

①冒伯麇：冒愈昌，字伯麇，如皋（今属江苏）人。曾以避仇浪迹吴、楚，游王世贞、吴国伦之门。有诗集《绿蕉馆》《珠泉》《幽居》等二十余种。万历末年，抨击七子派者日众，冒氏则坚持七子门户不变。生平见《列朝诗集小传》丁集。

②太冲阮氏：见《知希子诗集序》注⑭。

③缊袍：以乱麻为絮的袍子，贫者所服。

④貌侵：容貌丑陋。

⑤蔡泽：战国燕人，相貌丑陋，游说秦昭王而为秦相，封纲成君。

⑥云司：指朝廷掌握司法的官。王思任曾任袁州推官。

⑦简便:邮筒之便。

⑧犹子:侄子。

⑨"如太白"句:李白晚年往依族叔当涂令李阳冰,并嘱李阳冰为己整理文集。

⑩亡赖:无赖。王元美:王世贞,字元美。

⑪俞仲蔚:俞允文,字仲蔚,昆山(今属江苏)人。与王世贞友善,为嘉靖"广五子"之一。有《俞仲蔚集》。

⑫胡元瑞:胡应麟,字元瑞,浙江兰溪人。万历四年(1576)举人。能诗,受知于王世贞。著有《少室山房笔丛》《诗薮》《少室山房类稿》等。

⑬卢次楩:见《徐文长逸稿序》注⑬。

⑭谢茂秦:谢榛,字茂秦,山东临清人,号四溟山人。李攀龙、王世贞等结社燕市,谢榛以布衣为之长,为"后七子"之一。其诗以律诗绝句见长,功力深厚,句响字稳,著有《四溟集》《四溟诗话》。

⑮博山炉:古香炉名。因炉盖上的造型似传闻中的海中名山博山而得名。

⑯玄对:谓相对而有玄思。

⑰灭灶辞肝:见《颜茂齐集序》注⑤⑦。

⑱"阮籍"句:《世说新语·任诞》:"阮公邻家妇有美色,当垆沽酒。阮与王安丰常从妇饮酒,阮醉,便眠其妇侧。夫始殊疑之,伺察,终无他意。"

⑲巀嶭(jiéniè):山名。一名嵯峩山,又名慈峩山。在

今陕西省泾阳、三原、淳化三县交界处。传说黄帝曾铸鼎于此。

⑳瓾覆：即覆瓾，盖酱罐。《汉书·扬雄传》载扬雄撰《太玄》《法言》，刘歆谓之曰："吾恐后人用覆酱瓾也。"

【赏读】

本文是王思任为好友冒愈昌的诗集所写的序。全文怀念亡友，笔致凄清，充满了浓厚的伤逝之情。

冒愈昌字伯麇，万历时人。当时，文坛上影响最大的文学流派是以王世贞为代表的七子派。七子派主张复古，以汉魏盛唐为楷模，文章学习秦汉，古体诗推崇汉魏，近体诗取法盛唐，标榜"文必秦汉，诗必盛唐""不读大历以下书"。冒愈昌学诗牢守七子门户，一生服膺七子派的文学理论。七子派的代表人物王世贞著作丰富，声望又高，是当时的文坛盟主。王世贞乐于奖掖后进，他对冒愈昌十分欣赏，王思任序文中称"先生言诗，生平心折者三人"，其中之一就是冒愈昌。冒愈昌一介布衣，能得到当时文坛盟主的"心折"，可见其才情之高，诗作之美。序文中赞其诗"如海云独鹤，古洞鸣泉，突口闲来，致多于韵"，并非过誉之辞。

冒愈昌虽然才华横溢，性格却颇为耿直。他与王思任相交莫逆，往来书信却绝无请托之辞。王思任评其为

"骨傲而不肆，意狷而不僻"。或许正是由于这种性格特点，冒愈昌的一生颇为坎坷。他本已考中秀才，又因故被削去功名，以布衣终身，因此生平事迹湮没不彰，削去功名事亦不可详考。一代才子，泯灭无闻，令人叹惋。

本文文笔细腻，情感真挚，刻画人物情貌性格极为生动，抒发了作者对亡友的惋惜和怀念之情，是王思任的佳作之一。

心月轩稿序①

　　始吾家阿咸以楼船将军驻粤海②，曾共寅侯获夷铳③，每言辇上君子多矣④，即无如寅侯胆智具足，且其诗文，字字皆丹，不止珠琲百贯也⑤。今年过邗⑥，逢逢欸乃⑦，交臂而去之。不意寅侯未能忘我，且言我与公安、竟陵不同衣饭⑧，而各自饱暖，予何敢当寅侯知己也！寅侯函其《心月轩稿》示教，予烧二尺烛，爇笋引觥，一目一口，觉两腋风谡谡如从松下来。辄谓诗文一窍，决非今生撮办：有心及之，而舌不能及；有舌及之，而手不能及；有手及之，而学问考订不能及。大约底滞塞昧之人，去此道远，而朗圆英爽之辈，入此道近。寅侯落笔，墨蕊皆香，庐山三叠⑨，峰铁万仞，五泄龙居⑩，雪银雄走。吾快读一过，生平乐处，哀梨火枣⑪，无有此脆也。寅侯关于邗浦⑫，而余亦适复关于芜阴，镵研代端⑬，土灰作墨，日言阿堵⑭，时握算豆⑮，觉措大眉宇渐变白衣儿贾⑯，而来心月一照，盎然掬水，冷沁一时，乃知令尹喜自是真人⑰，不在老子下也。

【注释】

①心月轩稿：邓士亮诗文集。邓士亮，字寅侯，蒲圻县（今湖北赤壁）人。万历十九年（1591）举人，万历三十二年（1604）进士。初任彝陵州学正，再任四川绵州学正，升广东肇庆府推官。后经考核，任宗人府经历，升南京户部广东司员外，旋擢户部浙江司郎中，出任四川马湖府知府。后留川任川南道尹，任职一年，卒于任上。

②阿咸：王咸，未详。

③夷铳：即红夷大炮。邓士亮担任肇庆府推官的时候，"有红夷（荷兰）船、澳夷（葡萄牙）船肆掠海防，公（邓士亮）多方守御。适贼船遭飓风沉没阳江海口，公寻觅善水者捞探，方知船沉深水，架有大炮，随浸沙泥。捐俸雇募夫匠，设计车绞，起获大炮三十六门。总督胡公运解至京。又缴获大红铜炮两门，储肇庆府军器局中。随行差二炮至京，永镇边封"。见嘉庆《蒲圻县志》。

④辇上：指京师。

⑤琲（bèi）：贯珠。

⑥邗：扬州。

⑦逢逢：象声词，形容鼓声。欸乃：象声词，形容摇橹声或棹歌声。

⑧公安：指公安派，明末以公安人袁宗道、袁宏道、袁

中道兄弟为代表的文学流派,反对拟古,提倡独抒性灵。竟陵:指竟陵派,明末以竟陵人钟惺、谭元春为代表的文学流派,风格幽深孤峭。

⑨庐山三叠:庐山三叠泉,由五老峰北崖口悬注大磐石上,共有三级。附近有铁臂峰,岩石呈黑赤色。

⑩五泄:山名,在浙江诸暨,有五级瀑布飞泻,气势雄壮。相传曾有人于此化龙飞去,有龙潭、龙井等遗迹。

⑪哀梨火枣:见《礴园诗稿序》注⑥。

⑫关:指设关专卖。

⑬镴:铅与锡的合金。端:端砚。

⑭阿堵:阿堵物,指钱。

⑮算豆:计算度量之具。豆,古量器名。

⑯措大:指贫寒的读书人。贾:商贾。

⑰令尹喜:周昭王时人,曾任函谷关令。《史记·老子韩非列传》载老子西出函谷关,"关令尹喜曰:'子将隐矣,强为我著书。'"老子遂作《道德经》五千言。后道教将其尊为无上真人。

【赏读】

本文是王思任为友人邓士亮的诗文集所写的序文。这篇序文在文学史上非常有名,文中"我与公安、竟陵不同衣饭,而各自饱暖"一语,几乎为每个晚明文学研究者所熟知,是评价王思任在晚明文坛地位的极为重要的一则材料。邓士亮目光如炬，指出王思任的诗文风格独树一帜，与公安、竟陵不尽相同，又各有千秋。这让个性独立、不愿傍人门户的王思任大为欣喜，不禁引为知己同调。

值得一提的是，本文不但在文学史上有其价值，文中还蕴含了一件直接影响明清之际历史发展的事件，在史学方面也有相当意义。这一事件出现在文章开头，"始吾家阿咸以楼船将军驻粤海，曾共寅侯获夷铳"。"获夷铳"可以说是邓士亮一生最值得记载的事迹，但这一事迹极少为后来研究者所注意。

邓士亮字寅侯，蒲圻县（今湖北赤壁）人，万历十九年（1591）举人，万历三十二年（1604）进士，初任彝陵州学正，再任四川绵州学正，升广东肇庆府推官。在肇庆担任推官时，邓士亮发现并打捞起荷兰和葡萄牙沉船上的三十六门红夷大炮，解京二十四门。根据明廷官方记载，实际到京二十二门，其中十二门又被继续运到宁远。红夷大炮是当时世界上最先进的大炮，可以说袁崇焕能够在天启六年（1626）的宁远大捷中击败努尔哈赤的精锐部队，一举成名，离不开这些大炮的威力。当时还没有潜水设备，邓士亮只能依靠人力探测沉船的具体方位。打捞时，他先在船上盛装巨石并设置车绞装置，再将长绳一端系住大炮，另一端系在车绞装置上，然后投巨石入海,利用浮力慢慢把大炮打捞出水。当时海上打捞经验极少,邓士亮仿照曹冲称象的办法打捞大炮,非常机智。以一介文士而为此壮举,信奇士也。

本文精洁畅达,字字如贯珠。文中"哀梨火枣,无有此脆"之评,恰可移来评价王思任此文。

偶居集序

妍花媚叶,灼灼盈盈,小在胆瓶,大寄雕榭,非不可以怜目也,亡何瞬过萎干,不足以当一帚。至虬虬古柏,拗铁溜铜,气意苍凝,手脚槎放,朴至之极,真标弈然,风为之裁,月为之华,久特闻于古上,其托根者异耳。学人腹馅烂帖括二千篇,逢年糊氏,腼为己有,技尽矣,即一玑牒羽吟,不知从何处磨绎。此非父师之罪也,误在功令,长老子孙,不敢破非常之原耳。然而豪杰之士,陆梁跳跌①,耻一字不出于己,命一笔欲高于人,读今人未见之书,行古人未到之路,渊蠖其心,木鸡其守,灵鼍其舌,嵲虎其睛,于是命古而古,命今而今,命文而文,命什而什,瀹瀞荮滔②,播腾鼓龠,而后为合喙鸣。鸣喙合,则山阴钟百里使君之《偶居集》是也③。

大凡读书之人,生于鼎盛则虚,生于困贫则实,不幸少利则浅,幸而晚达则深。酒肉昏神,绮罗软骨,谈弈废时,佚游短知,故富不如贫。敲砖蚤掷④,手不触书，誉笑沓来，是我即妙，恶趣日浓，磨光不透，故少不如晚。更人家有缺陷之事，或以孝哀，或以忠激，或以节苦，道理切磋，心性动忍，此又疢疾玉成笃爱豪杰之处⑤，不可不感天公。使君十岁而孤，五十而后贵，耳目界冷，精神提束，阅世皆系灵文，代觚不仅售字⑥，而独喜欧、韩、大苏诸公，所谓知博守约，辞赝取真，霜落乃见天根⑦，好色无如淡扫⑧，其言进，其心远也。吾尝诵少陵《古柏行》："云来气接巫峡长，月出寒通雪山白。""扶持自是神明力，正直元因造化功。"恍然见百木之长。以此读《偶居集》，为之一快。

【注释】

①陆梁：跳跃奔走的样子。

②瀇瀁：即"汪洋"。

③钟百里：钟震阳，字百里，安徽宣城人。崇祯四年（1631）进士，知山阴县。

④敲砖：敲门砖。蚤：同"早"。

⑤疢（chèn）疾：久病，此指灾患。

⑥代觚：代笔。觚，古代用来书写的木简。

⑦天根：氐宿星别名。《国语·周语中》："天根见而水涸。"

⑧淡扫：唐张祜《集灵台》："虢国夫人承主恩，平明骑马入宫门。却嫌脂粉污颜色，淡扫蛾眉朝至尊。"

【赏读】

王思任的序文在其全集各类文体中所占比重最大，包含内容也极为丰富，有的阐发文学观点，有的记叙故人交谊，而《偶居集序》则富含哲理，在他的序文中较为罕见。

《偶居集序》是王思任为山阴知县钟震阳文集所作的序文。文章通篇使用对比的手法，以花叶对古柏、俗士对豪杰、富对贫、少对晚，以为前者皆不如后者。花叶枝干纤弱，灼灼耀目；古柏根基深厚，质朴无华。然而耀目者转瞬枯萎，质朴者呈现苍老凝重之姿。俗士困于功名，俯首帖耳，将一生才智尽数抛注于举业之中，不敢越雷池一步；豪杰之人则不拘常格，不蹈旧习，作诗作文也要独抒己见。功名不能尽得，故俗士多至白首仍为布衣；篇什或可传世，而豪杰之人终不陷于恢恢世网之中。富贵者多耽于逸乐，由此消磨意志、耗费光阴，故富不如贫。早达者常故步自封，不求上进，故少不如晚。富贵、早达看上去都是极为美好而诱人的，吸引着芸芸大众孜孜以求，然而在王思任看来，却远不如贫贱和晚成。此论富含哲思，非深谙世事人情者不能道。

本文多用对偶和排比，如"耻一字不出于己，命一笔欲高于人，读今人未见之书，行古人未到之路""渊蠖其心，木鸡其守，灵鼍其舌，嵎虎其睛""命古而古，命今而今，命文而文，命什而什""酒肉昏神，绮罗软骨，谈弈废时，佚游短知"等，全文明快流利，一气呵成，颇能体现王思任散文恣意汪洋、气势磅礴的特点。

阆斋诗稿序

予缮起部园复壮①,颜其堂曰"醉衣",而联有"若论诗人还我部"之句。晋陵杨升芝给谏,戏欲分之,即"何不还拾遗"②,一时白下递为佳语③。既而给谏以其《阆斋稿》见教,揭函一射,万丈焰芒,真拾遗也。杜乃三百篇后一人,国朝以似续而争其座位者,不啻数十氏,乃弇州以为孙华容得其肉④,谢东郡得其貌⑤,王华州得其一支⑥,而郑闽州得其骨⑦,唯李北郡具体而微⑧。予自笑得其撰,而翻覆吟咏给谏之诗,则得其性者也。杜自言为佳句耽癖⑨,其实邻于癖而不居,老更凌云⑩,江河万古⑪,癖乎否也?掣鲸驭虎⑫,方驾屈宋⑬,癖乎否也?别裁伪体,转益多师⑭,癖乎否也?夫诗与文不同,文有累言之而不尽者,诗则一字之落,声到界破;文有一言之而即尽者,诗则一声之转,语去境存。共题一江山,共咏一花鸟,共写一怀抱,共赠一友人,有我言之而不妙,伊冲口而即工,此尚可于言语文字中求之乎?则所谓性之也。

杜本性生，而晚律益细⑮，所以夐只无前，自负必果，亦自知其性之高绝，无待后人尊之耳。今给谏诗，提青结水，汰味洗空，先之以新异，继之以渊恬，终之以奥噩。读其《述怀》，可以对付《遣闷》；读其《秋归》，可以对付《吹笛》；读其《灵洞纪游》，可以对付《滟滪》《草堂》；读其《诅魅》《快雨》《荐墓黄河》诸作，可以对付《秦州》《玉华宫》《石柜阁》；读其《鸟语》，可以对付《垂老别》；读其《悼亡》，可以对付《八哀》；读其《蚤朝元日》，可以对付《退朝口号》。盖剡灵凿秀之手，惟自不同，惟其有之，是以似之。昆仑之上，有开明之府，其圃之门，四照不夜，是名曰"阆"，给谏而且斋之，遂又诗之，或谓此耳。

【注释】

①起部：工部。

②拾遗：官名，掌供奉讽谏。

③白下：南京。

④弇州：王世贞号弇州山人。孙华容：孙宜，字仲可，一字仲子，号洞庭渔人，湖南华容人。嘉靖七年（1528）举人，长于文，著述甚富。

⑤谢东郡：谢榛，字茂秦，号四溟山人，山东临清人。

嘉靖间，挟诗卷游京师，与李攀龙、王世贞等结诗社，为"后七子"之一，后为李攀龙排斥，削名"七子"之外，客游诸藩王间，以布衣终其身。其诗以律句绝句见长，功力深厚，句响字稳，著有《四溟集》《四溟诗话》。

⑥王华州：王维桢，陕西华州人，嘉靖十四年（1535）进士，选庶吉士，累官至南京国子监祭酒，死于地震。为文好司马迁，为诗好杜甫。

⑦郑闽州：郑善夫，字继之，号少谷，福建闽县人，弘治十八年（1505）进士，授户部主事，辞归。嘉靖初起南吏部郎中，便道游武夷，风雪绝粮，得病死。其诗力摹杜甫，有《少谷山人集》。

⑧李北郡：指李梦阳，李梦阳是甘肃庆阳人，庆阳于汉时属北地郡，故称。

⑨为佳句耽癖：杜甫《江上值水如海势聊短述》："为人性僻耽佳句，语不惊人死不休。"

⑩老更凌云：杜甫《戏为六绝句》其一："庾信文章老更成，凌云健笔意纵横。"

⑪江河万古：杜甫《戏为六绝句》其二："尔曹身与名俱灭，不废江河万古流。"

⑫掣鲸驭虎：杜甫《戏为六绝句》其四："或看翡翠兰苕上，未掣鲸鱼碧海中。"其三："龙文虎脊皆君驭，历块过都见尔曹。"

⑬方驾屈宋：杜甫《戏为六绝句》其五："窃攀屈宋宜

方驾,恐与齐梁作后尘。"

⑭"别裁"二句:杜甫《戏为六绝句》其六:"别裁伪体亲风雅,转益多师是汝师。"

⑮晚律益细:杜甫《遣闷戏呈路十九曹长》:"晚节渐于诗律细,谁家数去酒杯宽。"

【赏读】

唐代是我国诗歌史上的黄金时代,李白和杜甫是当时最杰出的诗人。李白诗风飘逸,有"谪仙人"的美称。后代学李白者少,学而有所成就的,只寥寥数人而已。相比而言,杜甫诗无论立意命题还是声调格律都更有章法可循,更可被后人借鉴学习,因此成为后代诗人细心揣摩的范本。

唐代以后,诗坛学杜大致有两次高峰:一次在北宋中后期到南宋初年,以江西诗派为代表;一次在明代中晚期,以前后七子为代表。后代诗人对杜诗的学习,主要是在诗中用杜诗成句或化用杜诗之意,模拟效仿杜诗的遣词造句、声韵平仄及篇章结构等。

杨升芝就是明代学杜诗人之一。本文是王思任为杨升芝的《闻斋诗稿》所写的序文。序文开头"佳语"云云,以杜甫官职为雅谑,为文章增添许多韵致。当时,王思任担任南京工部主事,修缮工部园后撰写楹联,有

"若论诗人还我部"之句,"我部"指工部。因杜甫在唐代宗时为检校工部员外郎,所以联句中的"诗人"具有双重含义,既可实指杜甫一人,又可泛指在工部任职的王思任等人。联句巧妙地运用"诗人""杜甫"和"工部"之间的相互关系,不但切合身份,还具有自高身价的含义。又因杜甫曾官任左拾遗,所以杨升芝与王思任开玩笑,认为联句若改作"若论诗人还拾遗",一样贴切。杨升芝当时官任拾遗,改句将原句中暗含的自尊自赞完全转移到自己身上,颇为巧妙,所以"一时白下递为佳语"。从通篇来看,序文紧紧围绕"学杜"这一主题展开。而王思任以"学杜"戏语开篇,既直接入题,又生动有趣,充分显示出作者巧妙的才思和高超的行文手法。

关于明人学杜的情形,当时的文坛领袖王世贞在《艺苑卮言》中这样评道:"国朝习杜者凡数家,华容孙宜得杜肉,东郡谢榛得杜貌,华州王维桢得杜一支,闽州郑善夫得杜骨,然就其所得,亦近似耳。唯梦阳具体而微。"王思任在文中全引此说,又自谦自己仅得其撰,赞誉杨升芝"得其性"。所谓"得其性"就是诗句浑成的意思,"我言之而不妙,伊冲口而即工",可谓赞美至极。文中以杨升芝诗比杜诗,得出"惟其有之,是以似之"的评论,未免誉之过当,但由此也可见出当时诗坛对杜诗推崇备至、心摹手追的风气。

夏叔夏先生文集序

诗以穷工，书因愁著，定论乎？曰：非也。文章有欢喜一途，惟快士能取之。宋玉、蒙庄、司马子长、陶元亮、子美、子瞻，吾家实甫，皆快士也。其所落笔，山水腾花，烟霞划笑，即甚涕苦愤叹之中，必有调谐傞舞之意①，盖天禀原空，则尘粘自脱，即能解，快人不可多得矣。天都夏叔夏②，快士之后身也，毓灵于黄海③，降体于长淮，游学于钱塘，作秀于荆表，而授徒于石门慈利之塾。胸吞云梦④，荡日月之两丸；脚踏天门⑤，看楚吴之万动。贫无他好，正好读书。其读书也，衣被寒窗，灰中藏火，昼抄夜较，废箸操锥，一如宁越⑥，人休不休，人卧不卧，以故惠氏之车⑦，李氏之架⑧，陆氏之巢⑨，任氏之苑⑩，孟氏之窟⑪，俱积于叔夏一贫如洗之居。平生气节孤峻，眼界纵横，坚忍饥寒，不求不忮⑫。自试谒外，不走翟公之门⑬；自学俸外，不受胡奴之米⑭。自师事张西铭、贺对扬两先生外⑮，不题安石之版⑯，不让茂弘之道⑰。能饮能弈，能谑能歌，所著有《日出言》《忘忧草》《仍台集》《岵云集》《仍园诗略》《易安居楚游诗》，皆遣兴漫吟，毫无勉饬，表笺志赠，具见清真。洁则淡月鸣蝉，和则春波浴鹭，诗口文心，不取钩棘，而自然有戛玉枞金、编珠贯贝、开眉鼓腹、阔步扬衡之致，所谓著体之衣，葛裘便适，家常之饭，蔬笋皆香，不须求足而自足者也。教子义方[18]，不专文字，一以槐堂为卷取[19]，一以眉山为钵授[20]，而长公遂褒然先鸣[21]，李我大越[22]，为斯文盟主，亟扫铃阁，以迎杖履，先生犹逡巡白岳不屑就也。夫欢喜种子，在文章家为亨机，亨不止于昌后；在养生家为活机，活不止于寿身，谑庵于此中得少领趣。何时面先生，再请明证，一商确未了乎哉？

【注释】

①傞（suō）舞：醉舞。

②天都：帝王的都城，此指京城。夏叔夏：夏大赧，其余未详。

③毓：同"育"。

④云梦：云梦泽，古楚地大泽。

⑤天门：天门山，在湖北。

⑥宁越：战国中牟（在今河南鹤壁）人，勤学，自谓：

"人将休,吾将不敢休;人将卧,吾将不敢卧。"苦学十五年而为周威王师。

⑦惠氏之车:《庄子·天下》:"惠施多方,其书五车。"惠施,战国名家代表人物。

⑧李氏之架:唐代李泌之父李承休藏书二万余卷,悬牙签插于架上,告诫子孙不得出借,有人上门求读,可在别院供给饭食。

⑨陆氏之巢:南宋著名诗人陆游酷爱读书,藏书甚多,因名其斋曰"书巢",陆游《渭南文集·书巢记》:"吾室之内,或栖于椟,或陈于前,或枕籍于床,俯仰四顾,无非书者。吾饮食起居,疾痛呻吟,悲忧愤叹,未尝不与书俱。宾客不至,妻子不觌,而风雨雷雹之变,有不知也。间有意欲起,而乱书围之,如积槁枝,或至不得行,则辄自笑曰:'此非吾所谓巢者耶?'乃引客就观之。客始不能入,既入又不能出,乃亦大笑曰:'信乎其似巢也。'"

⑩任氏之苑:南朝著名文学家任昉藏书极多,有"书苑"之称。

⑪孟氏之窟:宋叶廷珪《海录碎事》卷十八:"孟景翌字辅明,刻励嗜学,行辄载书随,所坐之处不过容膝,四面卷轴盈满,时人谓之'书窟'。"

⑫忮(zhì):嫉恨。

⑬翟公之门:《史记·汲郑列传》:"始翟公为廷尉,宾客填门。及废,门外可设雀罗。翟公复为廷尉,宾客欲往,

翟公乃大署其门曰:'一死一生,乃知交情;一贫一富,乃知交态;一贵一贱,交情乃见。'"

⑭胡奴之米:《世说新语·方正》:"王脩龄尝在东山,甚贫乏,陶胡奴为乌程令,送一船米遗之,却不肯取,直答语:'王脩龄若饥,自当就谢仁祖索食,不须陶胡奴米。'"

⑮张西铭:张溥,字天如,号西铭。江苏太仓人。崇祯四年(1631)进士,选庶吉士。与同乡张采齐名,合称"娄东二张"。是复社领袖。贺对扬:贺逢圣,字克繇,一字对扬。江夏(今湖北武汉)人。万历四十四年(1616)进士第二,授翰林编修。天启间为洗马,拂魏忠贤旨,削籍。崇祯初复官,累迁礼部尚书、文渊阁大学士。张献忠攻陷武昌,投湖死。

⑯"不题"句:《世说新语·方正》:"太极殿始成,王子敬(献之)时为谢公长史,谢送版,使王题之。王有不平色,语信云:'可掷诸门外。'"晋谢安,字安石。

⑰"不让"句:《世说新语·方正》:"江仆射年少,王丞相呼与共棋。王手尝不如两道许,而欲敌道戏,试以观之。江不即下。王曰:'君何以不行?'江曰:'恐不得尔。'傍有客曰:'此年少戏乃不恶。'王徐举首曰:'此年少非唯围棋见胜。'"晋王导,字茂弘。

⑱义方:做人的正道。《左传·隐公三年》:"石碏谏曰:'臣闻爱子教之以义方,弗纳于邪。'"

⑲槐堂:南宋陆象山,辟槐堂讲学。此指陆王心学。

⑳眉山：指苏轼，苏轼是眉山人。
㉑长公：此指长子。
㉒李：任州郡司法官，即推官。

【赏读】

这是王思任为《夏叔夏文集》所写的序文。

序文开头，王思任先反驳"诗以穷工，书因愁著"的观点，提出"文章有欢喜一途"。"诗以穷工，书因愁著"，是中国古代文学史上重要的文论命题之一。"穷"与"达"相对，指人不得志。这一观点最早在司马迁《报任少卿书》中有所表露。《报任少卿书》云："古者富贵而名摩灭，不可胜记，唯倜傥非常之人称焉。盖文王拘而演《周易》；仲尼厄而作《春秋》；屈原放逐，乃赋《离骚》；左丘失明，厥有《国语》；孙子膑脚，《兵法》修列；不韦迁蜀，世传《吕览》；韩非囚秦，《说难》《孤愤》；《诗》三百篇，大抵圣贤发愤之所为作也。"汉代以来，"诗以穷工，书因愁著"的观点被反复申说。如韩愈《荆潭唱和诗序》："夫和平之音淡薄，而愁思之声要眇；欢愉之辞难工，而穷苦之言易好。"欧阳修《梅圣俞诗集序》："盖世所传诗者，多出于古穷人之辞也……盖愈穷则愈工，然则非诗之能穷人，殆穷者而后工也。"

王思任却另辟手眼,提出"文章有欢喜一途,惟快士能取之"。快士的代表有宋玉、庄子、司马迁、陶渊明、杜甫、苏轼、王实甫,快士之文的特点是"甚涕苦愤叹之中,必有调谐偧舞之意",不必尽是"穷苦之言",确为有得之见。

王思任在序文中多用排比句式,文气直贯而下,一气呵成,有兔起鹘落之妙,如"毓灵于黄海,降体于长淮,游学于钱塘,作秀于荆表,而授徒于石门慈利之塾"叙述夏叔夏的身世与经历,"衣被寒窗,灰中藏火,昼抄夜较,废箸操锥,一如宁越,人休不休,人卧不卧,以故惠氏之车,李氏之架,陆氏之巢,任氏之苑,孟氏之窟,俱积于叔夏一贫如洗之居"描写夏叔夏读书与藏书,"平生气节孤峻,眼界纵横,坚忍饥寒,不求不伎。自试谒外,不走翟公之门;自学俸外,不受胡奴之米。自师事张西铭、贺对扬两先生外,不题安石之版,不让茂弘之道"展现夏叔夏的性格特点,"洁则淡月鸣蝉,和则春波浴鹭,诗口文心,不取钩棘,而自然有戛玉敧金、编珠贯贝、开眉鼓腹、阔步扬衡之致,所谓著体之衣,葛裘便适,家常之饭,蔬笋皆香,不须求足而自足者也"论夏叔夏的诗文特色。这些文字流利,带给读者很好的阅读美感。

为避免语言熟旧,王思任惯于在行文中使用尖新生僻的字眼，这已成为他文章的特点之一。然而这篇序文却绝无艰涩之处，全文疏隽峭拔，气势充沛，又首尾呼应，结构完整，真可谓"快士"之文。王思任在文中自称"谑庵于此中（指文章欢喜一途）得少领趣"，正可看作他对自己这种文风的肯定和认可。

呆道人笛吹引

呆道人为谁，虎林张平仲先生也①。先生少我四岁，同官国子②，善欢喜，善谐谑，其直如矢，其温如玉，其目如电，其胸腹如夏屋渠渠③，骤对之则愁眉化作远山④，棘肠可以虹驾⑤。刺江州者六年⑥，节度贵阳十月⑦，所在清真爱惠，民思之至泣下。访余草堂，酒酣耳热，出一卷见教，题曰《笛吹》，读之则诗也。意神澹远，骨态鲜妍，味是《太玄》⑧，画则倪、米⑨，绝无时咏扭捏玄晦之苦。譬之天有泄云，山有飞水，自然境界，匪夷所思者。有是哉，笛之吹乎！

顾道人叙笛，抑抑然以牧竖自位⑩，而王子少之⑪，曰：技遂至此乎？丝出于竹，竹生于肉⑫。人心一块肉也，所以万灵千动者，为有窍耳。有窍则有声，有声则有律。凤叫昆溪者失传，龙吟羌水者不见⑬。自伶伦制笛⑭，以至丘仲、桓伊、许云封、孙处秀辈⑮，各极其致，或吹回黍谷⑯，或吹落梅花⑰，或中宵走胡骑⑱，或愁杀路傍儿⑲，或喷薄而开两崖⑳，或震裂而滚千石[21]，或见车马之隐辚[22]，或谱广寒之清越[23]，岂不器中形道[24]？而总之不如牧竖之吹牛背。前村夕阳西下，荷蓑荷笠，第五桥边划尔一声[25]，天耳为之碧落[26]；无端几弄，剪鹤可以破秋[27]。此子规之最先一血，婴儿之堕地初啼也。不闻蒙氏之言笛乎[28]，人籁不如地，地籁不如天也[29]。不闻老氏亦言笛乎[30]，有欲以观其窍，无欲以观其妙也[31]。伶伦诸公，皆窍也，而牧竖则进乎妙矣。一凿一窍，混沌将死[32]。呆道人参究至此哉！王子曰：余读其自叙，如曼倩之自责[33]，乃自誉也。道人乖极，那得呆！

【注释】

①虎林：又称武林，山名，在杭州西，因此代称杭州。张平仲：张懋谦，字君平，一字平仲，万历举人，崇祯初知江西九江府事，进贵州按察副使，备兵贵阳，有政声。崇祯四年（1631）弃官归，卒于家。

②国子：国子监。

③夏屋：大屋。渠渠：深广的样子。《诗经·秦风·权舆》："於我乎，夏屋渠渠。"

④远山：远山眉，原指美女的眉样，此指愁眉解开之状。

⑤棘肠：喻心情郁闷。虹架：喻情怀愉悦。

⑥刺：任刺史，此指知府。江州：今江西九江。

⑦节度贵阳：谓掌贵阳军事。

⑧《太玄》：西汉末扬雄仿《周易》作《太玄经》。

⑨倪：倪瓒，元代著名画家。米：米芾，宋代著名画家。

⑩抑抑然：谦逊的样子。牧竖：牧童。自位：自处，自比。

⑪王子：作者自称。少之：谓道人太看轻自己。

⑫肉：指人的歌声。《晋书·孟嘉传》："丝不如竹，竹不如肉。"

⑬"凤叫"二句：陈旸《乐书》："昔黄帝使伶伦采竹于嶰谷以为律，斩竹于昆溪以为笛。或吹之，以作凤鸣；或法之，以作龙吟。"昆溪，昆仑山之溪。羌水，《汉书·地理志》："羌水出塞外，南至阴平入白水。"东汉马融《长笛赋》曰："近世双笛从羌起，羌人伐竹未及已，龙鸣水中不见已。"

⑭伶伦：黄帝时乐官，音律的创始者。

⑮丘仲：汉武帝时乐工，善制笛。桓伊·字叔夏，小字野王。东晋人，善音乐，为江左第一。得蔡邕柯亭笛，常自吹之。《晋书》有传。许云封：唐乐工，善吹笛。少时从外祖李謩习笛，每一曲成，謩必抚背赏叹。贞元初，诗人韦应物出为和州牧，夜泊灵璧驿，忽闻云封笛声，嗟叹久之。见《甘泽谣》。孙处秀：陈旸《乐书》云："（唐）明皇时，乐

人孙处秀,善吹笛,好作犯声,时人因为新意而效之,因有犯调。"

⑯黍谷:山谷名,在今北京市密云区。王充《论衡·寒温》:"燕有寒谷,不生五谷,邹衍吹律,寒谷可种。燕人种黍其中,号曰黍谷。"

⑰吹落梅花:李白《与史郎中钦听黄鹤楼上吹笛》:"一为迁客去长沙,西望长安不见家。黄鹤楼中吹玉笛,江城五月落梅花。"

⑱中宵走胡骑:相传李陵为匈奴单于所围,夜半使郭超吹笛,声多悲惨,单于流涕解围而去。

⑲愁杀路傍儿:《太平御览》卷五八〇引《乐纂》:"梁胡歌云:'快马不须鞭,拗折杨柳枝。下马吹横笛,愁杀路傍儿。'"

⑳喷薄:谓笛声播扬。开两崖:《春渚纪闻》引苏轼诗云:"一声吹裂翠崖冈。"苏轼自注:"昔有善笛者,能为穿云裂石之声。"

㉑震裂:《乐府杂录》载李謩流落镜湖,月夜遇一老父,李謩以笛授之。老父始奏一声,镜湖波浪摇动,数叠之后,笛遂从中震裂。

㉒隐辚:车马杂沓声。《太平广记》卷四〇三:"汉高祖初入咸阳宫,周行府库,金玉珍宝,不可称言,其所惊异者,有……玉笛长二尺三寸,六孔,吹之则见车马山林隐辚相攻,吹息亦不复见。铭曰昭华之管。"

㉓广寒之清越:唐玄宗尝游月宫,诸仙合奏清乐,流亮清越,盖玉笛之音。见《太平广记》卷二〇四。广寒,月宫。

㉔器中形道:指在笛声中体现出"道"。器,此指笛。

㉕第五桥:在唐代风景区韦曲(今陕西西安长安区)之西。杜甫《题郑十八著作虔(一作丈)》:"第五桥东流恨水,皇陂岸北结愁亭。"

㉖天耳:《三国志·蜀志·秦宓传》:"'天有耳乎?'宓曰:'天处高而听卑……若其无耳,何以听之?'"碧落:本指苍天,此谓从天而落。

㉗"剪鹤"句:《风土记》:"鹤鸣戒露。此鸟性警,至八月白露降,流于草上,滴滴有声,因即高鸣相警,移徙所宿处,虑有变害也。"

㉘蒙氏:指庄子。庄子是宋国蒙人,故称。

㉙"人籁"二句:《庄子·齐物论》:"女(汝)闻人籁而未闻地籁,女闻地籁而未闻天籁夫。"人籁,箫管之声;地籁,风吹孔窍之声;天籁,自然之声。

㉚老氏:指老子。

㉛"有欲"二句:《老子》:"故常无欲以观其妙,有欲以观其徼。"徼,即窍。

㉜"一凿"二句:《庄子·应帝王》:"南海之帝为倏,北海之帝为忽,中央之帝为浑沌。……倏与忽谋报浑沌之德,曰:'人皆有七窍,以视听食息,此独无有,尝试凿

之。'日凿一窍，七日而浑沌死。"浑沌，即混沌。

㉝曼倩：东方朔，字曼倩，汉武帝时人。尝作《答客难》，以位卑自喻。

【赏读】

"引"与"序"相似，作为一种文体，大约兴起于唐代。唐宋以来，这两种文体在文集中或单列、或并存。值得一提的是，苏洵父亲名序，苏家父子为避家讳，改"序"为"叙"，因此唐宋八大家中苏洵、苏轼、苏辙三人的文集中没有"序"，只有"叙"或"引"。

这篇引是王思任为同僚张懋谦的诗集《笛吹》而作。文章先叙张懋谦为人，又赞其诗"意神澹远，骨态鲜妍""绝无时咏扭捏玄晦之苦"，这与王思任贵真贵新的诗歌主张相一致。本文从"笛吹"之名衍生开去，由伶伦制笛写到丘仲、桓伊等人之笛，又从牧竖之笛翻出妙合自然之意，得出张懋谦以牧竖之笛自谦乃是自誉的结论，灵奇新巧，誉人于无形，极腾挪变幻之致。

全文一气呵成，酣畅淋漓，仿佛一首《笛赋》，显示出王思任深厚的文学功底，也带给读者强烈的阅读美感。

陈学士尺牍引

尺牍者,代言之书也。而言为心声,对人言必自对我言始。凡可以对我言,即无不可以对人言。但对我言以神,对人言以笔。神有疚,尚可回也,笔有疚,不可追也。凡尺牍之道,不可上君父,而惟以与朋友。其例有三:有期期乞乞①,舌短心长,不能言而言之以尺牍者;有忞忞昧昧②,暌违匆遽,不得言而言之以尺牍者;又有几几格格③,意锐甶难,不可以言言而言之以尺牍者。凡尺牍之道,明白正大,婉曲详尽,达之而已矣。凡尺牍之道,妙于郑子家及子产④,捷于鲁仲连⑤,畅于苏、李⑥,韵于二王⑦,快于坡、谷⑧;而所不取者,陈琳、阮瑀辈之役使⑨,简文、昭明、何逊、徐陵辈之粉澡⑩,子云、子厚辈之作意艰深⑪,细味之如嚼蜡。凡尺牍之道,忌用隐事,一时不解则失机;忌用宽事,一字不帖则贻笑。勿谓赫蹄数语⑫,不足矜也⑬。

余读陈学士《南宫集》⑭,自大对以至讲筵,自奏请以至题复，莫不悃悃侃侃⑮，戞金石而铸鼎钟。至其《秋痕》尺牍，与人者告之忠，道之善，情愫肝胆，张若灰箕，事势时宜，洞如火镜。所谓无不可对我言，即无不可对人言者。此大人君子之笔也。其他著述，则犹河汉而无极。吾姑以尺牍之道言尺牍，则有陈学士之《秋痕》在。

【注释】

①期期乞乞：形容口吃。

②忢忢昧昧：蒙昧不明的样子。

③几几格格：象声词，犹"支支吾吾"。

④子家：春秋郑国大夫。子产：春秋郑国大夫，郑简公时执政，历定、献、声公三朝。子家和子产皆善于辞令。

⑤鲁仲连：战国末齐人，喜为人排难解纷。《史记·鲁仲连邹阳列传》载齐国田单攻聊城，岁余不下，鲁仲连遂作书射入城中劝燕将投降，燕将见书后自杀。

⑥苏、李：苏武和李陵。苏武回国后，与李陵有书信来往。

⑦二王：王羲之和王献之。二王传世法帖，尺牍为多。

⑧坡、谷：苏轼（号东坡）和黄庭坚（号山谷）。

⑨陈琳：东汉广陵射阳（今江苏宝应东北）人，字孔璋。初为何进主簿，后归袁绍，曾为袁绍作檄文，数曹操罪状。袁绍败后归曹操。与曹丕、曹植友善，有书信往还。阮

瑀：三国魏尉氏（今属河南）人，字元瑜，为曹操司空军谋祭酒，军国书檄多出其手。

⑩简文：梁简文帝萧纲。昭明：梁昭明太子萧统。何逊：梁东海郯（今山东郯城北）人，官至尚书水部郎，诗文与阴铿、刘孝绰齐名。徐陵：南朝陈东海郯人，仕梁为通直散骑常侍，入陈官至尚书，诗文与庾信齐名。

⑪子云：扬雄字子云。子厚：柳宗元字子厚。

⑫赫蹄：西汉末年流行的一种小幅薄纸。此指信纸。

⑬矜：重视。

⑭陈学士：陈子壮，字集生，号秋涛，谥文忠。广东南海（今属广东佛山）人，万历四十七年（1619）进士第三，授翰林编修，崇祯中官至礼部右侍郎。南明弘光时为礼部尚书、桂王东阁大学士兼兵部尚书，起兵攻广州，兵败，不屈而死。有《南宫集》十五卷。

⑮悃悃：诚恳的样子。

【赏读】

书信又被称作尺牍，因古时书简长约一尺而得名。尺牍多用于亲友之间互通消息、互致问候，往往篇幅短小，寄意悠长。有的只叙家常，有的兼论时政，有的各诉契阔，有的谈论文艺，灵活不拘，内容极为丰富，倾注作者真情实感，颇能体现其情志和趣味。

尺牍小品发源于两汉，历代多有佳作，尤以晋、宋两朝最为有名。晋人崇尚清谈，讲求风度，特别看重文辞的简练与优美。在这种风气下，语言精练又寄意遥深的尺牍便格外受人青睐，当时名士如王羲之、谢安等皆善写尺牍。现今所传二王法帖中以尺牍居多，往往三言两语，信手写来，文辞隽永，书法遒美，堪称艺术珍品。如王羲之《快雪时晴帖》："羲之顿首，快雪时晴，佳想安善。未果为结力不次。王羲之顿首。"《奉橘帖》："奉橘三百枚，霜未降，未可多得。"寥寥数语，逸韵横生。到了宋朝，尺牍小品更是名家辈出，苏轼、黄庭坚是其中的佼佼者。他们的尺牍灵活多姿，呈现出各自不同的性格特点，深受后人喜爱。

王思任此文是为陈子壮尺牍集《秋痕》而作。文章包含尺牍的发源、体例、特点、优劣以及对历代尺牍的简评，叙述详尽，评论精当，堪称一则尺牍小史，体现了王思任深厚的学养和高超的鉴赏能力，在他的序引文中别具一格。

弈律自引①

律之作也,以绳强也,而予之作律,以绳弱也。曷为乎余之作律不绳强而绳弱也?曰:性道弱而智力出,智力弱而争赖出。凡天下之强有力能为争赖者,皆其中弱耳。弱不肯退安而又借强以文其弱,于是逊于心者拗于手,昧于肠者辩于舌,一局之中不胜哄焉。情通之不可,理解之不可,则不得不齐之以法,用萧相国之遗规②,以乞灵于高皇帝之《大诰》③,使其有所畏而不得动。夫一教愚子戏而致烦赫赫王威董监其上,今吾于人也,亦大不得已矣。或曰:子之律弈是已,但凝脂束湿④,毋乃虞网罟之乱乎⑤?曰:诚有之。人止一死,死止一病,《素问》款条⑥,何其设也?张众胆者握秦镜⑦,逃百魅者图禹钟⑧,吾是以宁详毋略也。或曰:今天下强者少而弱者多,恶其害已,则将不利于吾子。嗟乎!刑书一铸,孰杀子产⑨?吾待之矣,而是子产亦何便容易得杀也!

【注释】

①《弈律》：王思任为处罚围棋犯规者所制定的刑律，有笞、杖、徒三刑，条目甚详，盖游戏之作。

②萧相国：指萧何。汉代建国后，萧何负责制定律令。

③高皇帝：指明太祖朱元璋。《大诰》：朱元璋于洪武十八年（1385）发布的刑法条例汇编，共三编，亦称《大明律诰》。

④凝脂：喻法律的严密像凝冻的油脂一样全无间隙。汉桓宽《盐铁论·刑德》："昔秦法繁于秋荼，而网密于凝脂。"束湿：捆束湿物，喻官吏对下属的严酷。《汉书·酷吏传》："为人上，操下急如束湿。"

⑤网罟：网的通称，此喻法网。

⑥《素问》：古医书，也是现存最早的中医理论著作，相传为黄帝所作。

⑦秦镜：传说秦宫有方镜，广四尺，高五尺九寸，能照人的五脏六腑，鉴别人心善恶。见《西京杂记》卷三。后用以称颂断案清明的官吏。

⑧禹钟：即禹鼎。传说夏禹以九州之金铸鼎，上铸万物，使民知何物为善，何物为恶。

⑨"刑书"二句：子产是春秋时郑国大夫，从郑简公时执政，历定、献、声公三朝，曾率先将刑书铸于鼎上公布于国。见《左传·昭公六年》。

【赏读】

王思任酷爱围棋。据说他总是随身携带棋具，一有兴致便与人对弈一番。在他的游记作品中，常常能读到他在某地与人下棋或看人下棋的文字，颇为有趣。

围棋是游戏，游戏需要游戏规则。王思任爱棋成痴，仿照律令制成《弈律》一篇，对不遵守规则者加以约束。本文就是《弈律》自序文。

序文开头表明了王思任撰写《弈律》的主旨思想："律之作也，以绳强也，而予之作律，以绳弱也。"制定法律是为了保护弱者，王思任撰写《弈律》却是为了制裁弱者，这是为什么呢？因为"性道弱而智力出，智力弱而争赖出。凡天下之强有力能为争赖者，皆其中弱耳。弱不肯退安而又借强以文其弱，于是逊于心者拙于手，昧于肠者辩于舌，一局之中不胜哄焉"，弈棋不胜而强为争赖者比比皆是，于是王思任不得不仿照律令撰成《弈律》。

《弈律》开篇约法三章，定下笞、杖、徒三刑，其后有律若干条，根据所犯轻重不同各有惩罚，每条下还有纂注文字，说明判罚依据。全篇体例完备，体现出作者禁止争赖、维护公平的用意。如"白昼抢夺"条，判为："凡白昼抢夺人棋，杖九十，徒二年半。强悔者，杖七十。哀悔者,笞五十,听悔一次,仍纪过罚一子。"纂注:"言白昼,则灯下在其中。抢夺者,谓人持子未下,或下子未定,而遽从手中夺之,以起其子也,情虽强而实则弱,故徒惩之。强悔杖七十,恶其强也。若哀悔者,尚有服输之意,笞之,而听悔一次,所以示怜,又必纪过罚子,以责其改。所以示法律,可谓宽严并济矣。"其中笞、杖、徒三刑并非虚指,笞"每一十,赎银五厘,罪止笞五十",杖"每一十,赎银一分,罪止杖一百",徒"作愚徒之徒。每一年赎银三钱,不赎侍坐一年,罪止徒三年。至总徒不准赎,终身侍坐不许对弈"。三刑轻重不等,各有所用。

《弈律》虽然是为游戏而作,但其中体现了维护公平、违犯必究的法律思想,其道虽小,其旨则大。钱谦益《列朝诗集小传》云:"(王思任)仿大明律制《弈律》,吾以为必传。"就维护公平、违犯必究这一点来说,"必传"的评价还是非常准确的。

卷三 杂俎

然而客无竹意,客可无;酒无竹色,酒可去。既有竹在,则可友可醉,而客与酒自不难立至。

四瑟亭记

先垅之右,有支坡陀①,八松迎涧,清风穆如。余心函之,属土人金氏,不可问。日久,金氏镰斧睨其下②,适值余来憩,命鼎儿解橐以赎③,一松一金。几薪尽矣,而侥幸得完其舞鹤擎虬之体,快哉!因割其垅少许,价翔不较,而余建亭其上,颜曰"四瑟"④,鸟音、松韵、涧响、溪声也。联曰"山能人语,樵亦仙风",又曰"寻松看鹤眠丹灶,燃竹烹溪饭白云",皆此亭之实录云。山行者于此息肩,于此荫喝⑤,于此避雨,又或于此傍居人逃虎,俱无所不可。而予之会心处,终在八松,风花雪月亦无所不宜。余老矣,乐行其志耳,何必平泉金谷之为胜哉⑥。

【注释】

①坡陀:不平坦。

②镰(jù):通"锯"。

③鼎儿:即作者之子王鼎起。

④颜：题额。

⑤暍（yē）：暑热。

⑥平泉：平泉庄，唐李德裕别墅，在洛阳。金谷：金谷园，晋石崇之园，在洛阳。

【赏读】

子曰："岁寒，然后知松柏之后凋也。"自此之后，松柏在中国传统士大夫的精神世界中被赋予了人格高洁的象征意义。陶渊明辞官归来，看到"三径就荒，松菊犹存"，也不禁欣然自喜。

王思任也喜爱松树。他早年为读书应考，曾在北京城西的罕山灵福寺中住了很长一段时间。灵福寺有两株松树，十分出名。据刘侗《帝京景物略》记载："灵福以二松著，北之松不善林，而善偃蹇盘踔，惟长年无徒，颓然自特异也。"王思任曾作《罕山灵福寺松赋》，在赋前小序中，他这样评价这两株松树："京西之松，古妙百出，奇如报国，巧如海淀，不过容悦为事，即无如此寺之松森严跳跌，令人起爱起敬。"

如今王思任赋闲家居，看到自家墓田旁有八株松树姿态偃蹇，郁郁苍苍，颇为喜爱。这些松树却不幸将遭砍伐，感到非常可惜。他立刻出钱赎买，又在松树旁购置少许田地，筑起一座亭子，取名"四瑟"，拟二联曰

"山能人语,樵亦仙风""寻松看鹤眠丹灶,燃竹烹溪饭白云"。联语高雅别致,抒写了四瑟亭主人悠然自适的生活情调。这座亭子不但是王思任本人的游憩之所,"山行者于此息肩,于此荫暍,于此避雨,又或于此傍居人逃虎,俱无所不可",可见王思任与人同乐的心怀。

本文风格明快,语言流畅,为读者勾勒出一个品格高洁、趣味高雅的名士形象,饱含作者适意自得之乐,是一篇极具文人雅趣的小品文。

江州兵署秃影庵记

浔阳兵府①,开匡庐左股下②,构不精整,而邃复散处,得褊性之趣,又多林木竹鸟,野鹿叫啼。遣眷属还,空闻疑阒③,乃扃正序④,移西塾兀处⑤。一友陆生伴话,一僮庖,一僮掌籍,一僮司衾服燥湿。日放衙一次,公事无多,烧烛习静。有头陀出壁上⑥,其圆中规,童然可爱⑦,以谑庵为动止。索之良久,即谑庵也。陆生笑曰:"僧赞僧耳,可知先生之前世矣。"

谑庵曰:"又恶知后世之僧不先生是耶?现在,过去,未来,俱无所住,子以为僧即是佛乎?一剃发,佛矣,若能解佛否?佛以慈悲众生为法者也,僧则奉佛之法,以慈悲众生者也。佛犹君也,僧犹官也。朝即寺也,衙门即庵也。寺歧出曰庵,朝歧出曰衙门。此中大好修行,古人岂谬我哉?予愧不能奉吾君,以慈悲众生,居心不净,时有牵衣之累⑧。回忆金闺弱冠时⑨,不减任育长之影⑩,颜如白凤,发则玄蛇,矢心立愿,普度一世,登之仁寿,如长眉螺髻,而后愉乐。

岂遂知蹉跎摩顶⑪，一至如此！文采无观，事功不立，空作巾帻之杵，样是葫芦之画，犹言发短心长也。生老眊过，岂不欺且哀哉？"

陆生曰："先生之出处，我知之矣，欺则无有，哀亦何庸⑫？姑以欢喜种子补此大千缺陷。吾家士龙善笑⑬，临水栾栾⑭，照见衰经⑮，一笑而堕，堕起复笑。先生之秃，得无是乎！"谑庵曰："可以解嘲，谨受笑。"乃题所居室曰"秃影庵"，而为之记。时崇祯乙亥三月立夏之夜⑯。陆生名士慎，会稽人⑰，务观裔也⑱。

【注释】

①浔阳：江西九江的别称，九江亦称江州。王思任曾任九江备兵使者。

②匡庐：庐山。

③阒（qù）：寂静。

④正序：此指正堂。序，两厢之房。

⑤兀：高。

⑥头陀：僧人。

⑦童然：光秃秃的样子。

⑧牵衣之累：指儿女之累。

⑨金闺弱冠时：指年轻中进士时。金闺，即金马门，汉

武帝时东方朔等著名文士一度待诏金马门。

⑩任育长之影：晋代任瞻，字育长，少有令名，神情可爱，时人谓育长的影子都特别漂亮。

⑪摩顶：指头发损少。

⑫庸：用。

⑬士龙：西晋陆云，字士龙。

⑭栾栾：身体瘦弱的样子。

⑮衰绖：丧服。

⑯崇祯乙亥：崇祯八年（1635）。

⑰会稽：今浙江绍兴。

⑱务观：宋诗人陆游，字务观。

【赏读】

本文写于崇祯八年。这一年，王思任六十一岁，在江州兵署任职。江州即今江西九江。

秃影庵并非江州的一处寺观，而是兵署正堂旁的一所偏屋。王思任为其取名"秃影庵"，是由一件小事触发的。据文中所记，某日散衙后，王思任与陆生在衙中闲坐，忽然看见墙上有一个头陀状的物体，头顶半圆，与王思任动止相随。细心一看，原来正是王思任自己的影子。陆生开玩笑地说，王思任的前世定是僧人。王思任则认为现在、过去、未来循环往复，生生不息，前世之僧即如后世之僧。且佛与僧不尽相同，"佛以慈悲众生为法者也,僧则奉佛之法,以慈悲众生者也",僧仿佛是佛的使者。如果以君与官作譬,那么"佛犹君也,僧犹官也",官也仿佛是君的使者。"朝即寺也,衙门即庵也",如果把朝比作寺,那么地方衙门正可称作庵。王思任身居衙门之中,又秃发如僧,因此为居所取名"秃影庵"。

王思任虽然以"秃影庵"自嘲,但看到自己如老僧一般的投影,想到六十余年光阴如白驹过隙,自己早年"颜如白凤,发则玄蛇,矢心立愿,普度一世",而今却"文采无观,事功不立",空有岁月蹉跎,不禁发出"生老眨过,岂不欺且哀哉"的感叹。

然而,对于以谐谑闻名的王思任来说,悲哀感叹只是偶然间的情绪流露。正如陆云"一笑而堕,堕起复笑",不以失意搅乱心怀,王思任也要以"欢喜种子补此大千缺陷",在种种遗憾面前保持旷达、乐观的心态,这正是王思任为人的本色和基调。

媚樵亭记

始余之构通明亭也，有樵至止，悦焉，数相过，自许也。吾亦悦其一二高话，从千仞冈来，悦其有蓬鬓而无蓬心①，悦其戟手交股②，坐我于栗陆柏皇之上③。亭成矣，而樵不来，并道不出此，樵亦奇怪矣哉！意者天遇而人求之，日凿浑沌之窍④，朝看麋鹿之群，樵不能我忘，而遂忘我耶？我知之矣：始余之构通明亭也，木石与居巳丑，而且追琢之，丹艧之⑤，标榜有加焉，樵以为饰且陋，宜其揶我而不来也。樵乎！而且来，此亦何与尔我事？夫所谓追琢丹艧者，吾以之祀白榆者也，白榆亦而家之所欲种者也。今吾简榾柮⑥，判槎丫⑦，诛茅编蒯以亭尔⑧，而来仍戟于交股也。吾询尔，山无虎乎？桂无蠹乎？松无有辱封号者乎⑨？溪云白乎？泉月清乎？换鱼沽酒，醉几参矣？夕阳牛笛，听几阕矣？樵乎！毋以苏秦纵横也⑩。谚有之：知性者可与同居。蔡宜藻⑪，鸥宜笑，爰居宜远钟鼓⑫。还子亭之朴，而相迟相望，今而后柴也其来乎？

然而稽山篱落地，仪图之绝无知者，又不欲留姓字，樵乎，何人哉？

或曰：此古石户云隐之流[13]，博大真人也，偶来游戏，觉子眉睫间有猜，则入山惟恐不深矣，焚索之而不可得矣[14]。有是哉！王子瞠目咍叹，窅然若有丧焉久之，曰：吾失矣，吾失之矣。夫樵，仙人也。

【注释】

①蓬心：喻心灵茅塞不通。《庄子·逍遥游》："夫子犹有蓬之心也夫。"

②戟手：用中指和食指指点，其形如戟。

③栗陆柏皇：栗陆和柏皇都是传说中的古帝名。此指代上古淳朴之世。

④"日凿"句：《庄子·应帝王》："南海之帝为倏，北海之帝为忽，中央之帝为浑沌。倏与忽时相与遇于浑沌之地，浑沌待之甚善。倏与忽谋报浑沌之德，曰：'人皆有七窍，以视听食息，此独无有，尝试凿之。'日凿一窍，七日而浑沌死。"

⑤丹雘（huò）：涂饰色彩。

⑥楛柮（gǔ duò）：树疙瘩。

⑦槎丫：错杂不齐的枝条。

⑧诛：割。蒯（kuǎi）：草名，茎可编织。

⑨"松无"句：秦始皇封禅泰山遇雨，休于松下，因封

其树为五大夫。见《史记·秦始皇本纪》。

⑩苏秦纵横:指用言语开脱。苏秦,战国时纵横家。

⑪蔡:野草。

⑫"爱居"句:《庄子·至乐》:"昔者海鸟止于鲁郊,鲁侯御而觞之于庙,奏《九韶》以为乐,具太牢以为膳。鸟乃眩视忧悲,不敢食一脔,不敢饮一杯,三日而死。"成玄英疏:"昔有海鸟,名曰爱居,形容极大,头高八尺,避风而至,止鲁东郊。"

⑬石户云隐:皆古代隐士。石户,《庄子·让王》:"舜以天下让其友石户之农,石户之农……以舜之德为未至也,于是夫负妻戴,携子以入于海,终身不反也。"云隐,事迹未详。

⑭焚索:《左传·僖公二十四年》载:介之推隐居深山中,晋文公焚山迫其出,不出而死。

【赏读】

隐士是一个古老的称谓。早在春秋战国时期,就有不少避世而居的隐士,如《论语》《庄子》中记载的荷蓧丈人、长沮、桀溺、许由、巢父等就是其中极为著名者。隐士们厌弃纷扰的世俗,甘心躬耕畎亩之中,不与俗人相接,绝少为外人所知。他们刻意掩藏踪迹,宛若神龙见首不见尾。《媚樵亭记》中的主人公,就是这样一位隐士。

这位隐士以打柴为生，他的形貌、举止、言谈如何，文中并未作正面刻画，只是用"蓬鬓"二字状其形貌，"戟手交股"四字状其举止，"高话"二字概括其言谈。虽只寥寥数语，但其人落拓不羁的形象已跃然纸上。当亭子尚未建成时，这位隐士时时相过，主客相悦，对答不厌。然而亭子建成之后，他却绝不再来，甚至连顺道路过的情况都不再出现，着实令人费解。一番思索后，王思任认为亭子初建时质朴无华，故隐者相悦，前来对答往还，建成之后修饰过度，使人有机心之猜，因此绝不再来。

隐者崇尚质朴，反对机心，犹如《庄子》里的汉阴丈人一般，宁可抱瓮灌园，也不愿用机械灌溉。因为一用机械，必生机心，机心一发，必然心神不定，处处逐利，犹如打开了潘多拉的魔盒，使人永远失去恬淡的心境。而人性中丑恶、阴暗的一面，如对自然无止境的索取、对利益无止境的追求，也仿佛借助机械的力量，被无穷放大了。对照工业时代以来的种种社会问题，古代隐士恬淡不争、返璞归真的旨趣，似乎更值得现代人深思。

本文未从正面落笔，而是通过作者的所见、所思、所想从侧面烘托，塑造了一个趣味高雅、心怀恬淡、又不为流俗所羁的隐士形象，同时也体现了作者不同寻常的趣味和见识。

醮竹轩记

妻不可与坐，子不可与谐①，则客妙；饭呆肴俗，茶限水卑，则酒妙；花不常富，松不易寿，富不换清，寿且先韵，则竹妙。三者缺一不可。然而客无竹意，客可无；酒无竹色，酒可去。既有竹在，则可友可醉，而客与酒自不难立至。谑庵先生常北游，客、酒甚具，苦无竹，则觅竹家抒啸咏，不亦以箟管几片之类②，发会稽五兲之想③。既艾将耆矣④，复广文松海⑤，至舍，感翟酺之言⑥，修厥宇，越三日种竹，竹遂成。又作轩以对之，颜之曰"醮竹"⑦。醮曰："招朋引类成吾党，生子添孙愿此君⑧。"未有酒也，则补之曰："坐上客常满，尊中酒不空⑨。"先生于此凡五日而醉二参。木几，移国子去⑩，唔竹者曰："绿竹猗猗，瞻彼淇澳⑪。子跣而麂，孰靴而肉。"唔轩者曰："板屋板屋，乱我心曲⑫。昔师行矣，毁其薪木。"更有唔者："精镠及百⑬，粗欢三月，无此大镮⑭，或亦小拙。"

先生曰不然，言即及利，亦孔之丑⑮。何人何我，何暂何久，山中之七日，抵世上之千年；寓公之三月，即山中之七日。今夫传舍其官者[16]，必且真视其我。凶于而国，哀于而家，不可训也。吾恶知后贤之不与我同好也？吾又恶知后贤未来之好，不准前贤现在之好也？即不与我同好，爆此竹以御魅[17]，薪此轩以代魋[18]。要亦复为马通涸粪之场[19]，土还其土已尔。而先生且三月不知肉味矣[20]，二三子第时时载酒竹下以报平安，当必有干霄翎凤之气，大吐东南之美者[21]。吾不啻醮竹，而且为后贤醮二三子也。

【注释】

① 谐：诙谐逗趣。

② 箑（shà）：扇子。

③ 会稽五云：浙江绍兴有会稽山、五云溪。

④ 艾：五十岁。耆：六十岁。

⑤ 广文：指任儒学教官。松海：即松江，在今上海。

⑥ 翟酺：东汉洛阳人，字子超，汉安帝时为尚书，出为酒泉太守，顺帝时迁将作大匠。曾上言修缮太学。《后汉书》有传。

⑦ 颜：题额。醮：酌酒而祭。

⑧ 此君：指竹。

⑨ "坐上"二句：《后汉书·孔融传》："宾客日盈其门，

常叹曰:'坐上客常满,尊中酒不空,吾无忧矣。'"

⑩国子:国子监。

⑪"绿竹"二句:《诗经·卫风·淇奥》:"瞻彼淇奥,绿竹猗猗。"

⑫"板屋"二句:《诗经·秦风·小戎》:"在其板屋,乱我心曲。"

⑬精镠(liú):精金,纯金。

⑭镮(huán):圆形中间有孔之物,此指钱。

⑮亦孔之丑:《诗经·小雅·十月之交》:"十月之交,朔月辛卯。日有食之,亦孔之丑。"孔,甚。丑,恶。

⑯传舍:驿舍,供行人休息住宿的处所。此处用作动词。

⑰魈:山林之怪。

⑱魃:旱鬼。

⑲马通:马粪。

⑳三月不知肉味:《论语·述而》:"子在齐闻《韶》,三月不知肉味,曰:'不图为乐之至于斯也。'"

㉑东南之美:《尔雅》:"东南之美者,有会稽之竹箭焉。"竹箭即箭竹。

【赏读】

崇祯二年(1629),王思任出任松江教授。上任伊始,王思任便种竹筑轩,雅兴不浅。

竹，劲直有节，经霜不凋，象征高人君子的清操，得到历代文士的欣赏和喜爱。东晋名士王子猷暂寄居空宅，便令人种竹，感叹道："何可一日无此君！""此君"因此成为竹子的代称。苏轼谪居黄州，作诗曰："宁可食无肉，不可居无竹。无肉令人瘦，无竹令人俗。"种竹可防俗病，岂不大妙。

在王思任看来，客可坐可谐，酒不呆不卑，竹既清且韵，客、竹、酒三者缺一不可。且"客无竹意，客可无；酒无竹色，酒可去。既有竹在，则可友可醉，而客与酒自不难立至"。三者之中，竹隐然可称领袖。爱竹之心，可见一斑，难怪对竹"凡五日而醉三参"。

然而好景不长，不到数月，王思任调任北京国子监，不能再享受醉眠竹下的乐趣。然而他没有过于失望，而是想到"何人何我，何暂何久，山中之七日，抵世上之千年；寓公之三月，即山中之七日"。暂与久是相对的，三个月的清雅，足可抵在尘世间奔走千年。所谓永恒，并不在彼处，而只在此时此刻。

本文层次清晰，语言流畅，体现了王思任豁达而风雅的人生态度。或许正是在这种人生态度的关照下，才有了任情不羁、放浪谐谑的王思任吧。

二还亭记

见此茫茫，百端交集。予每畏渡西陵^①，辄恍然于至治之世也，邻国相望，鸡狗之声相闻，民老死不相往来，岂不美而信哉。悲夫！夫使甘其食，美其服，安其居，乐其俗，重死而不远徙，虽有舟车，洵无所乘矣。然而不能也。老子推本之论，不曰"小国寡民"乎？民稠则欲不足，欲不足则争，争之不得则骛^②。骛之思，必起于贤智者。

越固贤智之乡，而称喜骛又善骛者也。骛必极于四方，而京师尤甚，得其意者什三，失者什七。予每归西陵，见驿亭即喜。又见去者什七，而还者什三也。什三之中，旅榇约分其一^③，予奭然伤之^④，以为此皆知骛而不知还者也。极名号煊赫，金珠稇载^⑤，然无语而还，还亦何乐？又况结绳刍束，委之长年^⑥，如缚败豕者哉。

今夫富贵生死之说，不出于圣贤豪杰之口，谓悬弧以后^⑦，皆行志之日也。至课其底里，果不为富贵，果不欲生否？圣贤豪杰，非人情乎？祖宗墓庐，有不望之而色喜者乎？以此想之，不必倦知还，穷返本也。孔子之归欤⑧，陶令之来兮⑨，亦不过常人之情也，托之乎吾党之狂简，亲戚之情话也⑩。善乎，陶周望之记滕氏义庄也⑪，以为采山渔水，力耕而约食，越虽小郡，犹足以老。意以为从甘美起念，则何厌之与有？第衣之食之而已，犹可以生居于越也。

镇海楼之外⑫，沙埂空阔，予欲置二还亭其上，一曰锦还⑬，一曰生还。凡稍得富贵，随其力之所及，以不负虚往者，憩锦还亭以劳之；即不得富贵，而犹能奉身以还，见其祖宗之墓庐者，则生还亭犹可憩也。憩归人，因以勉去人。顾名思义，或一裁其无涯之欲，使其少得焉而止，亦犹夫太史之志也⑭。予力不能亭而姑为记，以待夫能亭者，将毋有勒言者乎？

【注释】

①西陵：西陵湖，在今浙江杭州市萧山区西。

②骛：追求，强求。

③旅榇（chèn）：客死者的灵柩。榇，棺材。

④奭（shì）然：悲伤的样子。

⑤捆（kǔn）载：捆载，满载。

⑥长年：船工。

⑦悬弧：古时生男，于门左挂弓一张。此指出生。

⑧"孔子"句：《论语·公冶长》："子在陈曰：'归欤！归欤！吾党之小子狂简，斐然成章，不知所以裁之。'"

⑨"陶令"句：陶渊明不堪官场束缚，弃彭泽令而归，作《归去来兮辞》。

⑩"亲戚"句：《归去来兮辞》有"悦亲戚之情话"之句。

⑪陶周望：陶望龄，字周望，号石篑、歇庵，会稽（今浙江绍兴）人。万历十七年（1589）会试第一，授翰林编修，官至国子祭酒。

⑫镇海楼：在浙江杭州西湖东南之吴山东麓。

⑬锦还：取"衣锦还乡"之意。

⑭太史：指陶望龄。陶望龄任翰林院编修，明代谓翰林院官员为太史。

【赏读】

古人每当登山临水之际，不免遐思万端，惹动平生心绪。孔子临川而望，喟叹时光匆匆，一去不返。屈原行至江边，见两岸枫叶青青，忽然生出无限感伤。王思任在西陵渡口，也不禁"百端交集"。

他所感慨的，既不是逝水难留，也不是伤怀难凭，而是越人过于看重富贵，纷纷去外地"淘金"，多数人忙碌一生，为口腹奔忙，结果客死异乡，只有灵柩返回故乡。大多数人都希望富贵长寿，然而生活不易，欲望难平。往往起初都只求温饱，温饱之后又希求富贵，富贵之后还要更加富贵，推衍无穷，永远没有满足之时。以现实而有限的生命，追逐虚幻而无穷的欲望，使本来多姿多彩的人生变成欲望的机器，直至死亡才能停息，着实令人悲哀。

王思任认为，"从甘美起念，则何厌之与有？第衣之食之而已，犹可以生居于越也"，如果能"一裁其无涯之欲"，或许可以摆脱欲望无穷的烦恼，回归生命的本真。因此他希望在镇海楼外建"锦还""生还"二亭，希望"稍得富贵"与"不得富贵"者都能还乡，都能在朴素的乡居生活中体味到生活的温暖和愉悦。这体现了王思任知足常乐的人生态度和悲天悯人的博大胸怀。王思任虽以善谑闻名，但他深沉而睿智的一面，也不应被人忽视。

陆云龙评曰："越之好骛，不能为讳也。记此志警，岂直为越人哉？奈何钟鸣漏尽，行者之不息也！"堪称作者知己。

古月临松赋

崇祯己巳闰四月之望①,待诏都下,山寺独居,天空如洗,老月下来,忽闻人语飞上松架,作此。

青州厥贡②,不记何年之松;盘古以来,仅见今夜之月。虽良媾之偶清,匪我媒而弗悦。天方学水,不难其静,而难其湛湛之深;风更犹鱼,不当其困,而当其圉圉之活③。横空织翠,嵌一隋侯之珠④;吊碧投蝉,吸百苌弘之血⑤。松怜月寡,月爱松节。境已入于杳然,事亦叨乎冷绝。琴鹄莫来,咽片语而较多;佳人倘玩,突一叹而成嫘⑥。眇眇愁予⑦,孤狷附洁。二老若不我三,则请退而进雪。

【注释】

①崇祯己巳:崇祯二年(1629)。望:农历每月的十五日。

②青州:古九州之一,在今山东一带。《尚书·禹贡》载青州向天子进贡松树、怪石等物。

③"风更"三句：语出《孟子·万章上》："昔者有馈生鱼于郑子产，子产使校人畜之池，校人烹之。反命曰：'始舍之，圉圉焉，少则洋洋焉，攸然而逝。'子产曰：'得其所哉！得其所哉！'"圉（yǔ）圉，困而未舒的样子。

④隋侯之珠：指明月宝珠。《淮南子·览冥训》注："隋侯，汉东之国姬姓诸侯也。隋侯见大蛇伤断，以药傅之，后蛇于江中衔大珠以报之，因曰隋侯之珠，盖明月珠也。"

⑤苌弘之血：《庄子·外物》："苌弘死于蜀，藏其血，三年化而为碧。"

⑥媟（xiè）：轻慢。

⑦眇眇愁予：屈原《九歌·湘夫人》："帝子降兮北渚，目眇眇兮愁予。"

【赏读】

赋是一种古老的文体，最早出现在先秦诸子的散文中。到了汉代，赋趋于极盛，是当时最为流行的文学体裁。汉赋重在描摹物态，如都城、宫室、鸟兽等，往往篇幅巨大，辞藻华丽。"诗赋欲丽"（《典论·论文》）、"赋体物而浏亮"（《文赋》），都是针对汉赋的这些特点而言。魏晋时期，赋逐渐向骈文对偶的方向发展，被称作"骈赋"。唐代因律诗的成熟，赋又多为律体，故称"律赋"。宋代以散文笔法作赋，又变而为"文赋"。到了晚明，赋受到小品文的巨大影响，注重抒写自我情趣，形成了"幅短神遥、墨希旨永"的艺术风格。

　　王思任的这篇《古月临松赋》正是这一类型的赋。它押韵对偶，具备赋的形式，但迥别于铺张排比的汉赋，也不同于庾信《小园赋》、欧阳修《秋声赋》这样的骈赋、文赋，而是属于晚明小品式的赋。

　　本文文笔晶莹空灵，不袭前人陈言，抒写自家新意，由神而写形，因形以见神，营造出一个月圆之夜、月出松上的清幽境界，具有极强的艺术魅力，令人不禁有出尘之思。

坑厕赋

虽厕亦屋，虽溷亦清，惟越所有。

性喜旷放，不乐械窬①。学禁未成，与洁则宜。哂武林粪牏之函②，至蠕动犹奉客；愁京邸街巷作溷③，每昧爽而揽衣。不难随地宴享，极苦无处起居。光访优穆，或内逼而不可待④；裨谌谋野⑤，又路远莫致之。惟吾乡党之便便，几于夏屋之渠渠⑥。贮以清泠，甃之文石⑦。区以别矣，各适其适。紫姑是迎⑧，淮南堪谪⑨。虽香非金谷，难惊刘寔之尻⑩；亦无庸果下舞阳，用塞王敦之鼻⑪。周寝庙而视其偃⑫，管宁当为整冠⑬；赋三都以需其次，左思不妨着笔⑭。然而垄断者门如市，有贱丈夫焉⑮；僻违者心似水，则亦君子之所可及。重曰：大畜小畜，解之时义大矣⑯；一解两解，有所不用其极。

【注释】

①槭褕(wēi yú)：便桶。

②嚬：同"颦"，皱眉。武林：杭州的别称。粪腧(yú)：便器，凿木中空如槽形。

③溷(hùn)：厕所。

④"光访"二句：唐孙光宪《北梦琐言》卷十："有一丞郎，马上内逼，急诣一空宅，径登溷轩。斯乃大优穆刀绫空屋也。优忽至，丞郎惭谢之。优曰：'侍郎他日内逼，但请光访。'人闻之，莫不绝倒。"

⑤神谌：春秋郑大夫，以多谋见称。《左传·襄公三十一年》："神谌能谋，谋于野则获，谋于邑则否。"

⑥夏屋：大屋。渠渠：深广的样子。《诗经·秦风·权舆》："於我乎，夏屋渠渠。"

⑦甃(zhòu)：用砖石砌。文石：有纹理的石块。

⑧紫姑：传说中神名。相传紫姑为寿阳人李景之妾，为其妻所妒，常役以秽事，于正月十五含恨而死。见《荆楚岁时记》。自唐以来有赛紫姑之俗，于正月十五夜在厕间或猪栏边迎之，以问祸福。

⑨淮南：指汉淮南王刘安。《神仙传》："淮南王安谒仙伯，坐起不恭，主者奏安不敬，谪守厕三年。"

⑩"虽香"二句：金谷即金谷园，是晋石崇别墅。《世说新语·汰侈》注引《语林》云："刘寔诣石崇，如厕，见有

绛纱帐大床，茵蓐甚丽，两婢持锦香囊。寔遽反走，即谓崇曰：'向误入卿内室。'崇曰：'是厕耳。'"

⑪ "亦无"二句：庸，用。《世说新语·纰漏》："王敦初尚主（舞阳公主），如厕，见漆盛干枣，本以塞鼻，王谓厕上亦下果，食遂至尽。"

⑫ 周寝庙而视其偃：《庄子·庚桑楚》："观室者周于寝庙，又适其偃焉。"偃，厕所。

⑬ 管宁：三国时魏国高士。

⑭ "赋三都"二句：左思，西晋著名文士，《三都赋》是其代表作。《晋书》本传载其作此赋"构思十年，门庭藩溷，皆着笔纸，遇得一句，即便疏之"。

⑮ "然而"二句：《孟子·公孙丑下》："有贱丈夫焉，必求龙断而登之，以左右望而罔市利。"龙断，即垄断。罔，同"网"。

⑯ "大畜"二句：大畜、小畜、解，皆《周易》卦名。畜，同"蓄"。

【赏读】

此篇赋越东的坑厕。从文中描述可知，坑厕是越东特有的一种厕所形制，比其他地方的茅厕更加清洁卫生。在王思任之前，从未出现以坑厕为主题的诗赋。古人下笔为文，无论立意命题还是遣词造句，都力求典雅，不肯用俗字俗韵，乃至有"无一字无来历"之说。据说唐代诗人刘禹锡重阳节题诗，因六经中没有"糕"字，便不敢将"糕"写入诗中。

然而到了晚明，知识分子自我意识逐渐觉醒，纷纷要求摆脱各种条条框框的束缚，小品文成了他们张扬个性、抒发真情最好的文学载体。此时，小品文摆脱了"文以载道"的传统约束，内容题材空前丰富，从山水游记到人物传记，从书画赏评到饮食杂馔，包罗万象，无所不有。

王思任为人不拘常格，喜欢别出心裁，善于在小品文中描摹世俗生活，如在《游满井记》中写市井风俗，在《游慧锡两山记》中写买小儿玩具等，此篇以坑厕入赋，正符合其一贯的为文风格。

本文内容虽俗，文辞却很雅。文中排比有关坑厕的典故，不但典雅别致，而且十分幽默，生动具体地体现了王思任小品文谐谑的艺术特色。写俗物而翻出雅意，正是王思任为文的高明之处。

题徐文长花竹手卷①

天池开口旃檀②，落笔锦玉。其牛衣雪卧时③，无所得酒，则写生数种换之。后之叔敖④，俱借为活计。此还是捉刀人狡侩⑤，犹《兰亭》定武本第一次也⑥。

【注释】

①徐文长：徐渭，字文长，号天池生，又号青藤道人，明嘉靖、万历间著名文士，善画写意花卉，亦善草书。

②旃檀：即檀香。

③牛衣雪卧：《汉书·王章传》："初，（王）章为诸生学长安，独与妻居。章疾病，无被，卧牛衣中，与妻诀，涕泣……"牛衣是用麻或草所编，为牛御寒之物。后用此典形容士人生活贫病困厄。

④叔敖：即孙叔敖，楚庄王时曾为令尹。死后其子贫，优孟扮作孙叔敖与楚王谈论，引起楚王对故人的思念之情，封孙叔敖之子四百户。见《史记·滑稽列传》。此指模仿徐渭之画者。

⑤捉刀人:《世说新语·容止》载:曹操将要接见匈奴使者,因貌丑,让崔琰代替,自己捉刀立床头。事毕,派人问匈奴使者魏王何如,使者回答:"魏王雅望非常,然床头捉刀人,此乃英雄也。"曹操听到后,派人追杀匈奴使者。

⑥《兰亭》定武本:唐太宗得王羲之《兰亭序》帖真迹,临摹刻石于学士院,碑石历五代时战乱,至宋仁宗时重被发现,置于定州州治,定州属定武军,故称"定武《兰亭》"。

【赏读】

徐渭是明代艺坛首屈一指的奇才,其诗文、戏曲、书画皆妙绝当时。徐渭自称:"吾书第一,诗次之,文次之,画又次之。"然而他最为人熟知和欣赏的,还是自称排在最末的绘画才能。

在明代,写意画发展迅速,泼墨大写意画非常流行,徐渭正是当时最有成就的写意画大师。他的绘画作品博采百家之长又能自出新意,成就很高。清代著名画家郑板桥一身傲骨,对人不支加赞许,却独对徐渭十分敬服,以至刻印自称"青藤门下走狗",可谓推崇备至。

徐渭一生坎坷,他奇特而曲折的命运可参见《徐文长逸稿序》的赏读部分。他曾作《题墨葡萄诗》:"半生落魄已成翁,独立书斋啸晚风。笔底明珠无处卖,闲抛闲掷野藤中。"诗中充满作者壮志未酬的遗憾和离世绝俗的孤独,是其一生遭际的真实写照。

王思任此跋仅记徐渭逸事,而对其书画精妙之赞已尽在不言之中。全文风趣诙谐,借用数个典故,在夸赞画卷精美的同时,含蓄地指出画卷是赝品的事实。画卷主人若得见,恐怕也不免要掩口失笑吧。

焦山瘗鹤铭跋①

铭在焦山崖下,予过之,正值水旺。怅然一咏,不得扪也。然文字两无取,只可谓存古而已。亦不在石顽水泐②,不审宋人何以诩恢至此?此本吾家弇州所补跋③,冢孙玄照惠好④,遗我名硕珍藏⑤。焦山第可存羊⑥,而弇州实为鸿迹⑦,付霞儿其永之。

【注释】

①瘗(yì)鹤:古代摩崖刻石,华阳真逸撰、上皇山樵正书,在江苏镇江焦山崖石上,笔法浑穆。关于其书者说法不一,有王羲之、陶弘景、颜真卿诸说。

②泐(lè):石头循脉理而裂散。

③弇(yǎn)州:明王世贞号弇州山人。

④冢孙:嫡长孙。

⑤名硕:著名的博学之士。

⑥存羊:《论语·八佾》:"子贡欲去告朔之饩羊,子曰:'赐也,尔爱其羊,我爱其礼。'"

⑦鸿迹:鸿雁的足迹。苏轼《和子由渑池怀旧》:"人生到处知何似,应似飞鸿踏雪泥。泥上偶然留指爪,鸿飞那复计东西。"

【赏读】

《瘗鹤铭》是一处极为著名的摩崖石刻,刻于江苏镇江焦山西麓的崖壁上,后来石壁崩裂坠江,刻石没入水中,水枯时方才显露。清康熙年间,铭石被打捞出水,共得残石五块,存九十三字。现陈列于焦山碑林。

《瘗鹤铭》全文以干支纪年,撰者、书者仅称其号,因此历来对其刻立年代与书写人说法不一,有王羲之、陶弘景、颜真卿诸说,目前尚无定论。

虽然历代对《瘗鹤铭》何时所刻、何人所书莫衷一是,但对《瘗鹤铭》书法的评价却一致较高。宋人黄庭坚云:"《瘗鹤铭》,大字之祖也。"又作诗称"大字无过《瘗鹤铭》"。曹士冕称:"焦山《瘗鹤铭》笔法之妙,为书家冠冕。"王思任则认为其"文字两无取""不审宋人何以诩恢至此",不愿人云亦云,谬加夸赞,显示出自己独立的见解。

王思任对大名鼎鼎的《瘗鹤铭》态度平平,对王世贞的题跋却十分看重。文中不但称"吾家弇州"以示亲近,还希望子孙永久珍藏。这在古董收藏家看来,很有些"买椟还珠"的可笑。然而，相比古物本身的价值，王思任更珍视朋友之间的情谊。"付霞儿其永之"的举动，寄寓了他对两家世代通好的愿望，也显示出他重情义、轻名利的可贵品格。

谑庵自赞

绳父孙丈独妙虎头之技①,貌予清晖阁中②,时予年四十有八,儿童见之,尽皆跳笑。予自对不觉愀然,德业无成,老冉冉其将至也!

遂初服③,四十五。发见白,齿渐龋。兴还高,人不腐。舌如风,笑一肚。要读书,恨愚鲁。半通今,半博古。友子瞻,师杜甫。性喜客,肯作主。酒不让,棋堪赌。爱山水,怕官府。奉高堂,居乐土。迟起床,早闭户。任天公,皆有数。不告贫,不诉苦。

【注释】

①虎头之技:指绘画。东晋著名画家顾恺之小字虎头。
②貌:描摹,写真。
③初服:指辞去官职,重新穿上出仕前的衣服。

【赏读】

这是王思任四十八岁时为自己的画像题写的一则赞

语。画像已失传，仅留下这则《谑庵自赞》。

赞是一种韵文，一般篇幅较短，主要用于评述总结，褒贬皆可。此赞三字一句，两句一韵，以轻松谐谑的笔调，总结自己一生遭际和品行爱好，最后以"任天公，皆有数。不告贫，不诉苦"结尾，显示了作者乐天知命的豁达态度，也隐含了些许淡淡的无奈。其中"舌如风，笑一肚"两句，被后人广为引用，成为"谑庵"一号最直接的注释。

无独有偶，现代著名文史大家启功先生，在六十六岁时也曾写过一篇类似的短文，名曰《自撰墓志铭》，全文如下："中学生，副教授。博不精，专不透。名虽扬，实不够。高不成，低不就。瘫趋左，派曾右。面微圆，皮欠厚。妻已亡，并无后。丧犹新，病照旧。六十六，非个寿。八宝山，渐相凑。计平生，谥曰陋。身与名，一齐臭。"铭是与赞类似的一种韵文。文中自嘲之情、谐谑之态，似与王思任不相上下。

两则文字暗合之处，正是两位作者性格相似之处。在不尽如人意的生活面前，自嘲谐谑也不失为一种积极的人生态度。

简周玉绳①

足下既在承明②,当日讨典故③。上下千古,如九经廿一史,我朝会典律例,都该讲究批评一番,以为异日纶扉秉政之地④。昔张江陵为翰编时⑤,逢盐使、关使、屯使、各按差使还朝,即具一壶一盒强投夜教,密询利害扼塞,因革损益,贪廉明昧阻通之故,归寓篝灯细纪笔札。其储心如此,容易造到江陵。如只风花雪月,一吟一咏,以青州从事醉乡溷过⑥,即此先愧科名矣。不佞南还在即,恃足下过谦之爱,药石留别,幸勿吐之。

又

不佞得南缮郎且去⑦,无以留别。此时海内第一急务在安顿穷人。若驿递不复,则换班之小二哥,扯纤之花二姐,皆无所得馍馍⑧,其势必抢夺。抢夺不可,其势必争杀,祸且大乱,刘懋、毛羽健之肉不足食也^⑨。相公速速主持，存不佞此语。

又

刘掌科因父作马头^⑩，被县令苦责，其言罢驿递犹可。若毛御史在京置妾^⑪，因其妻忽到，以公祖轻与勘合而怒室色^⑫，朝突发此议，则因戏起乱矣。驿递乃穷人大养济院，穷人无归，乱矣！再语之相公。

【注释】

①周玉绳：周延儒，字玉绳，江苏宜兴人。万历四十一年（1613）进士。崇祯初拜大学士，参与机务，后为首辅，以善伺察旨意，为崇祯帝所信任。庸驽而贪黩，只求苟安。清兵略山东，还至近畿，延儒自请督师，避敌不战，并虚报战功，清兵去后，论功加太师。不久事发，削职赐死。见《明史·奸臣传》。

②承明：承明庐，汉代承明殿旁屋，为侍臣值宿之处。此用以指入阁为大学士。

③典故：指各种典章制度和常例掌故。

④纶扉：即内阁。明清时称宰辅处理政务之处为纶扉。

⑤张江陵：张居正，江陵（今属湖北）人，字叔大，号太岳。嘉靖二十六年（1547）进士。万历初任首辅，锐意革

新,整顿吏治,行一条鞭法,增强边防,浚治黄淮。前后主政十年,勇于任事。卒谥文忠。翰编:翰林院编修。

⑥青州从事:指好酒。《世说新语·术解》:"桓公有主簿善别酒,有酒辄令先尝,好者谓'青州从事',恶者谓'平原督邮'。青州有齐郡,平原有鬲县。从事,言到脐(肚脐);督邮,言在鬲(即膈,胸、腹腔间的膈膜)上住。"从事、督邮,皆官名。溷:同"混"。

⑦南缮郎:南京工部郎官。缮,缮部,工部的别称。

⑧馍馍:北方有的地方对馒头的称呼。

⑨刘懋:字养中,号渭溪,临潼人。万历进士,官至兵科给事中。毛羽健:字芝田,公安人。天启进士,崇祯初征授御史,曾极谏驿递之害。

⑩刘掌科:即刘懋。马头:马夫头目。

⑪毛御史:即毛羽健。

⑫公祖:明代士绅对知府以上地方官的尊称。勘合:旧时加盖关防印信的文书凭证。此指可以使用驿站马匹的文书。室:妻室。

【赏读】

这是王思任写给周延儒的三则书信。周延儒是崇祯一朝的内阁大臣,名列《明史·奸臣传》。他少年聪敏,二十岁时连中会元、状元,出任翰林院修撰、右中允、少詹事掌南京翰林院事等清要之职。崇祯皇帝即位后,为人机警的周延儒善于伺察旨意,很快就得到崇祯皇帝的信任,被拜为礼部尚书兼文渊阁大学士,参与机务,不久之后又升任内阁首辅。

从文意上看,第一则书信当写于周延儒升任内阁首辅之前。在这则书信中,王思任希望周延儒留心典章制度和历代掌故,"以为异日纶扉秉政之地",而不应仅以吟风弄月为高,这反映出王思任为政务实的一面。

第二、第三则书信讲的都是裁撤驿站之事。在当时的皇帝和大多数官员看来,这并不是一桩大事,然而由此引发的连锁反应,却使大明王朝面临倾覆的结局,这是执政者始料未及的。

事件的发端者是信中提到的刘懋和毛羽健。崇祯初年,御史毛羽健上疏极言驿站之弊,"兵部勘合有发出,无缴入。士绅递相假,一纸洗补数四。差役之威如虎,小民之命如丝"(《明史》卷二百五十八)。给事中刘懋也赞同此议,认为裁撤驿站可以为国家节省大量财政支出。节俭的崇祯皇帝立刻下令办理此事,《明史》所记其直接结果是"积困为苏",缓解了当时朝廷财政困难的状况。但这与实际情况并不相符。事实上,因裁撤驿站,民间受到很大冲击,出现许多失业流民。这当中受影响最大的当属陕西,计六奇《明季北略》记载:"秦晋土瘠,无田可耕,又其民饶膂力,贫无赖者,借水陆舟车奔走自给，至是，无所得食。未几，秦中迭饥，斗米千钱，民不聊生，草根树皮剥削殆尽……又失驿站生计，所在溃兵煽之，遂相聚为盗，而全陕无宁土矣。"在因驿站裁撤而失业的流民当中，就有后来起事的李自成。

据传毛羽健上疏裁撤驿站，实因私下纳妾而遭正室河东狮吼。这一传闻与第三则书信中"毛御史在京置妾，因其妻忽到，以公祖轻与勘合而怒室色，朝突发此议"等语相合。关于此事，清初汪启淑《水曹清暇录》有如下记载："明末御史毛羽健娶妾甚嬖，其妻忽乘传至，遣之不及，为妻所困。羽健恚极，迁怒驿递，因倡裁驿夫说。科臣刘懋，羽健亲也，附和成之。驿递一裁，游手千万人无所得食，乃相率为盗，闯贼从而招集，以致流毒中土，覆宗灭社。其祸实酿成于一妇人。"

在书信中，王思任认为"此时海内第一急务在安顿穷人""驿递乃穷人大养济院，穷人无归，乱矣"，极力主张不可裁撤驿站。可是当时执政者绝无如此远见，裁撤驿站竟成压垮大明王朝的最后一根稻草。

这三则书信语言平实、态度恳切，可以看出王思任极高的政治远见。因为诙谐幽默的性格和出色的游记作品，王思任常被视作放浪不羁的文士典型，但他为政务实、识见高明之处，也不应被人忽略。

复黄老师①

号葵阳,檇李人②。

某至京,仍闻风蝉雨蚓,不过以辰玉为口实③。某对此辈言:尔等所争只讲文章耳,尔等以为富贵之家定无文章,某以文章当出自富贵也。相公之家,风水定妙,生子定聪明,父亲庭训定有异闻④,抡师择友定有高品,架上定有异书,笔端定有别见,馆中人朝夕定有另外拟议。难道相公之子定该花脸草包乎?

【注释】

①黄老师:黄洪宪,字懋中,号葵阳,秀水(今浙江嘉兴)人,隆庆元年浙江乡试第 ,隆庆五年(1571年)进士,授翰林院编修。参修《大明会典》,书成,升右春坊右庶子兼侍读。官至少詹事。曾奉旨出使朝鲜。有《朝鲜国记》《玉堂日钞》等。黄洪宪是王思任少年时的老师。

②檇李:浙江嘉兴县(今嘉兴市)的古称。

③辰玉:王衡,字辰玉,首辅王锡爵之子,万历二十九

年（1601）进士，官编修，负才早卒。著有《缑山集》及《郁轮袍》等杂剧。

④庭训：《论语·季氏》记孔子立于庭，其子孔鲤趋而过之，孔子教以学《诗》《礼》。后因称父教为庭训。

【赏读】

这是王思任写给黄洪宪的一则书信。黄洪宪字懋中，号葵阳，是王思任年少时的老师。

这则书信涉及当时的一段科场案。万历十六年（1588），黄洪宪主持顺天乡试。辅臣王锡爵之子王衡、申时行之婿李鸿中式，且王衡高登榜首。礼部郎中高桂上疏称李鸿等八人有关节之嫌，并及解元王衡，认为对大臣之子应予覆试，以免有作弊嫌疑。高桂上疏之后，主考官黄洪宪和辅臣王锡爵俱上疏申辩。王锡爵在疏中主动请求覆试，以自证清白。覆试结果是"所劾举人，仍以王衡第一，且无一人黜者"。王衡经此事后，在其父当政期间不复赴进士试，直到万历二十九年（1601）方以一甲第二（俗称榜眼）及第。

王思任的这则书信就写在这段科场案发生后不久。在信中，王思任对老师黄洪宪蒙冤受屈，无端受到舆论攻击表达了强烈的不满，并愤愤不平地说："难道相公之子定该花脸草包乎？"他认为"文章当出自富贵"，这并非毫无道理。古时孟母三迁，就是为了能让儿子在良好的氛围中成长。而作为宰相之子，具有天生的教育优势，平时交往也都是饱学之士，若一心向学，耳濡目染，必然见闻开阔，胸怀远大，其学问见识之高，是一般贫家子弟所不能比拟的。

写作这则书信时，王思任还不满二十岁。书信虽短，但因多用排比，层层递进，显得很有气势。王思任散文笔势汪洋、文气畅达的特点，在他早年的这则书信中已略显端倪。

上黄老师①

　　隆恩寺无他奇②，独大会明堂有百余丈，可玩月，门生曾雪卧其间者十日。径下有云深庵，曾以五月啖其樱桃，八月落其苹果。樱桃人啖后则百鸟俱来，就中有绿羽翠翎者，有白身朱咮者③，语皆侏偶哢舌④，嘈杂清妙。苹果之香在于午夜，某曾早起嗅之，其逸品入神，谓之清香。清不同而香更异，老师不可不访之。

【注释】

　　①黄老师：见上文注①
　　②隆恩寺：在今北京石景山区。《帝京景物略》："（隆恩寺）金大定四年秦越公主建，名昊天寺。正统四年（1439）太监王振修之，改隆恩名。"
　　③咮（zhòu）：鸟嘴。
　　④侏偶：异地难辨的语音。哢舌：原指说话如鸟叫，此即指鸟鸣声。

【赏读】

这是王思任写给黄洪宪的另一则书信，主要是向黄洪宪介绍自己在隆恩寺、云深庵等处游玩的经历。

隆恩寺在北京石景山区，原名昊天寺。金大定四年（1164）秦越公主创建此寺，取大内铜物为殿中供器，极为考究。明正统四年（1439）太监王振出资重修，改名隆恩寺。明人宋启明在《长安可游记》中记道："隆恩寺一桧一松绝奇古。殿后大士云是唐遗像。又有修竹百竿，一亭据之，绕以流觞曲水。"寺中有松桧，有亭子，有修竹，有曲水，景色自然不俗。然而王思任以为皆平平无奇，独爱明堂宽阔，可以赏月，又"曾雪卧其间者十日"，其清幽绝俗之处，仿佛苏轼与张怀民夜游黄州承天寺，共看月色。

云深庵在隆恩寺旁。庵中景物只有樱桃、苹果，王思任觉得有趣。樱桃生长在百花齐放、众鸟欢鸣的春天。令王思任感兴趣的不是樱桃的美味，而是观赏百鸟来樱桃树下聚会。众鸟羽毛鲜艳、啼音清妙，洋溢着勃勃生机，令人喜悦。苹果成熟在夏末秋初的八月。王思任不尝其味却偏爱在午夜时分品其清香。一闹一静，无不透出作者风雅绝俗的审美趣味。

王思任的文章，尤其是他的游记作品，多含世俗色彩，如《游满井记》写各色游人小贩，《游慧锡两山记》写买酒、买小儿玩具。然而这只是王思任为使文章不同常流而采用的一种写作手法。这则书信反映了王思任雅人深致的一面，可见其审美趣味与追求文雅的文人士大夫并无二致。

简赵履吾

秦淮河故是一长涠堂①,夫子庙前更挤杂②,包酒更嗅不得。不若往木末亭③,吃高座寺饼④,饮惠泉二升⑤,一鱼一肉,何等快活也!

【注释】

①秦淮河:在江苏南京。旧时歌楼画舫环集于秦淮河两岸,为著名胜地。涠堂:指公共澡堂。

②夫子庙:在南京秦淮河北岸贡院街,是供奉和祭祀孔子的地方。

③木末亭:在南京雨花台旁,取自屈原《九歌》"采薜荔兮水中,搴芙蓉兮木末",谓亭子秀出林木之上。

④高座寺:在南京雨花台旁,始建于西晋永嘉年间,初名"甘露寺"。东晋初年,龟兹国沙门帛尸梨密多罗来南京传法,讲经说法时常坐在高处,被尊称为"高座道人",因以"高座"为寺名。

⑤惠泉:即惠山泉,在江苏无锡,号称天下第二泉。此

指用惠山泉水酿成的酒。

【赏读】

这是王思任写给友人赵履吾的一则书信，主要内容是向赵履吾建议游玩应去郊外的木末亭，不要去秦淮河、夫子庙这些人流涌动、过于热闹的地方。

晚明时期，南京的夫子庙、秦淮河一带富丽繁华，是著名的冶游之地。王思任却更偏爱清幽雅致的木末亭，在那里与三四友人小聚，"吃高座寺饼，饮惠泉二升，一鱼一肉，何等快活也"，显露出其不俗的审美情趣。

值得一提的是书信中提到的惠泉和高座寺饼。惠泉指以惠山泉水酿成的酒。惠山泉在无锡，泉水清冽，有"天下第二泉"的美称，所产之酒，是极为珍贵的佳酿。清人袁枚在美食著作《随园食单》中称惠泉酒为"佳品"。清代梁章钜好品天下名酒，仅喝过一次惠泉酒，就遗憾十余年来"不能一再遇之"，足见惠泉酒的美味与珍贵。高座寺饼的历史可上溯至南齐。宋人赵崇绚《鸡肋》"古人嗜好"条记载："齐宣帝嗜起面饼、鸭臛。"北宋时户部尚书陶穀在《清异录》中将高座寺饼列为金陵美食"七妙"之一，并称赞说"起面饼以城南高座诸寺僧所供为胜"，想来定极为可口。

王思任集中有《辛未九日赵履吾携酒同诸寅丈登雨

花台复醉李荆阳丈席于高座寺》诗一首,写崇祯四年(1631)重阳节时,与诸友人登眺雨花台,入高座寺随喜,饮酒赋诗,食饼肴杂馔等事。这与书信中的描写非常类似。或许因为王思任的这则书信,众人游兴倍增,于是有了崇祯四年这场重九聚会。"往木末亭,吃高座寺饼,饮惠泉二升",不但当时人觉得有趣,而今读来,也令人口舌生津,不由想象出王思任诸人大快朵颐的乐趣。

与翁文澜

鼎儿情淡如菊^①,乞吾师遂其力学,教之古艺,渠必夺帜中原,不可专勖烂时文也^②。

【注释】

①鼎儿:王思任之子,名鼎起。
②勖:勉励。

【赏读】

这是王思任写给儿子王鼎起的老师翁文澜的一则书信。在书信中,王思任希望翁文澜多教授古诗文,不要让王鼎起在八股文上花费太多时间精力。

王思任的这番要求其实与当时的社会风气颇有关系。明代是科举考试极为成熟的时代,绝大多数读书人想要入仕为官,都必须首先通过科举考试。科举以八股文取士,规定八股文中不得牵涉四书五经之外的任何书籍,议论中也不得引证史事和时事,因此士子们普遍不愿也不敢旁观任何"杂书"。一旦考中,多数人忙于应对官场,无暇用心读书。再加上明代文坛复古思潮盛行,倡言"文必秦汉,诗必盛唐""不读大历以下书",导致当时多数文士读书甚少,甚至有不知苏轼为何人者。

钱谦益《列朝诗集小传》和周亮工《书影》都记载了这样一则逸事:明朝嘉靖年间,四川提学使姜宝路经武昌,当地官员在黄鹤楼设宴款待,时任湖北按察副使的汪道昆也出席了这次宴会。席间,汪道昆对姜宝说:"四川有个叫苏轼的人,文章一字不通,此等秀才,当以劣等处之。"听到这番话,众人虽然心下大惊,但都以为是汪道昆一时谑语,姜宝也只能唯唯而已。过了几天,姜宝准备启程入川,众官员又在黄鹤楼为他饯行。汪道昆再次叮嘱姜宝,到了四川以后要把苏轼列入劣等。这次,姜宝笑着回应:"我已经派人查过了,这次应考者中并无苏轼其人。想来一定是他害怕,不敢来考试了。"姜宝风趣的回答引得众人哄堂大笑,但汪道昆却不明白众人为何大笑。汪道昆与王世贞、张居正是同榜进士,当时已升任湖北按察副使之职,竟然不知苏轼为何人,当真令人啼笑皆非。

王思任天资聪颖,二十岁中举,二十一岁中进士,摆脱了八股文的约束。此后,王思任读书渐多,视野也逐渐开阔，写下了不少著作，流传至今。在这则书信中，王思任为儿子规划了读书学习的大致方向，这也是他多历世事之后的切身体会和经验之谈。